HEYNE <

Das Buch

Wir schreiben die 1960er-Jahre. Die Mondlandung sorgt weltweit für Furore. Eines der vielen Rätsel, die der Mond für die Astronauten bereithält, ist ein gewaltiges Labyrinth, das anscheinend von einer außerirdischen Zivilisation errichtet wurde. Als die Wissenschaftler, neugierig geworden, das Labyrinth betreten, erwartet sie dort ein grauenvoller Tod. Der Physiker Dr. Edward Hawks und der todesmutige Abenteurer Al Barker wollen das Rätsel des Labyrinths lösen, doch so leicht gibt es seine Geheimnisse nicht preis …

Mit *Projekt Luna* hat Algis Budrys ein unvergessliches Meisterwerk der Science-Fiction geschrieben.

Der Autor

Algis Budrys wurde 1931 im ostpreußischen Königsberg geboren und war nach seinem Studium in Miami und New York als Lektor und Verleger tätig. Er veröffentlichte zahlreiche Romane, Kurzgeschichten und Sachbücher. Seine Romane wurden für den Hugo Award und den Nebula Award nominiert, der Roman *Zwischen zwei Welten* war die Vorlage für den Kinofilm *Der Mann aus Metall*. Algis Budrys starb 2008 in Evanston, Illinois.

Im Heyne-Verlag sind als E-Books von Algis Budrys lieferbar:

Zwischen zwei Welten
Michaelmas
Harte Landung

Mehr über Algis Budrys und seine Romane auf:

diezukunft.de

Algis Budrys

PROJEKT LUNA

ROMAN

WILHELM HEYNE VERLAG
MÜNCHEN

Titel der amerikanischen Originalausgabe
ROGUE MOON

Deutsche Übersetzung von Wulf Bergner
Neu durchgesehen und ergänzt von Elisabeth Bösl

FSC www.fsc.org
MIX
Papier aus verantwortungsvollen Quellen
FSC® C014496

Verlagsgruppe Random House FSC® N001967

Überarbeitete Neuausgabe: 08/2016

Printed in Germany
Umschlaggestaltung: Nele Schütz Design, München,
unter Verwendung eines Motivs von shutterstock / Mopic
Satz: Schaber Datentechnik, Austria
Druck und Bindung: GGP Media GmbH, Pößneck

ISBN: 978-3-453-31767-3

www.diezukunft.de

Halt inne, Reisender!
Wie du nun bist, so war einst ich.
Wie ich nun bin, wirst du einst sein.
Wappne dich für den Tod, und folge mir.

Grabinschrift aus Neuengland

ERSTER TEIL

1

Eines Abends im Jahr 1959 saßen drei Männer in einem Zimmer um einen Tisch. Edward Hawks, Doktor der Naturwissenschaften, stützte das Kinn in seine übergroßen Hände und stemmte die spitzen Ellbogen auf die Schreibtischplatte. Er war dunkelhaarig, hager, groß gewachsen und blass. Seine Arbeit brachte es mit sich, dass er nur selten an die frische Luft kam, sodass er Besucher unwillkürlich an eine Vogelscheuche erinnerte, wenn sie ihn neben seinen sonnengebräunten jungen Assistenten sahen. Jetzt musterte er einen jungen Mann, der ihm gegenübersaß.

Der junge Mann auf der anderen Seite des Schreibtisches starrte unverwandt zurück. Sein kurz geschnittenes Haar war schweißnass und klebte strähnig an seinem Kopf. Der Schweiß rann sein ebenmäßiges Gesicht hinunter und sammelte sich unter seinem Kinn. »Und dunkel …«, sagte er unsicher, »und dunkel und nirgendwo Sterne …« Seine Stimme sank zu einem undeutlichen Murmeln herab.

Hawks sah nach rechts.

Weston, der neue Psychologe, saß dort in dem bequemen Sessel, den er sich in Hawks' Büro mitgebracht hatte. Weston und Hawks waren etwa gleichaltrig, beide Anfang vierzig. Aber Weston war klein und untersetzt; er war sehr von sich selbst eingenommen und wirkte mit seiner schwarz umrandeten Brille weltmännischer. Jetzt war er vor allem ungeduldig. Er runzelte leicht die Stirn und zog eine Augenbraue hoch.

»Er ist tatsächlich verrückt«, stellte Hawks erstaunt fest.

Weston schlug die Beine übereinander. »Das habe ich Ihnen bereits gesagt, Dr. Hawks. Für mich stand es schon in dem Augenblick fest, als wir ihn aus Ihrer Maschine herausholten. Die Belastung war zu viel für ihn.«

»Ich weiß«, gab Hawks bereitwillig zu. »Aber ich bin für ihn verantwortlich, deshalb muss ich mir ganz sicher sein.« Er warf Weston einen nachdenklichen Blick zu. »Er war jung und kerngesund. Außergewöhnlich belastbar, meinten Sie. So wirkte er auch.« Hawks machte eine Pause. »Und sehr intelligent«, fügte er langsam hinzu.

»Ich habe gesagt, er sei belastbar«, erklärte Weston ernst. »Ich sagte nicht, er könne auch unmenschliche Belastungen ertragen. Ich habe festgestellt, dass er ein Musterexemplar der Gattung Mensch sei. Aber Sie haben ihn dorthin geschickt, wo kein Mensch hingehen sollte.«

Hawks nickte. »Sie haben natürlich recht. Es ist meine Schuld.«

»Allerdings hat er sich freiwillig dazu gemeldet«, warf Weston schnell ein. »Er hat gewusst, dass es sich um ein gefährliches Unternehmen handelte. Er hat gewusst, dass er sein Leben riskierte.«

Aber Hawks hörte ihm nicht mehr zu. Er sah wieder zu dem jungen Mann hinüber.

»Rogan?«, sagte er leise. »Rogan?«

Er beobachtete, wie sich die Lippen des jungen Mannes tonlos bewegten. Dann seufzte er und wandte sich wieder an Weston. »Können Sie ihm helfen?«

»Selbstverständlich«, antwortete Weston zuversichtlich. »Wir werden ihn einer Elektroschock-Behandlung unterziehen, bis er alles vergessen hat. Dann ist alles wieder in Ordnung.«

»Ich wusste nicht, dass eine Elektroschock-Amnesie dauerhaft ist.«

Weston sah Hawks in die Augen. »Es kann natürlich sein, dass er von Zeit zu Zeit die Behandlung wiederholen muss.«

»In regelmäßigen Abständen – für den Rest seines Lebens.«

»Das muss nicht immer sein.«

»Aber meistens.«

»Nun, ja …«

»Rogan«, flüsterte Hawks. »Rogan, es tut mir leid.«

»Und dunkel … und dunkel … Es hat mir wehgetan, und es war so kalt … so still, dass ich mich hören konnte.«

Dr. Edward Hawks schritt über den Betonfußboden des großen Hauptlabors. Er hatte die Hände in den Hosentaschen vergraben und hielt den Kopf gesenkt. Sein Weg führte ihn an zahlreichen Generatoren und Konsolen vorbei, bis er, ohne einmal aufgesehen zu haben, schließlich den Empfängerteil des Materietransmitters erreicht hatte.

Das Hauptlabor bedeckte eine Fläche von einigen Tausend Quadratmetern im Keller des Gebäudes der Entwicklungsabteilung von Continental Electronics. Vor einem

Jahr, als Hawks den Transmitter konstruiert hatte, waren die Fußböden des Erdgeschosses und des ersten Stocks herausgerissen worden, um Raum für das Gerät zu schaffen, das jetzt bis an die Decke ragte. An seiner Außenseite führten in regelmäßigen Abständen Stege entlang, von denen aus die Wartungsarbeiten durchgeführt wurden. Brücken mit Gitterböden liefen von dort aus zu den Galerien entlang der Wände, auf denen sich die Instrumente befanden. Dutzende von Männern aus Hawks' Stab waren mit Abschlusstests beschäftigt, bevor sie die Maschinen für heute stilllegten. Die grellen Deckenleuchten ließen lange Schatten entstehen, die ein bizarres Muster auf dem Boden bildeten, wenn sie über die Brücken liefen.

Hawks legte den Kopf zurück und starrte den Transmitter nachdenklich an. »Ed!«, rief jemand hinter ihm, und er sah sich um.

»Hallo, Sam.« Sam Latourette, sein erster Assistent, hatte sich leise genähert. Er war ein grobknochiger Mann mit schwammigem Fleisch und dunkel umrandeten, tief liegenden Augen. Hawks lächelte ihn müde an. »Die Leute sind wohl schon fast mit ihrem *post mortem* fertig, was?«

»Du bekommst morgen einen ausführlichen Bericht. Die Maschinen haben tadellos gearbeitet. Alles in bester Ordnung, Ed.« Latourette wartete offensichtlich darauf, dass Hawks Interesse zeigen würde. Aber der nickte nur und starrte weiter in die Höhe. Latourette räusperte sich.

»Ja, Sam?«

»Hör auf damit, Ed. Du machst dich nur selbst fertig.« Wieder wartete er auf Hawks' Reaktion, aber als sie ausblieb, fasste er Hawks am Arm. »Glaubst du, ich wüsste nicht genau, was in dir vorgeht? Wie lange arbeite ich jetzt schon mit dir zusammen? Zehn Jahre! Wer hat mich angestellt? Wer hat mich ausgebildet? Du kannst sie alle an der Nase herumführen – aber *mich* nicht!« Latourette ballte die Fäuste. »Ich kenne dich! Aber – verdammt, Ed, schließlich kannst du doch nichts dafür, dass dieses Ding dort oben existiert! Was willst du eigentlich – dass keinem ein Härchen gekrümmt wird? Wovon träumst du – von einer vollkommenen Welt?«

Hawks lächelte wieder. »Wir stoßen ein Tor auf, wo nie eines gewesen ist«, sagte er und zeigte dabei auf die Maschinen, »und durchbrechen eine Wand, die wir nicht erbaut haben. Das nennt sich wissenschaftliche Forschung. Dann schicken wir einen Mann durch dieses Tor. Das ist ein Abenteuer. Und etwas auf der anderen Seite – das die Menschheit noch nie belästigt hat, das uns noch nie Anlass zur Besorgnis gegeben hat – bringt sie um. Deshalb schicke ich immer wieder neue Freiwillige. Wie nennt man das, Sam?«

»Ed, wir machen aber doch Fortschritte. Jetzt kann es nicht mehr lange dauern.«

Hawks sah ihn neugierig an.

»Jede Maschine hat gewisse Kinderkrankheiten«, sagte Latourette unsicher. »Aber damit werden wir bestimmt fertig, Ed – ich weiß es ganz sicher.«

Hawks sah nachdenklich auf die graue Hammerschlaglackierung der Maschine. »Weil wir sie nicht mehr umbringen, meinst du? Weil sie nur noch wahnsinnig werden?«

»Wir müssen nur noch ein neues Verfahren entwickeln, damit die Leute den Schock besser überstehen, den sie bekommen, wenn sie spüren, dass sie sterben. Mehr Sedativa. Irgendetwas in dieser Richtung.«

»Sie müssen trotzdem noch dorthin«, stellte Hawks fest. »Die dabei angewandte Methode macht keinen Unterschied – das Ding toleriert sie auf keinen Fall. Es ist einfach nicht für Menschen geschaffen. Der menschliche Geist wird es nie erfassen oder beschreiben können. Wir werden eine neue Sprache erfinden müssen, weil unsere dazu nicht ausreicht, und eine völlig neue Denkweise, um es verstehen zu können. Erst wenn wir es schließlich zerlegt und seine Einzelteile gesehen, gefühlt, angefasst und geschmeckt haben, werden wir vielleicht mutmaßen können, was es wirklich ist. Aber das können wir erst, wenn wir mit unseren Untersuchungen durch sind. Und was bringt dieses neue Wissen den Männern, die heute dafür sterben müssen? Wer auch immer es da oben platziert hat, aus welchen Gründen auch immer – wir Menschen werden nicht in der Lage sein, in diesem Ding zu leben, bis wir es nicht gänzlich verstanden haben. Wie kann man das in klarem Englisch ausdrücken, sodass jeder normale Mensch es verstehen kann? Wir haben es mit einem monströsen Ding zu tun. Entweder beginnen wir in gewisser Beziehung ebenfalls wie Monstren zu denken – oder wir geben unsere Versuche auf und lassen es dort oben auf dem Mond, ohne uns weiter darum zu kümmern.«

Latourette warf ihm einen ungläubigen Blick zu. »Willst du die Versuche etwa einstellen lassen?«

Hawks sah ihn stumm an.

Latourette fasste Hawks am Arm. »Cobey. Hat er dir die Anweisung gegeben, die Versuchsreihe abzubrechen?«

»Cobey kann nur Anfragen machen«, stellte Hawks richtig. »Ich bin ihm keineswegs unterstellt.«

»Aber er ist der Präsident von Continental Electronics, Ed! Er kann dir das Leben schwer machen. Ihm wäre es nur recht, wenn die Gesellschaft endlich nichts mehr damit zu tun hätte.«

Hawks nahm Latourettes Hand von seinem Arm und legte sie an die Außenwand des Transmitters. Seine eigenen Hände schob er in die Taschen seines Laborkittels. »Die Navy hat die Entwicklung des Transmitters nur deshalb finanziert, weil er meine Idee war. Für jeden anderen hätten sie vermutlich keinen Cent herausgerückt. Nicht für eine so verrückte Konstruktion.« Er starrte auf die Maschine. »Selbst jetzt, nachdem wir wissen, dass das Ding so ist, wie es ist, werden sie Cobey auf keinen Fall von dem Vertrag zurücktreten lassen. Nicht, solange sie denken, dass ich noch weitermachen kann. Nein, wegen Cobey brauche ich mir keine Sorgen zu machen.« Er lächelte leicht. »Im Gegenteil – er muss sich meinetwegen Sorgen machen.«

»Und, wie steht es mit dir? Wie lange kannst du das noch aushalten?«

Hawks trat einen Schritt zurück und sah Latourette nachdenklich an. »Worüber machen wir uns jetzt eigentlich Gedanken – über das Projekt oder über mich?«

Latourette seufzte. »Schön, Ed, tut mir leid«, sagte er bekümmert. »Aber was hast du jetzt vor?«

Hawks sah nachdenklich an der gigantischen Außenwand des Materietransmitters hoch. Im Arbeitsbereich hinter und über ihnen schalteten die Techniker jetzt der Reihe nach die Lampen in den verschiedenen Subsektionen der Kontrollstation aus. Dunkelheit legte sich in diagonalen Streifen auf die Galerien ringsum, als fielen riesige Mikadostäbchen auf die Metallbrücken über ihnen. Über dem Schaltpult leuchtete das grüne Zeichen STROM AUS wie das Auge eines Giganten.

»Wir haben keinerlei Einfluss auf dieses Ding, in das wir unsere Leute schicken«, sagte Hawks schließlich langsam. »Und wir haben bereits alles getan, was in unserer Macht steht, um die Art und Weise, wie wir die Männer dorthin schicken, zu verbessern. Meiner Meinung nach bleibt uns nur noch eine Möglichkeit. Wir müssen nach einem ganz anderen Typ Mann suchen, der sich als Versuchsobjekt eignet. Ein Mann, der nicht wahnsinnig wird, wenn er fühlt, dass er stirbt.« Er sah die Maschine fragend an. »Schließlich gibt es alle möglichen Arten von Menschen auf dieser Welt«, fuhr er fort. »Vielleicht finden wir wirklich einen Mann, der sich vor dem Tod nicht fürchtet, sondern ihn sogar sucht ...«

»Du suchst also einen Verrückten«, stellte Latourette enttäuscht fest.

»Kann sein. Aber genau so einen brauchen wir, nichtsdestotrotz.« Alle Lampen in der Halle waren jetzt aus. »Es muss ein Mann sein, den das anzieht, was andere wahnsinnig werden lässt. Je stärker diese Eigenschaft bei ihm ausgebildet ist, desto besser eignet er sich für unsere Zwecke. Ein Mann, dem der Tod nichts bedeutet.« Hawks' Blick verlor sich in der Unendlichkeit. »Und ich werde ihn hinaufschicken, wenn er einwilligt.«

2

Der Personalchef von Continental Electronics war ein dicklicher Mann namens Vincent Connington. Er kam in Hawks' Büro gestürzt und schüttelte ihm überschwänglich die Hand. Er trug einen hellblauen Anzug aus Schantungseide und reichlich geschmacklose Cowboystiefel. Als er sich in den Besucherstuhl fallen ließ, kniff er die Augen gegen das Sonnenlicht, das durch die halb geschlossenen Rollos hereinfiel, zusammen und sah sich um. »Mein Büro oben hat denselben Grundriss. Aber es sieht wesentlich freundlicher aus, weil ich einen Teppich hineingelegt und ein paar Bilder an die Wände gehängt habe.« Er wandte sich lächelnd an Hawks. »Ich wollte mich gern einmal mit Ihnen unterhalten, Doktor. Ich bewundere Sie wirklich. Sie leiten eine Abteilung und arbeiten trotzdem selbst mit, während ich den ganzen Tag hinter meinem Schreibtisch sitze und sicherstellen muss, dass meine Leute die Routinearbeiten erledigen, ohne alles zu vermasseln.«

»Ihre Abteilung scheint trotzdem ganz gut in Schwung zu sein«, sagte Hawks kühl. Ohne dass ihm das bewusst gewesen wäre, richtete er sich im Stuhl auf, sein Gesicht eine undurchdringliche Maske. Sein Blick streifte Conningtons Stiefel, dann sah er wieder auf seinen Schreibtisch. »Jedenfalls hat sie mir bisher immer ausgezeichnete Techniker geschickt.«

Connington grinste zufrieden. »Stimmt, Sie haben die besten bekommen.« Er lehnte sich nach vorn. »Aber das ist alles nur Routinearbeit.« Er nahm Hawks' letzte Anforderung aus der Innentasche seiner Jacke. »*Das* hier – diese Anforderung werde ich persönlich bearbeiten.«

»Hoffentlich gelingt es Ihnen«, meinte Hawks vorsichtig. »Ich kann mir vorstellen, dass es eine gewisse Zeit dauert, bis Sie einen Mann haben, der den Bedingungen entspricht, die ich stellen muss. Andererseits werden Sie hoffentlich berücksichtigen, dass wir nicht allzu viel Zeit haben. Ich möchte ...«

Connington machte eine ungeduldige Handbewegung. »Oh, ich habe den richtigen Mann schon gefunden, Doktor. Schon seit einiger Zeit.«

Hawks zog die Augenbrauen hoch. »Wirklich?«

Connington grinste. »Sie glauben mir nicht?« Er lehnte sich in den Sessel zurück. »Doktor, nehmen wir einmal an, jemand käme zu Ihnen und gäbe Ihnen einen bestimmten Auftrag – sagen wir eine Schaltung, die eine gewisse Aufgabe erfüllen soll. Nehmen wir weiterhin an, Sie griffen in Ihre Schreibtischschublade und holten ein Blatt Papier heraus, auf dem genau diese spezielle Schaltung dargestellt ist. Toll, was? Und wenn der andere sich dann genügend darüber gewundert und lange genug den Kopf geschüttelt hat, weil Sie ihm die Schaltung sofort unter die Nase halten konnten, würden Sie ihm vermutlich erklären, dass Sie sich *immer* mit Elektronik beschäftigen. Dass Sie sich auch dann mit diesem Gebiet befassen, wenn Sie an keinem besonderen Projekt arbeiten. Und dass Sie mit den neuesten Entwicklungen auf diesem Gebiet vertraut sind, weil Sie genügend Interesse dafür aufbringen, um die entsprechende Literatur zu studieren. Deswegen haben Sie sich eben darüber Gedanken gemacht, was für Probleme in nächster Zeit auftauchen könnten, und in einigen Fällen war die Lösung dafür so leicht zu finden, dass Sie sich kaum anstrengen mussten. Und dass Sie sich die Zeichnungen aufgehoben haben, bis jemand Sie danach fragen würde. Verstehen Sie, was ich damit sagen will? Wenn man die Sache so betrachtet, ist es durchaus keine Hexerei. Nur das Werk eines talentierten Mannes, der seine Aufgabe erfüllt.«

Connington grinste breit. »Ich habe einen Mann an der Hand, der wie geschaffen für Ihre Versuche zu sein scheint. Ich kenne ihn in- und auswendig. Und ich kenne Sie, zumindest ein bisschen. Es gibt noch einiges, was ich über Sie in Erfahrung bringen muss, aber ich glaube nicht, dass mich etwas davon überraschen wird. Wie dem auch sei, ich habe Ihren Mann. Er ist gesund, er steht jederzeit zu Ihrer Verfügung, und ich habe ihn während der letzten zwei Jahre regelmäßig darauf überprüfen lassen, ob seine Verwendung sich mit unseren Sicherheitsvorschriften vereinbaren lässt. Sie können ihn wirklich haben, Doktor – ich meine es ernst.«

Connington verschränkte zufrieden die Arme. »Sie sehen also, Doktor …« Connington lehnte sich zurück und ließ seine Fingergelenke knacken, »Sie sind nicht der einzige ›Beweger‹ auf dieser Welt.«

Hawks runzelte leicht die Stirn. »Beweger?«

Connington kicherte vor sich hin, als habe er einen guten Witz gemacht, den nur er selbst verstand. »Auf der Erde gibt es viele Arten von Menschen. Aber sie alle lassen sich in zwei Gruppen aufteilen, eine größere und eine wesentlich kleinere. Es gibt Menschen, die aus dem Weg gestoßen oder auf Linie gebracht werden, und dann gibt es welche, die das besorgen. Es ist sicherer und bequemer, Anweisungen auszuführen. Man braucht keinerlei Verantwortung zu übernehmen, und wenn man tut, was einem gesagt wird, bekommt man ab und zu einen Fisch zugeworfen. Als ›Beweger‹ lebt man unsicherer, denn man riskiert immer, in eine Sackgasse zu geraten. Es ist auch nicht bequem, denn man muss ständig auf Trab sein, weil man sich seine Fische selbst besorgen muss. Aber es macht unheimlich Spaß.« Er sah Hawks ins Gesicht. »Habe ich nicht recht, Doktor?«

»Mr. Connington …«, begann Hawks. Er starrte den anderen an. »Ich bin noch nicht ganz überzeugt. Der Mann, den ich angefordert habe, muss außergewöhnliche Bedingungen erfüllen. Sind Sie ganz sicher, dass Sie ihn mir sofort zur Verfügung stellen können? Wollen Sie wirklich behaupten, dass Ihr Vorschlag *nicht* das Ergebnis sorgfältig überlegter Planung sei? Ich vermute, dass Sie einen bestimmten Grund dafür haben, diesen Mann vorzuschlagen, und dass Sie über diesen glücklichen Zufall froh sind.«

Connington kicherte, lehnte sich in seinen Sessel zurück und entnahm seinem Zigarrenetui eine Brasil. Mit einem goldenen Zigarrenschneider, der an einer goldenen Kette am Etui befestigt war, knipste er ein Ende ab, dann setzte er sie mit einem goldenen Feuerzeug, auf dem ein Rubin prangte, in Brand. Er paffte und stieß den Rauch genüsslich durch seine großen, weit auseinanderstehenden Zähne aus. Seine Augen glitzerten hinter dem dichten Rauchschleier vor seinem Gesicht.

»Bleiben wir doch höflich, Dr. Hawks«, sagte er. »Betrachten wir die Angelegenheit lieber vom logischen Standpunkt aus. Continental Electronics bezahlt Sie, damit Sie die Entwicklungsabteilung leiten, und Sie sind auf Ihrem Gebiet einmalig.« Connington beugte sich vor und sah Hawks bedeutungsvoll an. »Continental Electronics bezahlt *mich*, damit ich die Personalabteilung leite.«

Hawks schwieg einen Augenblick. »In Ordnung«, meinte er schließlich. »Wann kann ich den Mann sehen?«

Connington warf sich wieder zurück und zog zufrieden an seiner Zigarre. »Sofort, wenn Sie wollen. Er lebt ganz in der Nähe an der Küste. Sie kennen doch die Klippen bei Havertown?«

»Ungefähr.«

»Das genügt völlig. Wenn Sie eine Stunde Zeit haben, können wir gleich hinfahren. Was halten Sie davon?«

»Ich habe auf jeden Fall Zeit. Ohne den richtigen Mann kann ich nicht weitermachen.«

Connington stand auf und reckte sich. Sein Gürtel rutschte unter die beachtliche Wölbung seines Bauches, und er hielt inne, um sich die Hosen hochzuziehen. »Sie gestatten doch?«, murmelte er, die Zigarre zwischen den Zähnen, und griff nach Hawks' Telefon. Er wählte eine Nummer, sprach kurz – und eine Weile ziemlich barsch – mit jemandem und kündigte ihr Kommen an. Dann rief er die Fahrbereitschaft an und befahl, seinen Wagen an das Haupttor zu bringen. Als er den Hörer auflegte, grinste er wieder. »Gehen wir. Der Wagen wird bereits warten, wenn wir an das Tor kommen.«

Hawks nickte und stand auf.

Connington beobachtete ihn lächelnd. »Ich mag es, wenn man mich von der Leine lässt. Ich mag Leute, die misstrauisch bleiben, wenn ich ihnen genau das anbiete, wonach sie gesucht haben.« Er lachte immer noch über seinen Privatwitz. »Je länger die Leine ist, desto mehr Bewegungsspielraum habe ich. Sie sind da ganz anders, Doktor. Wenn Sie jemand sehen, der Ihnen Ärger machen könnte, ziehen Sie sich von ihm zurück. Sie machen Ihre Schale dicht und bleiben darin sitzen, weil Sie Angst haben, dass Sie in Schwierigkeiten kommen könnten. Die meisten Menschen reagieren ähnlich. Deshalb werde ich eines Tages Präsident unserer Gesellschaft sein, während Sie immer noch Leiter der Abteilung Entwicklung sein werden.«

Hawks lächelte ironisch. »Hoffentlich macht es Ihnen dann auch Spaß, dem Vorstand beizubringen, dass mein Gehalt wesentlich höher als Ihres sein muss.«

»Hm«, meinte Connington nachdenklich, »ja, das.« Er warf Hawks einen Blick zu. »Sie meinen es auch ernst, was?«

Er klopfte seine Zigarre über Hawks' Schreibtischunterlage ab. »In diesen Isolieranzügen wird es wohl manchmal ein bisschen zu heiß, was, Doktor?«

Hawks sah zuerst ausdruckslos die Asche, dann Connington selbst an. Er öffnete eine Schublade und holte einen Briefumschlag heraus. Dann zog er sich die Jacke an und steckte den Umschlag in die Innentasche. »Ihr Auto steht wahrscheinlich bereits vor dem Tor«, sagte er ruhig.

Sie fuhren in Conningtons neuem Cadillac die Küstenstraße entlang, bis diese einen Bogen vom Meer und den

Klippen weg ins Innere des Landes machte. Etwa hundert Meter hinter einem kleinen Laden, vor dem zwei Benzinzapfsäulen standen, bog Connington auf eine holprige Nebenstraße ab, die durch ein Kieferngehölz zum Meer führte. Einige Minuten später war die Straße zu einem schmalen Schotterweg geworden, der kaum für Conningtons Straßenkreuzer ausreichte. Er führte sie nur wenige Meter über der Wasserlinie an den Felsen entlang.

Die Klippen waren völlig kahl und bestanden aus einem bröckelnden Gestein, in dem sich unter Einfluss von Wind und Wasser tiefe waagerechte Rinnen gebildet hatten, die mit Geröll gefüllt waren, aus dem auch der Straßenbelag bestand. Das Auto kroch im ersten Gang weiter – ein Kotflügel war keinen halben Meter von den Felsen entfernt, während der andere bereits über dem Wasser zu hängen schien. Einige Zeit fuhren sie so weiter; Connington summte zufrieden vor sich hin, und Hawks hielt die Hände auf den Knien und starrte geradeaus.

Die Straße wurde zu einem Hohlweg mit gefährlichen Überhängen, den man in die Felswand gesprengt hatte. Dann erreichten sie eine Holzbrücke, die über einen tiefen Einschnitt führte. Zehn Meter unter ihnen brachen sich die Wellen direkt an dem felsigen Ufer. Das Salzwasser sprühte selbst jetzt, bei Ebbe, bis zu ihnen hinauf und triefte von der Windschutzscheibe des Cadillacs. Dann versickerte es langsam zwischen den dicken Bohlen der Brücke.

Die Straße führte auf der anderen Seite der Brücke weiter, aber Connington hielt einige Meter dahinter neben einem Zinkbriefkasten, der an einem Pfahl angebracht war. Sie standen vor einer engen Auffahrt, die aus dem

Fels herausgesprengt zu sein schien. Der Weg führte steil nach oben, bis er hinter einer Biegung verschwand.

»Da wären wir«, grunzte Connington und zeigte mit seiner Zigarre auf das Namensschild an dem Briefkasten. »Barker. Al Barker.« Er sah Hawks neugierig an. »Haben Sie den Namen schon einmal gehört?«

»Nein«, antwortete Hawks.

»Lesen Sie denn nie den Sportteil in Ihrer Morgenzeitung? Nein – vermutlich nicht.« Connington ließ den Cadillac vorsichtig einen Meter zurückrollen, schlug die Vorderräder scharf nach rechts ein, umklammerte das Lenkrad und gab langsam Gas. Der Motor heulte auf, als der schwere Wagen mühsam die Steigung emporkroch, die fast zu steil für ihn war. An beiden Seiten waren kaum zwanzig Zentimeter zwischen den Kotflügeln und den Felsen. Von links spritzte immer noch Salzwasser gegen das Auto.

»Barker ist ein irrer Bursche«, murmelte Connington, ohne dabei seine Zigarre aus dem Mund zu nehmen. »Fallschirmjäger im Zweiten Weltkrieg. Ab 1944 beim Amt für strategische Dienste. Spezialisiert auf Attentate. Mitglied der Olympiamannschaft als Skispringer. War Bobfahrer und erstklassiger Jachtsegler. 1950 amerikanischer Meister im Pistolenschießen. Hält einen Rekord im Sporttauchen. Früher begeisterter Bergsteiger und Kletterer. Vor einigen Jahren rasierte er mit einem Rennboot den halben Landungssteg am Lake Mead ab. Damals habe ich ihn kennengelernt, ich war dort im Urlaub. Im Augenblick beschäftigt er sich mit seinem selbst gebauten Rennwagen. Er will ihn für das nächste Grand-Prix-Rennen anmelden und selbst fahren.«

Hawks zog die Augenbrauen erst zusammen, dann in die Höhe.

Connington grinste schief, ohne dabei die Augen von der Straße zu nehmen. »Na, glauben Sie jetzt allmählich, dass ich den richtigen Mann für Sie habe, Doktor?«

Bevor Hawks etwas sagen konnte, hatte Connington angehalten. Sie hatten die Biegung erreicht, und Hawks sah, dass die Auffahrt an dieser Stelle eine Haarnadelkurve bildete, die von unten nicht zu erkennen gewesen war. In der Kurve war die Straße nur etwa drei Meter breit, und an der Seite, die zum Meer hin abfiel, war kein Geländer angebracht – dreißig Meter darunter brandeten die Wellen gegen die Felsen.

»Sie müssen mir helfen«, sagte Connington. »Steigen Sie aus, damit Sie mich warnen können, wenn es aussieht, als gerieten die Vorderräder zu weit an den Rand.«

Hawks warf ihm einen mürrischen Blick zu und öffnete die Tür. Er zwängte sich zwischen dem Wagen und den Felsen vorbei und ging bis an die Kurve. Seine Schuhe ragten einige Zentimeter über den Abgrund hinaus, als er sich vorbeugte, um nach unten zu sehen. Weit unter ihm brachen sich die Wellen und schäumten an den Klippen empor. An einem kleinen Absatz hingen eine Autostoßstange und ein Stofffetzen, der vom Dach eines Cabriolets zu stammen schien. Der Stoff war ausgefranst, die Farbe verblasst. Die Stoßstange war dick mit Rost bedeckt. Hawks starrte sie neugierig an.

Connington kurbelte sein Fenster herunter. »Die gehörte zu einem von Barkers Sportwagen«, schrie er herüber. »Das hat er vor einigen Monaten fertiggebracht. Beinahe hätte es ihn auch erwischt.«

Hawks fuhr mit der Zungenspitze bei geschlossenen Lippen über seine Vorderzähne. Dann ging er zu dem Wagen zurück.

»Okay«, meinte Connington, »passen Sie auf. Diese Kurve hat es in sich. Sie müssen mir sagen, wenn es gefährlich wird.«

Hawks nickte. Connington fuhr so weit wie möglich in die Kurve hinein, stieß dann zurück und blieb auf Hawks' Zeichen hin stehen. Dann wiederholte er dieses Manöver mehrmals, bis der Wagen schließlich um die Kurve herum war. Hawks stieg wieder ein.

»Wir hätten das Auto unten abstellen und zu Fuß hinaufgehen sollen«, stellte Hawks fest.

Connington gab Gas und deutete gleichzeitig auf seine Füße. »Nicht mit diesen Stiefeln«, grunzte er. »Barker nimmt diese Kurve meistens mit sechzig Sachen.« Er warf Hawks einen Blick zu.

Hawks sah ihn ebenfalls an. »Manchmal vielleicht.«

»Immer – bis auf dieses eine Mal. Allerdings scheint es ihm nichts ausgemacht zu haben, denn er ist deswegen keineswegs langsamer geworden.« Connington grinste. »Na, Doktor? Ich weiß, dass ich Sie nicht so behandle, wie Sie es gerne möchten. Aber trotzdem müssen Sie Vertrauen zu mir haben, obwohl Sie mich nicht ausstehen können und meine Methoden nicht verstehen. Ich verstehe mein Handwerk. Ich habe den richtigen Mann für Sie. Das allein zählt.« In seinen Augen blitzte wieder dieser Witz auf, den er nicht erzählte; das Geheimnis, das er nach wie vor für sich behielt.

3

Am höchsten Punkt der Klippen verwandelte sich der mit Schlaglöchern übersäte Weg plötzlich in eine asphaltierte Auffahrt, die rechts und links von gepflegten Rasenflächen umgeben war. Zahlreiche Rasensprenger hielten das Gras ständig feucht. Überall ragten Zypressen auf, unter denen sich üppig bepflanzte Blumenbeete erstreckten. Am Ende der Auffahrt stand ein weitläufiger Bungalow, dessen eine Wand komplett aus Glas bestand, durch das man eine herrliche Aussicht über das Meer haben musste. Die Zypressen bewegten sich in der leichten Brise.

In der Nähe des Hauses lag ein blau gekacheltes Schwimmbecken. Eine schlanke Blondine, die einen gelben Bikini trug, der hervorragend zu ihrer sonnengebräunten Haut passte, lag auf einem Badetuch und drehte an den Einstellknöpfen ihres Kofferradios. Neben ihr standen ein leeres Glas mit einem fast zerschmolzenen Eiswürfel und eine Thermosflasche. Die Frau hob kurz den Kopf und warf einen desinteressierten Blick auf das Auto.

Connington ließ seine Hand sinken, die er bereits grüßend erhoben hatte. »Claire Pack«, sagte er zu Hawks, als er den Wagen vor dem Bungalow abstellte.

»Lebt sie hier?«, fragte Hawks.

Connington machte ein langes Gesicht. »Ja. Los, kommen Sie, Doktor.«

Sie gingen zu dem Schwimmbecken hinüber. Erst jetzt bemerkte Hawks den Mann, der darin herumschwamm. Er blieb die meiste Zeit unter Wasser und streckte nur gelegentlich den Kopf heraus, um Luft zu holen. Er wirkt tatsächlich eher wie ein großer Fisch, dachte Hawks. Zwischen Claire Pack und dem Schwimmbecken lag eine abgeschnallte Unterschenkelprothese in der Nähe der verchromten Leiter, die ins Wasser führte. Aus dem Radio klang »In The Mood« von Glenn Miller.

»Claire?«, fragte Connington vorsichtig.

Sie hatte sich nicht bewegt, obwohl sie die Schritte der beiden Männer gehört haben musste. Sie summte die Melodie mit und schlug dabei den Takt auf dem Gehäuse des Radios. Jetzt drehte sie sich langsam um, bis sie auf dem Rücken lag, und sah Connington an.

»Oh«, sagte sie leise. Sie warf einen Blick auf Hawks. Ihre Augen waren grün mit winzigen braunen Flecken, die Pupillen zogen sich rasch zusammen, als das Sonnenlicht sie traf. Sie blinzelte.

»Das hier ist Dr. Hawks, Claire«, sagte Connington geduldig. »Er ist Vizepräsident unserer Gesellschaft und leitet die Entwicklungsabteilung. Ich habe dich doch deshalb angerufen. Was soll also das Theater? Wir möchten mit Al sprechen.«

Sie machte eine einladende Handbewegung. »Setzt euch. Al kommt bestimmt gleich aus dem Wasser.«

Connington ließ sich ächzend neben ihr auf dem Rasen nieder, während Hawks es vorzog, sich im Schneidersitz auf eine Ecke des Handtuchs zu setzen. Claire Pack richtete sich auf, stützte das Kinn auf die Knie und sah Hawks neugierig an. »Was ist das für ein Job, den Sie für Al haben?«

»Er ist gerade richtig für ihn«, erklärte Connington ihr kurz. Als Claire daraufhin nur ironisch lächelte, wandte er sich an Hawks. »Wissen Sie, ich vergesse es immer wieder. Ich komme mit großen Erwartungen her, aber wenn ich sie sehe, fällt mir wieder ein, wie sie wirklich ist.«

Claire Pack ignorierte ihn und musterte Hawks. Dann zog sie fragend die Augenbrauen in die Höhe. »Sie haben einen Job, der genau richtig für Al ist? Sie sehen aber gar nicht wie ein Mann aus, der sich mit solchen Dingen abgibt, Doktor. Wollen Sie mir nicht Ihren Vornamen verraten?« Sie warf Connington über die Schulter hinweg einen Blick zu. »Gib mir eine Zigarette.«

»Edward«, antwortete Hawks. Er beobachtete, wie der andere eine Packung Zigaretten öffnete und sie ihr anbot. »Zünd sie gleich an«, sagte sie, ohne Connington dabei anzusehen. Ihre vollen Lippen verzogen sich zu einem breiten Lächeln. »Ich werde Sie einfach Ed nennen«, meinte sie an Hawks gewandt.

Connington wischte sich den Mund mit dem Handrücken ab, bevor er die Zigarette mit seinem rubinbesetzten Feuerzeug anzündete. Der Filter bestand außen aus rotem Seidenpapier, um Lippenstiftabdrücke zu verbergen. Er zog hastig daran, steckte ihr die Zigarette zwischen die Finger und versenkte die Packung wieder in seiner Tasche.

»Natürlich«, sagte Hawks und deutete ein Lächeln an. »Ich werde Sie Claire nennen.«

Sie zog erneut eine Augenbraue hoch und betrachtete den roten Zigarettenfilter. »Von mir aus gern.«

Connington sah ihn über Claires Schulter hinweg an. Seine Augen zeigten einen traurigen Ausdruck. Aber gleichzeitig schien er sich über irgendetwas zu amüsieren. »Na, Doktor, heute scheinen alle unter die ›Beweger‹ gegangen zu sein. Und alle in verschiedene Richtungen. Schnelle Leute. Behalten Sie die Fäuste oben.«

»Ich werde mein Bestes tun«, versprach Hawks.

»Ich finde nicht, dass Ed wie ein Mann wirkt, der sich leicht überrumpeln lässt«, meinte Claire und beobachtete Hawks dabei aufmerksam.

Hawks äußerte sich nicht dazu. Der Mann in dem Schwimmbecken hatte aufgehört zu tauchen und hielt sich jetzt am Beckenrand fest. Nur sein runder Schädel, der dicht mit sandfarbenem Haar bedeckt war, ragte dabei über das Wasser hinaus. Seine Wangenknochen traten auffallend hervor, er hatte eine schmale Nase und trug einen kurz geschnittenen Schnurrbart. Seine Augen waren aus der Entfernung nicht zu erkennen, und vom Wasser reflektierte Sonnenstrahlen tanzten über sein Gesicht.

»So hat unser guter Doktor sich sein ganzes Leben eingerichtet«, sagte Connington zu Claire. Die beiden schienen nicht bemerkt zu haben, dass Barker sie beobachtete. »Alles durch und durch wissenschaftlich. Soll und Haben sind immer ausgeglichen. Nichts wird verschwendet. Niemand legt Dr. Hawks herein.«

»Mr. Connington hat mich heute Nachmittag zum ersten Mal persönlich kennengelernt«, warf Hawks ein.

Claire Pack lachte amüsiert. »Darf man Ihnen einen Drink anbieten, ohne eine ablehnende Antwort riskieren zu müssen, Ed?«

»Das wird auch nicht helfen, Claire«, mischte Connington sich ein.

»Halt den Mund«, sagte sie. »Na, was ist, Ed?« Sie hielt die Thermosflasche hoch. »Scotch und Soda?«

»Danke, ja. Würde Mr. Barker es lieber sehen, wenn ich mich umdrehe, während er seine Prothese anschnallt? Kommt er deshalb nicht heraus?«

»Sie legt nur Wert auf einen guten ersten Eindruck«, warnte Connington ihn mit einem Seitenblick auf Claire. »Nehmen Sie sich vor ihr in Acht, Hawks!«

Claire warf den Kopf zurück und lachte herzlich. »Al kommt heraus, wenn er es für richtig hält. Vermutlich hätte er nicht einmal etwas dagegen, wenn ich Eintrittskarten für diese Show verkaufen würde. Sie brauchen sich deswegen keine Gedanken zu machen, Ed.« Sie schraubte den Verschluss auf, zog den Korken heraus und goss die Plastikverschlusskappe voll. »Leider habe ich weder ein zweites Glas noch Eiswürfel hier draußen, Ed. Aber das Zeug ist trotzdem noch ziemlich kalt. Geht es auch so?«

»Natürlich, Claire.« Hawks nahm den Plastikbecher entgegen und versuchte einen kleinen Schluck. »Ausgezeichneter Whisky.« Er behielt den Becher in der Hand und wartete darauf, dass Claire sich ebenfalls einschenkte.

»Bekomme ich nichts?«, fragte Connington. Er sah auf die Härchen an Claires Nacken, und seine Augen verschleierten sich.

»Hol dir ein Glas aus dem Haus«, befahl sie. Dann lehnte sie sich nach vorn und stieß mit Hawks an. »Auf ein ausgeglichenes Leben, Ed.«

Hawks lächelte kurz und trank. Sie streckte die Hand aus und legte sie auf seinen Knöchel. »Wohnen Sie hier in der Nähe, Ed?«

»Passen Sie auf, Hawks«, sagte Connington böse. »Sie treibt es so weit, bis Sie schließlich alles für sie tun würden – und dann sind Sie nur noch ein Spielzeug, das man achtlos wegwerfen kann, wenn man seiner überdrüssig geworden ist. Geben Sie ihr keine Gelegenheit dazu! Sie ist der größte Vamp Amerikas. Aber Sie können sich vorstellen, dass ein Mann wie Barker eine Frau wie Claire braucht.«

Claire drehte sich um und sah Connington zum ersten Mal voll an. »Versuchst du mich zu etwas aufzustacheln, Connie?«, fragte sie sanft.

In Conningtons Gesicht zuckte es. »Dr. Hawks ist geschäftlich hier, Claire«, antwortete er dann ruhig.

Hawks sah Connington über den Rand des Plastikbechers hinweg an. Einen Augenblick lang starrte er geradewegs in die Augen des anderen, dann wandte er den Blick ab und betrachtete wieder Claire.

»Jeder ist irgendwo geschäftlich unterwegs«, sagte sie zu Connington. »Jeder, der einen Schuss Pulver wert ist jedenfalls. Jeder hat etwas, was er haben möchte. Etwas sehr Wichtiges. Habe ich nicht recht, Connie? Bleib also bei deinen Geschäften, und ich kümmere mich um meine.« Sie sah unvermittelt zu Hawks hinüber und senkte kaum merklich die Wimpern. »Ich bin überzeugt, dass Ed auf sich selbst aufpassen kann und kein Kindermädchen nötig hat.«

Connington wurde rot, verzog den Mund, als wolle er eine Bemerkung machen, stand dann aber ruckartig auf und ging auf das Haus zu. Claire Pack lächelte boshaft vor sich hin.

Hawks nahm einen Schluck von seinem Drink. »Jetzt beobachtet er uns nicht mehr. Sie können Ihre Hand wieder von meinem Knöchel wegnehmen.«

Sie lächelte träumerisch. »Connie? Ich quäle ihn nur, damit er nicht zu übermütig wird. Er kommt ständig her, seit er Al und mich kennengelernt hat. Das Dumme ist nur – er kann nicht allein herauffahren, verstehen Sie? Wegen der scharfen Kurve in der Auffahrt. Er könnte es, wenn er sich endlich einen kleineren Wagen zulegen würde. Oder er könnte sich auch eine Frau mitbringen, die ihm dabei hilft. Aber er bringt nie eine Frau mit und gewöhnt sich weder den protzigen Wagen noch diese scheußlichen Stiefel ab. Er bringt lieber jedes Mal einen neuen Mann mit.« Sie zog die Mundwinkel herab. »Er will es gar nicht anders, wissen Sie?«

»Spielen Sie wirklich nur mit diesen Männern, die er mitbringt?«, erkundigte Hawks sich.

Claire warf lachend den Kopf zurück. »Er hat schon alle möglichen Kerle mitgebracht. Aber ich finde nur die interessant, die sich nicht schon beim ersten Mal Hals über Kopf in mich verknallen.«

»Aber vielleicht später? Hat das nie ein Ende? Als ich vorher sagte, er beobachte uns nicht mehr, meinte ich übrigens nicht Connington. Ich meinte Barker. Er zieht sich gerade aus dem Becken. Haben Sie seine Prothese absichtlich so weit vom Rand entfernt niedergelegt, dass er sie nur mit Mühe erreichen kann? Weil Sie wussten, dass ein anderer Mann kommen würde, der gleich den richtigen Eindruck von Ihnen bekommen sollte? Oder wollen Sie damit nur Barker provozieren?«

Sie sah einen Augenblick zu Boden. »Versuchen Sie herauszubekommen, wie viel davon Bluff ist?«, fragte sie dann. Sie hatte ihre Selbstbeherrschung nicht eine Sekunde lang verloren.

»Ich glaube nicht, dass Sie nur bluffen wollen. Aber ich kenne Sie noch nicht gut genug, um es ganz sicher zu wissen«, antwortete Hawks gelassen.

»Und ich kenne Sie ebenfalls noch nicht gut genug, Ed.«

Hawks war im Augenblick um eine Antwort verlegen. »Sind Sie schon lange mit Mr. Barker befreundet?«, fragte er schließlich.

Claire Pack nickte. Sie lächelte herausfordernd.

Hawks hakte in Gedanken einen Punkt ab. »Dann hat Connington also doch recht.«

Barker kam über den Rasen. Sein Körper wies kein Gramm überflüssiges Fett auf – ein Musterexemplar eines durchtrainierten Athleten. Er trug eine enge dunkelblaue Badehose und triefte vor Wasser. Seine Begrüßung bestand nur aus einem kurzen Kopfnicken und einem gemurmelten »Tag, wie geht's?«, aus dem weder Überraschung noch Neugier herauszuhören war. Er hob die Thermosflasche auf, legte den Kopf zurück und trank. Dann wischte er sich mit dem Handrücken über den Mund, ließ die Flasche auf die Decke fallen und setzte sich neben Claire. »Also, los!«, rief er dabei aus. »Was wollen Sie von mir?«

»Al, das hier ist Dr. Hawks«, erklärte die Frau ruhig. »Er ist kein Arzt, sondern bei Continental Electronics beschäftigt. Er möchte sich mit dir unterhalten. Connie hat ihn mitgebracht.«

»Ist mir ein Vergnügen«, sagte Barker herzlich und streckte die Hand aus. Am Handgelenk waren tiefe Narben zu erkennen, die von Verbrennungen zu stammen schienen. Seine Gesichtszüge unterhalb der schmalen Nase waren von einer maskenhaften Starrheit, die das Ergebnis zahlreicher plastischer Operationen sein musste. »Ich habe schon viel von Ihnen gehört, Dr. Hawks. Sie haben einen ausgezeichneten Ruf als Wissenschaftler.«

Hawks schüttelte ihm die Hand. »Ich bin noch nie einem Engländer begegnet, der sich Al hätte nennen lassen.«

Barker grinste schief. Sein Gesichtsausdruck veränderte sich beinahe unmerklich. »Tatsächlich bin ich genauso wenig Engländer wie Sie oder Claire Chinesen. Meine Vorfahren waren Indianer.«

»Seine Großeltern waren Mimbreño-Apachen«, warf Claire mit besonderer Betonung ein. »Als Großvater war der gefährlichste Mann von Nordamerika. Sein Vater entdeckte eine Silberader, die höhere Erträge als sämtliche bis dahin bekannten lieferte. Hält sie den Rekord eigentlich immer noch, Darling?« Sie wartete Barkers Antwort nicht erst ab. »Und Al hat eine erstklassige Erziehung, er war sogar auf der Universität«, fügte sie hinzu.

Barker biss die Zähne zusammen, sodass die hervorstehenden Wangenknochen noch deutlicher sichtbar wurden. Er griff plötzlich nach der Thermosflasche. Claire wandte sich lächelnd an Hawks. »Al hat wirklich Glück, dass er nicht in einem Reservat leben muss. Schließlich gibt es ein Gesetz, das den Verkauf von alkoholischen Getränken an Indianer unter schwere Strafen stellt.«

Hawks schwieg und beobachtete, wie Barker die Flasche mit einem Zug leerte. »Ich bin von Natur aus neugierig, Mr. Barker«, begann er dann. »Ist das wirklich der einzige Grund, weshalb Sie sich diese Ähnlichkeit zunutze machen?«

Barker setzte die Flasche ab. »Würde es *Ihnen* etwa Spaß machen, sich den Kopf zu scheren, sich am ganzen Leib mit Anilinfarben anzumalen und mitten auf der Hauptstraße eines verschlafenen Städtchens in New England einen zünftigen Kriegstanz hinzulegen?«

»Hm, wahrscheinlich weniger.«

»Das wäre Al allerdings auch nicht eingefallen«, sagte Claire und lehnte sich auf die Ellbogen zurück. »Er ist nach seinem Indianer-Initiationsritus nämlich Mitglied einer der vornehmsten Verbindungen an seiner ehemaligen Universität geworden – sogar Alter Herr, wenn ich mich recht erinnere. Seine gesellschaftliche Anerkennung hat er allerdings nur seinen schauspielerischen Fähigkeiten zu verdanken – und seinen großzügigen Stiftungen.« Sie strich Barker über die Wange und ließ ihre Finger nach unten über Schulter und Arm gleiten. »Aber was ist aus deiner Verbindung geworden? Wo sind die Blumen vergangener Jahre? Wo ist der Mimbreño-Junge geblieben?« Sie lachte und lehnte sich gegen seine Knie.

Barker sah auf sie hinunter und schien nicht recht zu wissen, ob er lachen oder böse sein sollte. Seine linke Hand spielte mit ihren Haaren. »Sie dürfen sich nicht von Claire verwirren lassen, Doktor«, sagte er langsam. »Sie kann nicht anders, das ist eben ihre Methode.« Er schien nicht zu merken, dass seine Hand sich in ihrem Haar verkrampft hatte und dass seine Finger an einer Strähne zogen. »Claire macht sich einen Spaß daraus, andere Leute auf die Probe zu stellen. Manchmal wirft sie sich ihnen dabei an den Hals. Aber das hat nichts zu bedeuten.«

»Sicher«, stimmte Hawks zu. »Aber ich wollte eigentlich mit Ihnen sprechen.«

Barker schien ihn nicht gehört zu haben. Er sah Hawks ernst ins Gesicht. »Mein erstes Zusammentreffen mit ihr war wirklich interessant. Vor sieben Jahren war ich in den Schweizer Alpen. Eines Tages, als ich gerade die Schlüsselstelle einer ziemlich schweren Wand hinter mir hatte, sah ich sie einige Meter über mir.« Jetzt spielte seine Hand zärtlich mit der Haarsträhne. »Sie saß dort auf einem winzigen Vorsprung, starrte in das Tal hinunter und träumte vor sich hin. Einfach so. Ich war keineswegs darauf vorbereitet gewesen, an dieser Stelle einem anderen Menschen zu begegnen. Es war, als ob sie dort gesessen habe, seit der Berg existierte.«

Claire lachte leise und drängte sich an Barker. »Die Erklärung dafür ist ganz einfach«, sagte sie zu Hawks. »Ich war in Begleitung einiger französischer Offiziere auf einer leichteren Route an diese Stelle gelangt. Ich wollte dort absteigen, wo Al heraufgekommen war, aber die Franzosen weigerten sich, weil es ihnen zu gefährlich erschien.« Sie zuckte mit den Schultern. »Deshalb bin ich also mit Al hinuntergeklettert. Ich bin nicht so kompliziert, wie ich aussehen mag, Ed.«

»Bevor sie mitging, musste ich allerdings noch die Franzosen verjagen«, warf Barker bedeutungsvoll ein. »Ich glaube, dass einer von ihnen sogar mit einem Hubschrauber ins Tal geflogen werden musste. Und ich habe nie vergessen, wie man *sie* am besten festhält.« Er sah Claire an.

»Mir gefallen starke Krieger eben, Ed«, sagte sie lächelnd. Dann verlagerte sie ihr Körpergewicht etwas, und Barker ließ die Strähne los. »Oder zumindest reden wir uns das ein. Diese Geschichte ist jetzt sieben Jahre her, und bisher gelang es noch keinem, mich ihm auszuspannen.«

Sie lächelte zu Barker auf, aber dann nahm ihr Gesicht wieder einen herausfordernden Ausdruck an. »Warum haben Sie Al noch nichts von seinem neuen Job erzählt, Ed?«

»Sie haben einen Job für mich?«, fragte Barker überrascht. »Dann sind Sie und Connie also tatsächlich geschäftlich hier?«

Hawks betrachtete die beiden einen Augenblick lang schweigend. Dann entschloss er sich. »In Ordnung. Sie sind bereits vom Geheimdienst überprüft worden, Mr. Barker?«

Barker nickte. »Ja.« Er lächelte, als erinnere er sich an vergangene Zeiten. »Ich habe schon ab und zu Aufträge für die Regierung durchgeführt.«

»Dann möchte ich mich gern unter vier Augen mit Ihnen unterhalten.«

Claire erhob sich betont langsam. »Ich werde mich ein bisschen auf dem Sprungbrett sonnen. Wenn ich eine sowjetische Spionin wäre, hätte ich natürlich einige Mikrofone in den Rasen eingegraben.«

Hawks schüttelte den Kopf. »Nein. Wenn Sie eine gute Spionin wären, würden Sie ein Mikrofon mit Richtwirkung benutzen – vom Sprungbrett aus. Das würde völlig genügen. Ich zeige Ihnen gern, wie man eines installiert, wenn Sie sich dafür interessieren.«

Claire lachte. »Niemand macht Dr. Hawks etwas vor. Ich werde in Zukunft daran denken.« Sie ging mit wiegenden Hüften zum Schwimmbecken hinüber.

Barker sah ihr bewundernd nach. »›Sie geht in Schönheit, gleich der Nacht‹ – selbst am helllichten Tag, Doktor.«

»Ich nehme an, das gefällt Ihnen.«

Barker nickte. »Und wie. Ich habe das, was ich vorhin sagte, wirklich so gemeint. Lassen Sie sich nicht von dem, was sie sagt oder tut, in die Irre führen. Sie ist mein. Nicht, weil ich Geld und gute Manieren hätte oder charmant wäre. Gut, ich *habe* Geld – aber sie gehört mir, weil ich sie in einem Kampf erobert habe.«

Hawks seufzte. »Mr. Barker, ich möchte, dass Sie einen Auftrag übernehmen, den nur sehr wenige Männer ausführen können – falls Sie nicht überhaupt der einzige sind. Ich habe leider nur sehr wenig Zeit, um mich nach anderen umzusehen. Würden Sie sich diese Fotografien ansehen und mir sagen, was Sie davon halten?«

Er nahm den Umschlag aus der Tasche, öffnete ihn umständlich und nahm die Bilder heraus. Er hielt die Aufnahmen so, dass Barker sie nicht sehen konnte, und suchte eine von ihnen heraus.

Barker betrachtete sie neugierig, runzelte die Stirn und gab sie Hawks zurück. Sie zeigte eine Landschaft, die aus aufeinandergetürmten schwarzen Felsbrocken unter silbernen Wolken bestand. Im Hintergrund waren Staubwolken und zerklüftete Schatten zu erkennen. Alles zusammen wirkte wie ein gigantischer Irrgarten, in dem immer wieder neue Einzelheiten zu entdecken waren.

»Was ist das?«, fragte Barker. »Es sieht schön aus.«

»Es ist ein Gebäude«, antwortete Hawks. »Oder auch nicht. Es könnte ein künstliches Gebilde sein – oder ein lebendes Wesen. Über das Wort ›schön‹ könnte man streiten, aber immerhin gibt diese Fotografie ungefähr den Zustand wieder, in dem sich dieses – äh – Gebilde vor einer

Woche befunden hat.« Er reichte Barker einige andere Aufnahmen. »Hier, sehen Sie sich die genau an. So sehen die beiden Männer aus, die dort gewesen sind.«

Barker warf ihm einen fragenden Blick zu, aber Hawks sprach schnell weiter. »Das war der erste Mann, den wir hineingeschickt haben. Unter Einhaltung der üblichen Sicherheitsbestimmungen. Er war hervorragend ausgerüstet, aber selbst das war nicht genug.«

Barker starrte wie gebannt auf die Fotografie. Seine Finger verkrampften sich, und sie wäre ihm fast aus der Hand gefallen. Sein Daumen hinterließ einen feuchten Abdruck auf dem Hochglanzpapier.

Hawks reichte ihm die nächste. »Als Nächstes schickten wir zwei Männer hinein«, erklärte er nüchtern. »Wir vermuteten, dass ein Team eine größere Chance hätte.« Er nahm das Bild zurück und zeigte Barker ein anderes. »Dann versuchten wir es sogar mit vier Freiwilligen.« Hawks machte eine Pause. »Schließlich änderten wir unsere Arbeitsmethode. Wir entwickelten eine völlig neue Ausrüstung und verloren von da ab keinen einzigen Mann mehr. Das war vorläufig der letzte.« Er gab Barker die fünfte Fotografie. »Ein junger Mann namens Rogan.« Er wartete.

Barker sah von dem Bild auf. Seine Augen verrieten keinerlei Emotion. »Haben Sie diesen Mann unter Aufsicht gestellt, damit er keinen Selbstmordversuch unternehmen kann?«

Hawks schüttelte den Kopf. Er beobachtete Barker. »Er würde alles tun, um nicht noch einmal sterben zu müssen.« Er schob die Fotos zusammen. »Ich bin hier, um Ihnen seinen Job anzubieten.«

Barker nickte. »Ja, natürlich.« Er runzelte die Stirn. »Ich weiß nicht … ich weiß nicht genug. Wo befindet sich dieses Gebilde eigentlich?«

Hawks dachte kurz nach. »Das darf ich Ihnen noch sagen, bevor Sie den Auftrag annehmen. Aber nicht mehr als das. Es liegt auf dem Mond.«

»Mond? Dann haben wir also doch bereits Raketen, die einen Mann zum Mond befördern können, und die Russen sind uns nicht überlegen?«

Hawks gab keine Antwort, und Barker zuckte mit den Schultern. »Bis wann muss ich meine Entscheidung treffen?«

»Ich will Ihnen keinen Termin setzen. Aber ich werde Connington anweisen, mir ab morgen etwaige andere Bewerber vorzustellen.«

»Also habe ich bis morgen Zeit.«

Hawks schüttelte den Kopf. »Ich glaube nicht, dass er sich um andere bemüht hat. Er besteht darauf, dass Sie der Einzige sind, den er auftreiben kann. Begründet hat er diese Auffassung allerdings nicht.«

Barker lächelte. »Connie macht ständig Pläne für andere Leute.«

»Sie nehmen ihn anscheinend nicht sehr ernst.«

»Tun Sie das etwa? Für mich gibt es zwei Arten von Menschen: die einen handeln, die anderen planen. Die einen bewegen die Welt, und die anderen versuchen ihnen die Belohnung dafür vor der Nase wegzuschnappen. Das müssen Sie doch auch erkennen, Dr. Hawks. Kein Mann erhält eine Stellung wie die Ihre, ohne etwas zu leisten.« Er sah Hawks bedeutungsvoll an. »Oder doch?«

»Connington ist ebenfalls Vizepräsident von Continental Electronics.«

Barker spuckte angewidert aus. »Personalchef. Experte für die Anwerbung guter Ingenieure von Konkurrenzfirmen. Das kann jeder Trottel, wenn er den Leuten nur genug bietet.«

Hawks zuckte mit den Schultern.

»Was ist er denn schon?«, wollte Barker wissen. »Ein fetter Kerl mit schlechten Manieren, einem miserablen Charakter und rudimentären Kenntnissen auf dem Gebiet der Psychologie, die er vermutlich aus populärwissenschaftlichen Schmökern bezogen hat. Ich hatte schon oft mit sogenannten Experten zu tun, Doktor, und sie sind alle gleich. Was sie nicht selbst tun können, ist für sie anomal. Was sie nicht selbst zu tun wagen, wird bei anderen als krankhaft bezeichnet. Sie besitzen alle ein schönes Diplom, das sie auf irgendeiner obskuren Universität erworben haben, sie werfen mit lateinischen Fachausdrücken um sich und bilden sich ein, sie seien nützliche Mitglieder der menschlichen Gesellschaft. *Ich* habe auch eine gute Erziehung genossen; ich weiß, wie es in der Welt zugeht und was für ein Kerl Connington wirklich ist. Wo ist er schon gewesen? Was hat er bisher geleistet? Er ist ein Würstchen, Hawks – wenn man ihn mit einem richtigen Mann vergleicht.«

Barker holte tief Luft und lächelte erbarmungslos: »Er bildet sich ein, für mich Pläne machen zu können. Er hält mich für einen Trottel, den man ausnutzen und dann wegwerfen kann, wenn man ihn nicht mehr braucht. Aber die Wirklichkeit sieht anders aus! Möchten Sie sich mit mir über Kunst unterhalten, Doktor? Abendländische oder östliche. Oder Musik? Suchen Sie sich ruhig etwas aus. Ich kann Ihnen über alles einen Vortrag halten. Ich bin ein ganzer Mann, Hawks!« Barker stand unbeholfen auf. »Ich kenne keinen besseren. Gehen wir wieder zu der Dame hinüber.«

Er ging langsam über den Rasen, und Hawks stand langsam auf und folgte ihm wortlos.

Claire drehte sich auf den Rücken und richtete sich auf. Sie stützte sich mit den Armen auf dem Sprungbrett ab und sah von einem zum anderen. »Na, zu welchem Ergebnis seid ihr gekommen?«

»Oh, mach dir nur keine Sorgen«, antwortete Barker. »Du wirst es bald genug erfahren.«

Claire lächelte. »Du hast dich also noch nicht entschlossen? Ist dir der Job nicht interessant genug?«

Barker runzelte ärgerlich die Stirn.

Plötzlich brach Connington hinter ihnen in lautes Gelächter aus. Er war so leise über den Rasen gekommen, dass niemand seine Schritte gehört hatte.

Connington trug ein halb volles Glas in einer Hand und umklammerte mit der anderen eine beinahe leere Whiskyflasche. Sein gerötetes Gesicht und seine unnatürlich erweiterten Pupillen ließen darauf schließen, dass er den Inhalt der Flasche innerhalb kürzester Zeit getrunken hatte. »Prima Zeug, Al. Willst du auch einen Schluck? Wie steht's mit dem Auftrag? Du nimmst doch an, alter Junge?«

Barkers Gesicht verzerrte sich zu einer Grimasse. »Ja, selbstverständlich!«, rief er sofort aus. In seiner Stimme schwang ein verzweifelter Ton mit. »Diese Gelegenheit kann ich mir einfach nicht entgehen lassen – um nichts in der Welt!«

Claire lächelte vor sich hin.

Hawks beobachtete die drei.

Connington kicherte leise. »Was hätte er sonst sagen sollen?«, fragte er. Er machte eine ironische Handbewegung, als stelle er jemand vor. »Meine Damen und Herren, vor Ihnen steht ein Mann, der für seine blitzschnellen Entscheidungen berühmt ist. Und er trifft immer dieselbe«, enthüllte er seine geheime Pointe den anderen. »Das versteht ihr nicht, was? Ihr seht die Dinge eben anders. Ich will es euch erklären. Ein Naturwissenschaftler wie unser guter Dr. Hawks hier betrachtet die Welt nur von einem Gesichtspunkt aus. Jede Ursache hat eine Wirkung – und umgekehrt. Und so lässt sich alles ganz nett erklären, warum sollte man also neue Wege suchen? Männer wie Sie, Barker, bilden sich ein, das Weltgeschehen werde durch menschliche Großtaten und Wagnisse bestimmt. Und *Ihre* Betrachtungsweise scheint ebenfalls richtig zu sein. Aber die Welt ist groß. Kompliziert. Selbst eine Halbwahrheit kann lange für wahr angesehen werden und die ganze Wahrheit einige Zeit ersetzen. Hawks kann sich zum Beispiel einbilden, er könne Ursachen verändern, um gewünschte Wirkungen zu erzielen. Und Sie, Barker, Sie können Hawks und sich für Übermenschen halten – Angehörige einer mächtigen Spezies. Hawks kann sich vorstellen, Sie seien ein besonderer Faktor, der in eine neue Umgebung eingebracht wird, damit er die neue Umgebung erforschen kann. Und Sie können sich für einen unbesiegbaren Recken halten, der einen heldenhaften Kampf mit dem Unbekannten besteht. Und so geht es ewig weiter, immer rundherum, und wer hat recht? Beide? Vielleicht, vielleicht. Aber werdet ihr es aushalten, wenn ihr aufeinander angewiesen seid?«

Connington lachte hämisch und bohrte seine Absätze in den gepflegten Rasen. »Ich bin Personalchef. Ich schere mich nicht um Ursache oder Wirkung. Helden sind mir piepegal. *Menschen* – die kenne ich. Das genügt völlig. Ich habe ein Gespür für sie. Ich kenne ihre geheimsten Regungen. Wie ein Chemiker Wertigkeiten auswendig weiß. Wie ein Physiker die Ladungen in einem Atomkern aufzählen kann. Positiv, negativ. Atomgewicht, Zahl der Elektronen, Anziehungskräfte und Umlaufgeschwindigkeiten. Ich bringe Menschen zusammen. Ich mische sie miteinander. Ich finde den richtigen Job für sie. Und die Leute, mit denen sie am besten zusammenarbeiten können. Ich nehme eine Handvoll Menschen und verändere sie, bis sie so reagieren, wie ich es mir vorgestellt habe – und ich kann auch Sprengstoff aus ihnen machen, wenn es mir passt. Das ist *meine* Welt! Manchmal hebe ich mir Menschen für den richtigen Job auf, in dem sie sich voll entfalten können. Für die Menschen, zu denen sie am besten passen.

Barker und Hawks – diese Kombination wird mein Meisterstück. Ihr seid füreinander bestimmt, ihr ergänzt euch hundertprozentig. Und ich, ich habe euch entdeckt, ich habe es fertiggebracht, ich habe euch zusammengestoßen, und jetzt ist es nicht mehr zu ändern, niemand kann die kritische Masse wieder auseinandernehmen, und früher oder später muss die große Explosion kommen – und wer beschützt dich dann, Claire?«

4

Hawks brach als Erster das lähmende Schweigen. Er griff nach der Flasche, riss sie Connington aus der Hand und holte weit aus. Die Flasche segelte durch die Luft und verschwand über den Rand der Klippe. Dann wandte er sich an Barker. »Bevor Sie endgültig zusagen, möchte ich zunächst noch einige Details mit Ihnen besprechen.«

Barkers Gesicht nahm einen verbissenen Ausdruck an; er ließ Connington immer noch nicht aus den Augen. Dann warf er plötzlich den Kopf herum. »Ich habe doch gesagt, dass ich den verdammten Job annehme!«

Claire ergriff Als Hand und zog ihn zu sich herunter, gab ihm einen zärtlichen Kuss und strich ihm über die Haare. »Das ist der alte Haudegen, den ich kenne!« Sie küsste ihn erneut, erst auf den Mund, dann ließ sie ihre Küsse seinen Hals hinunterwandern. Jeder hinterließ einen kleinen runden Abdruck aus pinkfarbenem Lippenstift auf seiner Haut, in dessen Mitte ganz schwach die Abdrücke ihrer Zähne zu sehen waren. Sie lehnte den Kopf an seine Schulter und lächelte Hawks von dort aus beruhigend zu. »Keine Sorge, Ed, er wird es tun«, sagte sie leise. »Und er wird sein Bestes geben.«

»Was ist denn mit euch los? Macht euch das gar nichts

aus?«, stotterte Connington ungläubig und schüttelte heftig den Kopf. »Habt ihr mich nicht *verstanden?*«

»Wir haben gehört, was Sie gesagt haben«, antwortete Hawks kühl.

»Na *und?*«, fragte Connington herausfordernd.

»Ich möchte Sie etwas fragen, Connington«, sagte Hawks. »Sollte Ihre hübsche kleine Rede dazu dienen, Barker und mich im letzten Moment aufzuhalten? Obwohl Sie doch genau wissen, dass wir jetzt nicht mehr zu stoppen sind, wie Sie es gehofft haben?«

»Nicht *gehofft*«, widersprach Connington. »Geplant.«

Hawks nickte. »Na schön«, meinte er müde. »Das dachte ich mir. Sie wollten nur eine Ansprache halten. Dagegen ist nichts einzuwenden, aber Sie hätten sich einen anderen Zeitpunkt aussuchen sollen.«

Claire lachte strahlend. »Pech gehabt, Connie, was? Du warst so überzeugt, dass wir einknicken würden. Aber jetzt ist immer noch alles wie früher. Und du stehst wieder draußen, ohne zu wissen, warum.«

Connington wich einige Schritte zurück und breitete die Arme aus, als wolle er die anderen mit den Köpfen gegeneinanderstoßen. »Seid ihr denn verrückt geworden? Bildet ihr euch etwa ein, ich hätte euch ein Märchen erzählt? Denkt doch selbst nach! Ihr könnt nicht anders handeln, als euer Charakter es euch vorschreibt. Ihr könnt nicht über euren Schatten springen! Ihr müsst einfach dorthin, wo eure Füße euch hintragen, egal, was dort auf euch wartet – und trotzdem lacht ihr mich aus? Ihr lacht *mich* aus?«

Er wandte sich plötzlich um. »Geht doch alle zum Teufel!«, rief er verzweifelt. »Am besten gleich.« Er stolperte unbeholfen auf seinen Wagen zu.

Hawks sah ihm nach. »In diesem Zustand kann er unmöglich fahren.«

Barker winkte ab. »Das hat er auch gar nicht vor. Er will sich nur in seinem Wagen in den Schlaf weinen. Und ein paar Stunden später kommt er zu Claire gerannt, um sich trösten zu lassen.« Er sah auf Claire hinunter. »Stimmt's? Jedenfalls hat er es bisher immer so gemacht.«

Claire presste die Lippen zusammen. »Ich kann ihn nicht daran hindern.«

»Ach nein?«, fragte Barker. Seine Stimme troff vor Sarkasmus. »Vielleicht will er ja eigentlich zu mir.«

Claires Augen blitzten, als sie sich empört aufrichtete. »Vielleicht hätte er bei dir mehr Erfolg. Bei mir hat er jedenfalls noch keinen gehabt.«

Barker holte aus und schlug ihr ins Gesicht. Claire ließ sich zurückfallen und rieb sich die Wange. Dann lachte sie. »Das hast du schon besser gekonnt. Früher warst du wesentlich schneller. Aber das war nicht schlecht«, gab sie dann zu.

»Barker«, sagte Hawks, »ich muss Ihnen endlich erklären, was Sie erwartet.«

»Erzählen Sie es mir, wenn ich dort angekommen bin!«, schnauzte Barker und erhob sich. »Ich habe angenommen – genügt Ihnen das nicht?«

»Vielleicht wollte er dich nur dazu bringen, dass du es noch einmal wiederholst, Al?«, warf Claire ein. Sie lächelte zu Hawks auf. »Wer sagt denn, dass Connington der Einzige ist, der sich auf das Pläneschmieden versteht?«

»Wie komme ich von hier aus am einfachsten in die Stadt zurück?«, fragte Hawks.

»Ich fahre Sie hin«, antwortete Barker kalt. Er warf Hawks einen neugierigen Blick zu. »Wenn Sie sich einsteigen trauen ...«

Claire sah bewundernd zu Barker auf und schlang ihre Arme um seine Taille. Sie rieb den Kopf an seinem Oberschenkel, und ihre Augen weiteten sich vor Erregung. »Ist er nicht einfach großartig?«, fragte sie mit heiserer Stimme. »Ist er nicht ein echter Mann?«

5

Barker trottete steif zur Garage hinüber und schob das Tor auf, während Hawks neben Claire auf ihn wartete. Sie sah Barker bewundernd nach. »Sehen Sie nur, wie er sich bewegt, wie er Dinge tut. Er erinnert mich immer an eine wunderbare Maschine aus Mut und Stahl. Kein anderer Mann kann ihm das Wasser reichen, Ed – niemand kommt ihm gleich!« Hawks nahm ihre Lobpreisungen wortlos zur Kenntnis.

Ein schwerer Motor röhrte auf, dann schoss ein breiter, tief liegender Sportwagen aus der Garage und blieb in einer Wolke aus Auspuffgasen vor ihnen stehen. »Mein neuer Flitzer«, rief Barker stolz.

Hawks ging um den Wagen herum, kletterte über die niedrige Seitenwand, die keine Tür hatte, und ließ sich in den harten Schalensitz neben dem Fahrer gleiten. Das Auto, kaum mehr als einen Meter hoch, vibrierte, und Hawks dachte unwillkürlich an den viel zitierten Vergleich zwischen hochgezüchteten Sportwagen und edlen Rennpferden.

»Bisher noch nie voll ausgefahren!«, schrie Barker in Hawks' Ohr, um den Motor zu übertönen. Claire beobachtete sie mit glänzenden Augen. Connington, der immer noch über dem Steuerrad seines Cadillacs hing, richtete sich eine Sekunde lang auf und verzog den Mund zu einer traurigen Grimasse.

»Bereit?«, brüllte Barker. Er ließ den Motor auf Hochtouren laufen, sein linker Fuß rutschte etwas nach unten, bis er das Kupplungspedal nur noch mit den Zehenspitzen niedergedrückt hielt. »Sie haben doch nicht etwa Angst?« Er starrte Hawks fragend an. »Oder?«

Hawks griff nach dem Zündschlüssel und zog ihn ab. »Ich verstehe«, meinte er ruhig.

Barker umklammerte sein Handgelenk. »Ich bin nicht Connington und außerdem nicht besoffen! Geben Sie mir gefälligst sofort den Schlüssel zurück!«

Hawks hielt weiterhin seine Finger geschlossen. Er wehrte Barker ab, als er danach greifen wollte. »Nein, erst lassen Sie mich los, Barker.«

Barker nahm seine Hand weg und dann langsam den Zündschlüssel entgegen. Hawks kletterte aus dem Wagen.

»Wie wollen Sie jetzt in die Stadt zurückkommen?«, fragte Claire, als er an ihr vorbeiging.

»Als Junge habe ich oft größere Entfernungen zu Fuß zurückgelegt«, antwortete Hawks. »Nicht aus sportlichem Ehrgeiz – ich hatte ganz einfach nicht genug Geld, um mir eine Fahrt mit dem Bus leisten zu können.«

Claire zuckte mit den Schultern. »Sie kann man wohl überhaupt nicht aus der Fassung bringen?«

Hawks drehte sich wortlos um und marschierte die Auffahrt entlang.

Als er die Gefällstrecke erreicht hatte, hörte er Barker etwas rufen, dann brüllte der Motor wieder auf, und der rote Rennwagen schoss an ihm vorbei. Barker hockte zusammengekrümmt hinter dem Lenkrad und starrte konzentriert nach vorn, als er den Wagen seitlich in einer Staubwolke durch die Haarnadelkurve driften ließ. Einen Augenblick schien es, als werde er entweder an der Felswand zerschellen oder über die Kurve hinausgetragen werden, aber dann fassten die Hinterräder wieder, Staub und Kies wirbelten auf, und der Wagen verschwand in der Geraden. Einige Sekunden später hörte man die Reifen auf dem Schotter knirschen, als Barker scharf bremste. Der Motorenlärm erstarb.

Hawks ging langsam und gleichmäßig weiter durch die dichten Staubwolken, die sich nur allmählich setzten und zwei breite Spuren erkennen ließen, die das Auto auf der Straße hinterlassen hatte. Die Rutschspuren in der Kurve reichten fast bis an den Rand der Klippe, die an dieser Stelle steil ins Meer abfiel. Barker starrte auf das Wasser hinaus, seine Hände umklammerten immer noch krampfhaft das Steuer, sein schweißnasses Gesicht war dick mit Staub bedeckt. Auch der Wagen, der neben dem Briefkasten zum Stehen gekommen war, war schmutzig. Nur ein kleiner Randstreifen trennten Auto und Ozean. Barker drehte sich nicht um, sondern sah weiterhin geradeaus, als Hawks an ihm vorbeikam. Sorgfältig betont sagte er: »Das war ein neuer Rekord.«

Hawks überquerte die Holzbrücke, die auf die Zufahrtsstraße führte.

»Wollen Sie wirklich den ganzen Weg zurück in die Stadt zu Fuß gehen?«, schrie Barker heiser hinter ihm her. »Sie sind ein verdammter Feigling, Hawks!«

Hawks kam zurück. Er stützte sich am Rahmen auf der Beifahrerseite ab und starrte zu Barker hinunter. »Ich erwarte Sie morgen früh pünktlich um neun Uhr am Haupteingang.«

»Wie kommen Sie darauf, dass ich erscheinen werde? Wie können Sie annehmen, dass ich mir von einem Mann Anweisungen geben lasse, der nicht genug Mumm in den Knochen hat, um es mit mir aufzunehmen?« Barkers Gesichtsausdruck zeigte Wut und Verwirrung. »Was ist denn plötzlich in Sie gefahren?«

»Ich gehöre zu einer Sorte von Männern, Sie zu einer anderen.«

»Was soll das denn heißen?« Barker schlug mit der flachen Hand rhythmisch und wie unter Zwang gegen das Lenkrad. »Ich verstehe Sie nicht!«

»Sie sind ein Selbstmordkandidat«, stellte Hawks fest. »Ich bin ein Mörder.« Er wandte sich ab. »Ich werde Sie unzählige Tode sterben lassen – einer unerhörter und schrecklicher als der andere. Ich kann nur hoffen, dass Ihre Begeisterung wirklich so groß ist, wie Sie jetzt noch glauben. Punkt neun Uhr morgens, Barker. Sagen Sie dem Pförtner, dass Sie zu mir wollen. Ich werde Ihnen einen Ausweis ausstellen lassen.«

Er ging.

»Okay«, murmelte Barker. Er stemmte sich aus seinem Sitz hoch und formte die Hände zu einem Trichter, um hinter Hawks herzurufen. »Hey, er hat recht, wissen Sie das? Er hat recht! Wir passen wirklich großartig zusammen!«

Dann fiel sein Blick auf die Scherben der Whiskyflasche, und sein Gesichtsausdruck veränderte sich unerwartet heftig. Er ließ sich wieder in den Sitz gleiten, der Motor brüllte auf, und der Wagen schoss in einer Staubwolke rückwärts die Steigung hinauf, bis er hinter der scharfen Kurve verschwunden war.

ZWEITER TEIL

Hawks erreichte schließlich den kleinen Laden, der an der Kreuzung der Hauptstraße mit der Nebenstraße lag. Er trug seine Anzugjacke über dem Arm, und sein Hemd, dessen Kragen er unterdessen weit geöffnet hatte, klebte schweißnass an seinem hageren Oberkörper.

Er blieb stehen und betrachtete das verwahrloste Gebäude mit der bunten Leuchtreklame, den emaillierten Werbeschildern und dem vollgestopften Schaufenster. Neben dem Eingang stand ein Stapel Kisten, die leere Coca-Cola-Flaschen enthielten.

Er wischte sich mit dem Handrücken über die Stirn, zog seine Schuhe aus und balancierte unbeholfen auf einem Bein, während er den Sand und die Steine erst aus dem einen, dann aus dem anderen entfernte. Dann ging er auf den Laden zu.

Er blieb neben den beiden Benzinzapfsäulen, von denen bereits die Farbe abblätterte, stehen und sah die Straße entlang. Kein Taxi weit und breit, nur Privatwagen. Die Autos schienen auf den schimmernden Luftspiegelungen zu schwimmen, die die brütende Hitze in den kleinsten Vertiefungen der Straßenoberfläche hervorrief. Die Luft flimmerte.

Hawks wandte sich um, zog die Tür mit dem rostigen Fliegengitter auf und betrat das Innere des Ladens.

Der winzige Raum war mit Regalen und Schaukästen verstellt, die beinahe jeden verfügbaren Quadratmeter einnahmen und nur enge Durchgänge frei ließen. Er sah sich um, zwinkerte ungeduldig mit den Augen, als er zunächst in dem hier herrschenden ungewissen Halbdunkel kaum etwas erkennen konnte, schloss sie einen Moment ganz und öffnete sie dann wieder. Der Laden war leer, der Besitzer nirgends zu sehen. Im Hintergrund führte eine schmale Tür in einen zweiten Raum. Hawks knöpfte sich den Kragen zu und richtete die Krawatte.

Er wandte sich zur Eingangstür um. Am Rahmen entdeckte er eine Glocke, die eigentlich von der Türe angeschlagen werden sollte. Doch die Halterung war nach oben gebogen, sodass die Türkante sie nicht erreichte. Hawks streckte den Arm aus und bog den Metallstreifen nach unten. Seine präzisen Handgriffe verhinderten, dass es klingelte. Er betrachtete nachdenklich sein Werk und streckte dann erneut die Hand nach der Klingel aus, ließ sie jedoch wieder sinken. Draußen rauschten ein paar Autos vorbei.

Seine Jacke hatte er auf einer Kühltruhe abgelegt. Hawks hob sie auf und öffnete dann die Truhe. Sie enthielt Limonadenflaschen, die bis zum Hals in schmutzigem Wasser standen. Die Etiketten hatten sich vom Glas gelöst und trieben in der Brühe umher. Mit einer genau bemessenen Bewegung klappte Hawks den Deckel wieder zu, aber auch dieses Geräusch war nicht laut genug, um Aufmerksamkeit zu erregen. Hawks atmete tief ein und wandte sich dann der Tür zum Hinterzimmer zu.

Draußen rollte ein Auto von der Straße herunter und hielt vor den Zapfsäulen. Hawks sah durch das Fliegengitter hindurch. Die junge Frau am Steuer des alten Ford hatte das Fenster heruntergekurbelt und wartete auf den Tankwart.

Hawks drehte sich um und wollte durch die kleine Tür in den dunklen Raum gehen. Dann blieb er jedoch unentschlossen stehen.

Die Autotür öffnete und schloss sich wieder, als das Mädchen ausstieg. Sie ging an die Eingangstür des Ladens und sah hinein. Sie war klein, zierlich und schwarzhaarig, mit blassem Gesicht und vollen Lippen, die sie jetzt zusammenpresste, während sie die Hand über die Augen hielt, um das Innere des Ladens besser sehen zu können. Ihr Blick fiel auf Hawks, und er zuckte verlegen mit den Schultern.

Sie öffnete die Tür, und die Glocke bimmelte. »Ich möchte etwas Benzin«, sagte sie zu Hawks.

Aus dem dunklen Raum drang plötzlich ein Geräusch – quietschende Bettfedern und schlurfende Schritte, die von einem lauten Gähnen begleitet wurden. Hawks wies mit dem Daumen in diese Richtung.

»Oh …«, meinte die junge Frau überrascht. Sie warf einen Blick auf Hawks' Anzug und lächelte verlegen, als wolle sie ihn um Entschuldigung bitten. »Ich … ich … es tut mir wirklich leid, aber ich dachte, Sie seien hier angestellt.«

Hawks schüttelte den Kopf.

Ein fetter, glatzköpfiger Mann in Khakihosen und Unterhemd kam aus dem dunklen Raum herausgeschlurft. Er trug weite Pantoffeln an seinen geschwollenen Füßen; die Hosen drohten nach unten zu rutschen, sodass er sie mit einer Hand festhalten musste. Er rieb sich die Augen und gähnte dabei lauthals, ohne sich im Geringsten zu genieren. »Nur mal ein paar Minuten gepennt«, erklärte er mit heiserer Stimme. »Mich könnte man glatt ausrauben, wenn ich schlafe.« Er räusperte sich und rieb sich den Nacken. »Na, was soll's denn sein?«, fragte er dann unfreundlich.

»Dieser Herr hier war zuerst da«, sagte die junge Frau.

Der Ladenbesitzer sah Hawks fragend an. »Warten Sie schon lange? Ich habe niemand hereinkommen hören.« Er sah forschend auf die Jacke, die Hawks über dem Arm hängen hatte, und warf einen Blick auf die Regale. »Wie lange sind Sie schon hier?«

»Ich möchte nur wissen, ob hier ein Bus hält, der in die Stadt fährt.«

»Dafür wollten Sie einfach warten, bis ich auftauchen würde? Und wenn in der Zwischenzeit ein Bus vorbeigefahren wäre? Dann wären Sie sich doch reichlich blöd vorgekommen, was?«

Hawks seufzte. »Fahren denn hier überhaupt Busse vorbei?«

»Jede Menge, mein Freund. Aber keiner von ihnen hält, um hier Fahrgäste aufzunehmen. Aussteigen können Sie überall, wenn Sie aus der Stadt kommen, aber die Fahrer haben strenge Anweisung, niemand auf freier Strecke zusteigen zu lassen – außer an den vorgesehenen Haltestellen. So sind eben die Bestimmungen. Haben Sie kein Auto?«

»Nein. Wie weit ist es bis zur nächsten Haltestelle?«

»Ungefähr drei Kilometer in dieser Richtung.« Der fette Mann machte eine erklärende Handbewegung. »An der nächsten Tankstelle.«

Hawks fuhr sich mit dem Taschentuch über das Gesicht. »Am besten bedienen Sie erst einmal die junge Dame hier, während ich mir darüber Gedanken mache, wie ich wieder in die Stadt komme.« Er lächelte kurz. »Sie können mich ruhig durchsuchen, wenn Sie wieder hereinkommen.«

Der Mann wurde rot. Seine Augen wanderten zum Türrahmen, dann wieder zurück zu Hawks. »Haben Sie sich an der Glocke zu schaffen gemacht?«

»Ja. Ich habe sie ausgerichtet, damit sich niemand anschleichen kann.«

»Ich habe eine Schrotflinte mit abgesägtem Lauf in meinem Zimmer, mit der ich Sie glatt aus dem Laden herauspusten könnte«, drohte der Mann. Dann wandte er sich an die junge Frau. »Sie möchten tanken, Miss?« Er grinste breit. »Wird sofort erledigt.« Er zwängte sich an Hawks vorbei und drückte seine schwammige Hand gegen die Tür, um sie offen zu halten. »Überlegen Sie sich lieber, was Sie tun wollen, Freundchen«, sagte er dabei zu Hawks. »Zu Fuß gehen, Auto anhalten, etwas kaufen – schließlich habe ich nicht den ganzen Tag lang Zeit.« Er grinste die junge Frau wieder an. »Zunächst muss ich mich um die junge Dame hier kümmern.«

Sie lächelte Hawks unsicher an. »Entschuldigung«, sagte sie leise, als sie an ihm vorbeiging. Ihre Schultern und Hüften berührten den Türrahmen, als sie sich möglichst weit von dem Ladenbesitzer entfernt hindurchzwängte.

Der Mann ließ seinen lüsternen Blick über ihren Rock und ihre Bluse wandern und folgte ihr.

Hawks beobachtete sie durch das Fenster, wie sie einstieg und dreißig Liter Normalbenzin verlangte. Der Mann riss den Tankschlauch aus seiner Halterung und drehte wütend an der Kurbel, mit der die Skalen auf null gestellt wurden. Dann sah er mit den Händen in den Hosentaschen zu, wie das Benzin durch das automatische Ventil in den Tank floss. Als das automatische Überlaufventil sich schloss, während der Durchlaufzähler der Zapfsäule neunundzwanzig erreichte, riss der Mann den Schlauch sofort wieder aus dem Einfüllstutzen und knallte ihn wieder in die Halterung. Er nahm die Fünfdollarnote entgegen, die ihm die junge Frau aus dem Fenster hielt. »Sie müssen mit in den Laden kommen, ich habe hier kein Kleingeld«, schnauzte er und ging auf die Tür zu.

Hawks wartete, bis der Mann sich über den Ladentisch gebeugt hatte, um die darunter angebrachte Schublade zu öffnen. »Geben Sie mir das Wechselgeld, ich bringe es der Dame hinaus«, sagte er dann.

Der Mann richtete sich auf, drehte sich langsam um und starrte Hawks an. »Ich …«, begann er, aber Hawks unterbrach ihn. »Sie sind doch einverstanden?«, fragte er die junge Frau, die unsicher wartend in der halb geöffneten Tür stand.

Sie nickte. »Ja«, antwortete sie nervös.

Der Ladenbesitzer schob das Wechselgeld über den Ladentisch. Hawks zog die Augenbrauen hoch und sah ihn fragend an.

»Stimmt's etwa nicht, Mister?«, wollte der Mann angriffslustig wissen. »Wollen Sie hinausgehen und sich selbst davon überzeugen, wie viel die gottverdammte Pumpe anzeigt?«

»Sie haben zu viel berechnet. Es waren nur neunundzwanzig Liter – ich habe zugesehen.« Hawks warf dem

Ladenbesitzer einen kalten Blick zu, bis der Mann sich plötzlich nach unten beugte und wieder in der Kassenschublade herumwühlte. Er kramte einige Münzen hervor und gab sie Hawks.

»So eine Frechheit«, murmelte er dabei vor sich hin. »Kommt einfach in meinen Laden und will mir sagen, was ich zu tun und zu lassen habe. Los, verschwindet! Macht, dass ihr weiterkommt, wenn ihr nichts kaufen wollt!« Er schlurfte in sein Zimmer zurück.

Hawks ging nach draußen und gab der jungen Frau das Geld. Als die Tür hinter ihm zufiel, klingelte es. Er sah sich noch einmal um und schüttelte dann den Kopf. »Ich bin schuld daran, weil ich ihn geärgert habe. Tut mir leid, dass er so unfreundlich zu Ihnen war.«

Die junge Frau öffnete ihre Handtasche und steckte das Geld in ein Seitenfach. »Schon gut. Schließlich sind Sie nicht für seinen Charakter verantwortlich.« Sie sah unsicher zu Boden. »Soll … soll ich Sie in die Stadt mitnehmen?«

»Nur bis zur Bushaltestelle, das wäre nett.« Er sah sie lächelnd an, als sie den Kopf hob. »Ich hatte vergessen, dass ich kein Junge mehr bin. Der Weg ist doch länger und anstrengender, als ich dachte.«

»Sie brauchen sich mir gegenüber nicht zu erklären«, wehrte die junge Frau ab.

Hawks zuckte mit den Schultern. »Manche Leute scheinen darauf Wert zu legen.« Er schüttelte verwundert den Kopf. »Sie nicht?«

Die junge Frau runzelte die Stirn und verlagerte ihr Gewicht von einem Fuß auf den anderen. »Ich muss in die Stadt«, sagte sie. »Ich kann Sie mitnehmen, anstatt Sie an der Haltestelle abzusetzen.«

Hawks sah auf die Jacke hinunter, die er immer noch über dem Arm trug. Dann zog er sie rasch an und knöpfte sie zu. »Einverstanden.« Zwischen seinen Augenbrauen bildete sich eine senkrechte Falte und blieb dort. Er wischte sich mit einer Hand ein imaginäres Staubkorn von der Schulter. »Vielen Dank.«

»Dann können wir ja fahren«, meinte die junge Frau. Sie stiegen ein, rollten auf die Hauptstraße hinaus und ordneten sich in den rasch dahinfließenden Verkehrsstrom ein.

Sie saßen steif nebeneinander und schwiegen hartnäckig. Der Motor des Wagens arbeitete geräuschvoll, die Reifen zischten leise auf dem sonnendurchglühten Asphalt.

»Ich bin keines dieser Mädchen, die man irgendwo auflesen kann«, sagte die junge Frau schließlich.

Hawks warf ihr einen Blick zu und zog die Augenbrauen in die Höhe. »Sie sind sehr apart.«

»Aber nicht leicht zu haben! Ich nehme Sie nur bis in die Stadt mit – weil Sie in Verlegenheit sind.« Ihre dunkelrot lackierten Fingernägel trommelten gegen das abgegriffene Steuerrad.

»Das weiß ich auch«, antwortete Hawks ruhig. »Und ich bin mir auch völlig darüber im Klaren, dass Sie es nicht etwa aus Dankbarkeit mir gegenüber tun. Mit dem Kerl wären Sie ohne Weiteres selbst fertiggeworden. Ich habe Ihnen nur die Mühe erspart.«

»Nun …«, meinte sie.

»Wir sind wieder in der gleichen ausweglosen Lage«, stellte Hawks fest. »Keiner von uns beiden weiß, was er jetzt am besten tun oder sagen sollte. Wenn der komische Kerl nicht aufgetaucht wäre, stünden wir vermutlich immer noch in dem Laden und tanzten umeinander herum wie zwei Katzen um einen heißen Brei.«

Sie nickte heftig. »Oh, das tut mir aber leid – ich dachte, Sie seien hier angestellt!«, ahmte sie sich selbst nach.

»Nein – äh – ich bin auch gerade erst hereingekommen«, ergänzte Hawks.

»Nun – äh – ist hier niemand?«

»Ich weiß es nicht. Sollten wir nicht laut rufen oder etwas Ähnliches …?«

»Was denn?«

»›He, Sie!‹ vielleicht.«

»Sollten wir nicht lieber mit einer Münze auf den Ladentisch klopfen?«

»Ich – äh – ich habe nur eine Fünfdollarnote bei mir.«

»Nun …«, murmelte Hawks gespielt verlegen vor sich hin.

Die junge Frau schlug mit der flachen Hand gegen das Steuerrad. »Ja, genau so und nicht anders wäre es gewesen! Und jetzt tun wir es eben hier anstatt dort. Haben Sie nicht eine Idee, wie man das ändern könnte?«

Hawks holte tief Luft. »Ich heiße Edward Hawks. Ich bin zweiundvierzig Jahre alt, Junggeselle und Doktor der Naturwissenschaften. Ich arbeite bei Continental Electronics.«

Die junge Frau lächelte. »Ich heiße Elizabeth Cummings. Ich habe gerade erst meine Ausbildung als Modezeichnerin hinter mir. Unverheiratet. Ich bin fünfundzwanzig.« Sie sah ihn von der Seite an. »Warum sind Sie zu Fuß unterwegs?«

»Als ich noch ein Junge war, habe ich oft weite Spaziergänge gemacht«, antwortete Hawks. »Ich dachte über viele

Dinge nach. Ich konnte die Welt nicht verstehen und versuchte gleichzeitig herauszubekommen, wie man in ihr am besten leben konnte. Wenn ich zu Hause im Wohnzimmer auf einem Stuhl saß und nachdachte, machten meine Eltern sich meinetwegen Sorgen. Manchmal dachten sie, dass ich einfach faul sei, aber gelegentlich überlegten sie, ob bei mir eine Schraube locker sein könne. Wenn ich dann zu anderen Leuten ging, tauchte das gleiche Problem früher oder später ebenfalls auf. Deshalb verlegte ich mich auf weite Wanderungen. Meilenweit. Die Welt war mir zwar immer noch ein Rätsel, aber ich wusste, dass ich der Lösung näherkam. Und im Laufe der Zeit entdeckte ich, wie ich mein Leben einrichten musste, um in dieser Welt Erfolg und Ansehen zu erringen.« Hawks lächelte. »Deshalb bin ich heute Nachmittag zu Fuß gegangen.«

»Und wohin wollen Sie jetzt?«

»Zurück zu meiner Arbeit. Ich muss noch einige Vorarbeiten für eine Versuchsreihe erledigen, die morgen beginnen soll.« Er warf einen Blick aus dem Fenster auf die vorüberhuschende Landschaft, dann wandte er sich wieder an Elizabeth. »Wohin müssen Sie?«

»Ich habe ein Atelier in der Stadt. Ich muss heute ebenfalls bis in die Nacht hinein arbeiten.«

»Wollen Sie mir Ihre Telefonnummer geben, damit ich Sie morgen anrufen kann?«

»Ja, im Handschuhfach liegen einige Geschäftskarten von mir«, antwortete sie einfach. »Wann rufen Sie an – morgen Abend?«

»Gern, wenn ich darf ...«

»Stellen Sie mir keine Fragen, auf die Sie die Antwort bereits wissen.« Sie sah ihn voll an. »Und erzählen Sie mir keine banalen Geschichten, nur um die Zeit totzuschlagen.«

»Dann habe ich Ihnen viel zu erzählen.«

Sie hielt vor dem Haupttor der Continental Electronics, um Hawks aussteigen zu lassen. »Dann sind Sie also *der* Dr. Edward Hawks«, stellte sie fest und sah ihn überrascht an.

»Und Sie *die* Elizabeth Cummings.«

Sie wies auf die riesigen Werksanlagen, die sich auf der anderen Seite des Tores erstreckten. »Sie wissen genau, was ich damit sagen wollte.«

Er sah sie ernst an. »Ich bin *der* Edward Hawks, der einem anderen Menschen etwas bedeutet. Und Sie sind *die* Elizabeth Cummings.«

Sie beugte sich zu ihm hinüber und legte die rechte Hand auf seinen Arm, als er aussteigen wollte. »Ich freue mich auf Ihren Anruf. Und noch etwas – heute ist es wirklich zu heiß für eine Jacke.«

Er blieb neben dem Wagen stehen, knöpfte die Jacke auf, zog sie aus, legte sie zusammen und nahm sie wieder über den Arm. Dann lächelte er ihr noch einmal zu, hob grüßend die Hand und ging rasch durch das Tor, das einer der Wachtposten für ihn aufhielt.

DRITTER TEIL

7

Das Telefon im Labor klingelte am nächsten Morgen um Viertel vor neun Uhr. Sam Latourette hob den Hörer ab. »Na, wenn er wirklich so unverschämt ist, lassen Sie sich nur nichts von ihm bieten, Tom«, sagte er einige Zeit später. »Sagen Sie ihm, dass er gefälligst warten soll. Ich werde Dr. Hawks verständigen.« Er legte auf und schlurfte schwerfällig auf den Nebenraum zu, wo Hawks mit einigen Fachleuten von der Navy den Schutzanzug kontrollierte, den Barker tragen würde.

Der Anzug lag ausgestreckt auf einem Tisch und glich eher einem sezierten Hummer als einer Schutzhülle für einen Menschen. Rechts und links hingen Luftschläuche herunter; die Kugelgelenke trugen unförmige Fortsätze, in denen die Elektromotoren untergebracht waren, mit denen die Bewegungen gesteuert wurden. Die Gelenke wurden nacheinander auf ihre Funktionsfähigkeit getestet; der Schutzanzug bewegte sich, zog sich zusammen, streckte sich wieder; die bleischweren Stiefel hoben sich und fielen krachend auf die Unterlage zurück; die Greifwerkzeuge an den Ärmeln öffneten sich und schnappten wieder zu. Einer der Männer rollte eine Pressluftflasche heran und schloss die Luftschläuche an. Hawks nickte, und die Druckluft zischte in den Helm, der die neueste Entwicklung auf diesem Gebiet darstellte – an vier Seiten mit Rippen verstärkt, während die Sichtöffnung mit vier Zentimeter dickem Panzerglas versehen war, vor dem zudem noch ein Schutzgitter aus Stahlstäben angebracht war.

»Lass das doch, Ed«, sagte Sam Latourette. »Die Leute werden auch ohne dich fertig.«

Hawks warf den Navy-Offizieren, die alle Latourette anstarrten, einen entschuldigenden Blick zu. »Das weiß ich, Sam.«

»Willst du ihn denn tragen? Lass deine Finger davon!«, brach es aus Latourette hervor. »An der Ausrüstung hat es bisher noch nie gelegen!«

»Ich möchte aber alles persönlich überprüfen«, erklärte Hawks ihm geduldig. »Die Kollegen hier haben nichts dagegen.«

»Na, von mir aus kannst du weiterspielen. Dieser Barker ist am Tor. Wenn du mir seinen Ausweis gibst, kann ich ihn gleich heraufholen. Scheint wirklich ein ausgezeichneter Fang zu sein, den du da gemacht hast.«

»Nein, ich hole ihn lieber selbst ab, Sam«, wehrte Hawks ab. Er nickte den Offizieren zu. »Ausgezeichnete Arbeit. Ich danke Ihnen, meine Herren.« Er verließ das Labor und stieg die Treppe hinauf, die ins Erdgeschoss führte.

Draußen ging er langsam über den nebelfeuchten Asphalt auf das Haupttor zu, das in dem beißenden Dunst nur undeutlich sichtbar war. Er sah auf seine Armbanduhr und lächelte vor sich hin.

Barker hatte seinen Wagen auf dem Parkplatz abgestellt und wartete jetzt auf der anderen Seite des Fußgängereinlasses. Er starrte den Wachtposten abschätzig an, der ihn seinerseits völlig ignorierte. Barkers Gesicht war vor Aufregung gerötet, und er hatte einen Jackenärmel hochgerollt, als würde er gleich einen Messerkampf anfangen.

»Guten Morgen, Dr. Hawks«, sagte der Posten, als Hawks erschien. »Der Mann dort draußen wollte ohne Ausweis das Werksgelände betreten. Außerdem hat er versucht, mich über Ihr Projekt auszuhorchen.«

Hawks nickte und sah Barker nachdenklich an. »Das überrascht mich keineswegs.« Er griff in die Seitentasche seines Kittels und holte Barkers Ausweis sowie die Sicherheitszertifizierung vom FBI hervor. Der Wachtposten nahm beides mit in das Postenhäuschen, um die Ausweisnummer in das Wachbuch einzutragen.

Barker sah Hawks herausfordernd an. »Was machen Sie eigentlich hier, Doktor? Eine neue Atombombe?«

»Kein Grund, sich krampfhaft um Informationen zu bemühen«, stellte Hawks nüchtern fest. »Und sinnlos, wenn Sie es bei einem Mann versuchen, der selbst nichts darüber weiß. Sie vergeuden nur Ihre Energie, Barker.« Der Posten öffnete das Tor. »Danke, Tom«, sagte Hawks. Dann wandte er sich wieder an Barker. »Sie werden alles, was Sie wissen müssen, noch rechtzeitig genug erfahren.«

Barker lächelte ironisch. »Manchmal ist es besser, wenn ich selbst entscheiden kann, was ich wann wissen muss und was nicht. Aber«, er machte eine tiefe Verbeugung, »stets zu Ihren Diensten, Meister.« Er richtete sich wieder auf und starrte nachdenklich den stachelbewehrten oberen Querbalken des Tores an. Dann verzog er seine zusammengekniffenen Lippen zu einem Lächeln. »*Salve Caesar, morituri te salutant*«, sagte er, als er durch das Tor ging. »Wir erhöhen Ihren Ruhm durch unseren Tod.«

Hawks runzelte die Stirn. »Ich habe in der Schule auch Latein gehabt«, sagte er. »Stecken Sie sich Ihren Ausweis an, und kommen Sie mit.«

Barker nahm das Kärtchen von dem Posten entgegen, der es geduldig in der ausgestreckten Hand gehalten hatte, und steckte es sich an die Tasche seines Flanellhemdes. »Danke schön, Tom«, sagte er über die Schulter, als er zusammen mit Hawks weiterging.

»Claire wollte mich nicht fortlassen«, berichtete er dann amüsiert. Er hielt den Kopf schief und sah Hawks bedeutungsvoll an. »Sie hat Angst um mich.«

»Warum? Weil ich Ihnen etwas antun könnte – oder was in diesem Fall aus ihr werden würde?«, erkundigte Hawks sich.

»Ich weiß es offen gestanden nicht, Doktor.« In Barkers Stimme schwang eine gewisse Müdigkeit mit. »Aber«, begann er dann nachdenklich, »ich bin einer der beiden einzigen Männer, vor denen sie Angst hat.« Seine Stimme klang plötzlich hart.

Hawks schwieg. Er ging langsam weiter auf das Labor zu. Barker hielt Schritt, lächelte noch einmal wie über einen guten Witz, den nur er verstehen konnte, und sah dann ebenfalls geradeaus.

Die Rampe, die vom Erdgeschoss aus in den Keller führte, war mit Stahlplatten verkleidet, deren aufgewalztes Profil ein Ausrutschen verhinderte. Die grüne Farbe war nur noch am Rand erkennbar, in der Mitte war sie bereits von unzähligen Füßen abgeschliffen worden. Die schweren Schritte der beiden Männer hallten von den grauen Wänden wider.

»Hier marschieren Ihre bedauernswerten Opfer wohl in Sträflingsanzügen und mit Fußfesseln entlang?«, erkundigte Barker sich.

Hawks grinste. »Ich freue mich, dass Sie endlich ein anderes Gesprächsthema gefunden haben«, antwortete er dann.

»Ich möchte wetten, dass in diesen Hallen schon mancher Schmerzensschrei verklungen ist. Was liegt hinter dieser Tür? Die Folterkammer?«

»Das Labor«, gab Hawks zurück. Er hielt die Pendeltür auf. »Treten Sie ein.«

»Mit Vergnügen.« Barker nahm die Schultern zurück, streckte das Kinn vor und ging an Hawks vorbei. Er machte einige Schritte bis in die Mitte des Hauptganges, blieb vor der Spannungsreglergruppe stehen, schob die Hände in die Hosentaschen und sah sich neugierig um. Hawks blieb neben ihm stehen.

Der Raum war strahlendhell erleuchtet. Barker drehte sich langsam im Kreis, betrachtete die zur Signalmodulierung dienenden Geräte und sah zu, wie die Assistenten jedes einzelne Aggregat überprüften.

»Ganz schöner Betrieb hier«, meinte er schließlich und deutete auf die Männer in den weißen Kitteln, die jede überprüfte Funktion auf einer Kontrollliste abhakten. Prüflampen glühten auf, Schalter wurden betätigt, Einstellungen verändert und wieder geprüft. Barkers Blick fiel auf eine Reihe von Ausgleichsverstärkern vor ihm, deren Gehäuse zum Teil geöffnet waren. »Eine Menge Draht. Das gefällt mir. Wunder der modernen Technik und so.«

»Das alles ist Teil eines Menschen«, warf Hawks ein.

»Oh?« Barker zog die rechte Augenbraue in die Höhe. Seine Augen blitzten spöttisch. »Stecker und Draht und Porzellanisolatoren, was?«, fragte er herausfordernd.

»Sie brauchen sich gar nicht so viel Mühe zu geben, um etwas aus mir herauszukitzeln«, antwortete Hawks ruhig. »Wir werden Ihnen alles genau erklären. Alles hier ist Teil eines Menschen – auch der Elektronenrechner dort drüben.

Diese Datenverarbeitungsmaschine ist so konstruiert, dass ihr Informationsspeicher eine genaue elektronische Beschreibung eines Menschen aufnehmen kann: seinen Körperbau bis hinunter zu dem letzten Elektron im letzten Atom im letzten Molekül seiner kleinen Zehe. Damit sind automatisch alle anderen Eigenschaften der Versuchsperson festgelegt – Reaktionszeit, Reflexe, besondere Charaktereigenschaften, elektrische Kapazität der Gehirnzellen und etwaige Störungen. Der Speicher enthält also sämtliche Informationen, um einer anderen Maschine die Impulse zu geben, einen Menschen – *diesen* Menschen – zu erzeugen.

Zufälligerweise heißt dieser Mann Sam Latourette, aber es könnte auch jeder andere sein. Er ist unser Standardmann. Wenn der Abtaster des Materietransmitters Sie in eine Folge von Impulsen verwandelt, wird das Ergebnis aufgezeichnet und für später gespeichert. Diese Impulse werden aber auch gleichzeitig in einen Elektronenrechner eingegeben, der die Unterschiede zwischen Ihnen und unserem Standardmann errechnet. Dadurch haben wir eine genaue Kontrolle über die Genauigkeit unserer Modulationsgeräte. Das wollen wir heute erledigen – den Initialscan, damit wir eine Sicherheitskopie von Ihnen anfertigen können, die zu Kontrollzwecken benutzbar ist und die morgen den Transmitter mit den entsprechenden Impulsen versorgt, wenn wir übertragen.«

»Was wollen Sie eigentlich übertragen?«

»Sie.«

»Wohin?«

»Das habe ich Ihnen bereits gesagt. Zum Mond.«

»Einfach so? Keine Raketen, keine Countdowns, keine Reporter und kein Fernsehen? Ein paar Röhren glühen auf – und schon bin ich der Mann im Mond!« Barker grinste. »Die Wissenschaft hat es wirklich weit gebracht, was?«

Hawks sah ihn mit unbeweglichem Gesicht an. »Wir veranstalten hier keinen Männlichkeitswettbewerb, Barker. Wir führen Versuche durch. Sie brauchen nicht ständig die Rolle des tollkühnen Draufgängers zu spielen.«

»Würden Sie denn einen solchen Wettbewerb überhaupt erkennen, Doktor?«

»Halten Sie den Mund, Barker!«, fuhr Sam Latourette dazwischen, der lautlos herangekommen war.

Barker drehte sich gelangweilt um. »Menschenskind, Sie tun ja, als ob ich Ihr Baby gefressen hätte!«

»Schon gut, Sam«, sagte Hawks geduldig. »Darf ich die Herren miteinander bekannt machen? Mr. Al Barker – Dr. Samuel Latourette.«

Barker warf einen Blick auf das Elektronengehirn und lächelte boshaft. »Wir kennen uns bereits«, stellte er dann fest und streckte Latourette die Hand entgegen.

»Sehr witzig, Barker.«

Barker ließ seine Hand sinken. »Na, schließlich bin ich kein Zirkusclown. Wer sind Sie eigentlich – die Hausmeisterin?«

»Ich habe mir Ihre Personalunterlagen angesehen, weil ich feststellen wollte, ob Sie für uns nützlich sein können«, antwortete Latourette und betonte dabei jedes Wort. Er beugte sich so weit nach vorne, dass sein Kopf beinahe auf derselben Höhe wie seine massiven Schultern war. »Ich möchte, dass Sie sich Folgendes merken: Dr. Hawks ist der einzige Mann auf dieser Erde, der genial genug ist, um sich das alles einfallen zu lassen!« Er wies auf die Maschinen um sie herum. »Sie stehen vor einem Mann, dessen Gehirn so exakt arbeitet, dass es für ihn das Wort ›Irrtum‹ einfach nicht gibt. Er ist so weit von dem, was Sie und ich als ›normal‹ bezeichnen, entfernt wie Sie evolutionsbiologisch von einem Schimpansen. Sie haben keinerlei Berechtigung dazu, seine Arbeit zu kritisieren oder Witze darüber zu reißen. Lassen Sie ihn mit Ihren zweifellos äußerst interessanten Komplexen in Ruhe. Sie sind hier, um eine Aufgabe zu erfüllen. Wenn Sie das nicht tun können, ohne ihm Schwierigkeiten zu machen, verschwinden Sie lieber sofort – er hat auch ohne Sie genug Sorgen.« Latourette warf Hawks einen Blick aus tief liegenden Augen zu. »Mehr als genug.« Er wandte sich wieder an Barker. »Haben Sie mich verstanden?«

Barker sah ihn ausdruckslos an. Er hatte sein Gewicht fast völlig auf sein gesundes Bein verlagert, zeigte jedoch sonst keinerlei Zeichen von Erregung. Er schwieg.

»Sam«, warf Hawks ein, »der Empfänger muss getestet werden. Ich wäre dir dankbar, wenn du das überwachen würdest. Außerdem brauche ich die letzten Telemetrie-Messungen vom Relaisturm und der Mondstation.« Er warf einen Blick auf die Uhr. »Kannst du sie mir in einer Stunde bringen?«

Latourette nickte kurz und schlurfte wortlos davon. Barker sah ihm nach, bis er hinter dem Empfänger verschwunden war, wo die Techniker einige Testobjekte unter einem Fluoroskop prüften.

»Kommen Sie bitte mit mir«, sagte Hawks zu Barker und führte ihn zu dem Tisch hinüber, auf dem der Schutzanzug ausgebreitet war.

»Ihre Leute haben anscheinend eine sehr hohe Meinung von Ihnen«, stellte Barker fest und sah sich weiterhin neugierig um. »Kein Wunder, dass Sie schnell ungeduldig werden, wenn Sie es mit der Außenwelt zu tun haben.«

»Barker, Sie müssen sich vor allem auf die Aufgaben konzentrieren, die Sie hier erwarten. Sie müssen eine Menge lernen, um ihnen gewachsen zu sein. Lassen wir doch die persönlichen Dinge aus dem Spiel!«

»Und wie steht es in dieser Beziehung mit Ihrem Musterschüler, Latourette?«

»Sam ist ein ausgezeichneter Mann auf seinem Gebiet«, antwortete Hawks kurz.

»Und das ist seine Entschuldigung für alles.«

»Deshalb ist er hier. Eigentlich müsste er in einer Klinik liegen und ständig Schmerzmittel bekommen. Er hat Krebs – inoperabel. Die Ärzte geben ihm noch ein Jahr.«

Sie gingen an einer langen Reihe von grauen Stahlgehäusen vorüber. Barker wandte den Kopf zurück. »Oh«, meinte er dann. »Deshalb ist er also zum Standardmann ernannt worden. Auch eine Art Unsterblichkeit.«

»Kein normaler Mensch stirbt gern«, antwortete Hawks und dirigierte Barker auf den Tisch zu. Die Navy-Offiziere sahen ihnen neugierig entgegen. »Sonst hätten wir eine permanente Selbstmordwelle.«

2

Hawks hielt es nicht für nötig, Barker den Offizieren vorzustellen. Er begann sofort mit einer Erklärung der Funktionen des Schutzanzugs.

»Das hier ist unser neuestes und bestes Modell. Sie legen den Anzug hier auf diesem Tisch an und werden dann in den Transmitter gerollt. Von dort aus werden Sie zur Mondstation befördert, wo Ihnen der Anzug bequem und leicht bedienbar erscheinen wird. Sämtliche Bewegungen werden mithilfe von Elektromotoren durchgeführt, die sich in den Gelenken befinden. Durch einen leichten Druck auf die entsprechenden Kontakte sind sämtliche Bewegungskombinationen möglich. Sie haben alle Werkzeuge zur Verfügung, die Sie brauchen werden, und noch einige dazu, von denen wir annehmen, dass sie sich ebenfalls als nützlich erweisen könnten. Darüber müssen Sie uns später Bericht erstatten – wenn Sie können. Vor allem müssen Sie sich mit der Bedienung des Anzugs vertraut machen, denn davon kann unter Umständen der Erfolg des Versuchsprogramms abhängen. Jetzt probieren Sie ihn bitte einmal an, damit wir sehen, ob er Ihnen richtig passt.«

Der verantwortliche Offizier trat einen Schritt vor. »Entschuldigen Sie, Doktor«, begann er, »aber ich habe gehört, dass der Freiwillige eine Prothese trägt.« Er wandte sich an Barker. »Würden Sie bitte die Hosen ausziehen, Sir?«

Hawks lächelte unbehaglich. »Geben Sie mir Ihre Jacke«, sagte er zu Barker.

Barker sah sich unsicher um. Auf seiner Stirn erschienen Schweißtropfen. Er gab Hawks seine Jacke, ohne ihn dabei anzusehen, schnallte den Gürtel auf und zog sich die Hose aus. Dann rollte er sie schnell zusammen, warf Hawks einen Blick zu und legte sie schließlich auf einen Stuhl.

»Würden Sie sich bitte in den Anzug hineinlegen, Sir, damit wir sehen können, welche Veränderungen vorgenommen werden müssen?« Der Captain machte eine Handbewegung, und seine Leute umringten Barker, hoben ihn hoch und legten ihn in den Anzug. Barker lag steif auf dem Rücken und starrte an die Decke. »Bitte, bewegen Sie sich, Sir«, verlangte der Offizier. »Wir müssen feststellen, ob die Muskeln an allen Stellen fest an den Kontakten anliegen.«

Barker machte einige zögernde Bewegungen.

»Aha«, meinte der Captain, »das habe ich mir gleich gedacht. Die Prothese muss an der Wade und im Kniegelenk verstärkt werden.« Er winkte einen der anderen Offiziere heran. »Fidanzato, messen Sie die Abstände aus und lassen Sie die Prothese sofort in der Werkstatt verstärken. Tut mir leid, Sir«, sagte er dann zu Barker, »aber Sie werden eine halbe Stunde ohne Ihre Prothese auskommen müssen. Sampson, helfen Sie ihm aus seinem Hemd heraus, damit Sie den Schultergurt abschnallen können.«

Barker streckte die Arme aus, hielt sich am Rand des Anzugs fest und zog sich daran in die Höhe. »Mein Hemd kann ich mir immer noch selbst ausziehen«, wehrte er wütend ab. Während Sampson die Schnalle öffnete, sah Barker zu Hawks hinüber und klopfte dabei leicht gegen den Anzug. »Neue Künste, Magier?« Er schien auf eine besondere Antwort zu warten.

Hawks runzelte die Stirn. Barker grinste ironisch und sah sich herausfordernd um. »Na, das war offenbar eine Pleite. Möchte es noch jemand versuchen? Oder soll ich mir lieber zuerst eine Hand hinter dem Rücken festbinden lassen?«

Ein junger Leutnant trat vor. »Das ist ein Zitat aus einem Schauspiel, Doktor.« Er sah Barker an, der feierlich einen Finger ableckte und ein großes X in die Luft zeichnete.

»Einen Punkt für unseren jungen Freund hier.«

»Wovon handelt das Stück, Leutnant?«, fragte Hawks.

»Wir haben es in der Schule durchgenommen«, antwortete der junge Offizier verlegen und wurde rot, als Barker ihm aufmunternd zublinzelte. »Der Magier Merlin hat eine Rüstung geschmiedet, die gegen alle Waffen gefeit ist. Sie war für Sir Galahad bestimmt, aber eine bei der Herstellung unerlässliche Zauberformel bewirkte, dass sie nur Lancelot passte. Und obwohl Lancelot König Arthur schaden will und sie am gleichen Tag in einem Turnier gegeneinander antreten werden, bringt Merlin es nicht übers Herz, die herrliche Rüstung ungenutzt verrosten zu lassen. Er ruft Lancelot zu sich, und dessen erste Worte beim Anblick der Rüstung sind: ›Was seh' ich da – neue Künste, Magier?‹«

Barker grinste zuerst den Leutnant, dann Hawks an. »Ich hoffte, Sie würden die Parallele erkennen, die darin liegt, Doktor. Schließlich sind Sie doch angeblich ein gebildeter und belesener Mann.«

»Hm«, meinte Hawks nachdenklich und starrte Barker ins Gesicht. »Und wie lautet Merlins Antwort?«, fragte er dann den Leutnant.

»›Du sagst es – mächtige Waffen.‹«

Um Barkers Mund spielte ein Lächeln. »›Waffen? Wahrlich, Philosoph, wurd' im Winter deines Lebens ein Waffenschmied aus dir? Standest mit gicht'gen Fingern du am Amboss, bemüht, des Schmiedes Lehrling nachzueifern?‹«

Der Leutnant sah unsicher von Barker zu Hawks und zitierte: »›Einerlei, wie ich es tat. Der Adler gestaltet seinen Horst so, dass nur ein Adler in ihm sitzen kann – und diejenigen, denen es gestattet ward.‹«

»›Hab ich deine Erlaubnis, alter Adler?‹«

»›Erlaubnis und Segen, Knochenbrecher‹«, gab der Leutnant zur Antwort.

»›Arthur war es sicher nicht‹«, zitierte Barker und sah Hawks dabei an, »›der dir befahl, diesen Leib und dies' Herz gegen jedwede Gefahr zu schützen. Doch sprechen wir nicht davon. Du sagst, der Harnisch sei Dank deiner Zauberkünste unbezwingbar – und für mich? Zuwider bin ich dir – warum also dies Panzerkleid? Wer hat es dir angeschafft?‹«

Der junge Offizier sah zu Hawks hinüber. »Wollen Sie noch mehr hören, Dr. Hawks?«

Hawks lächelte Barker verkniffen zu. »Ja, natürlich – ich bin auf die Fortsetzung gespannt. Vielleicht kaufe ich mir sogar das Buch, wenn mir die gekürzte Fassung gut genug gefällt.«

»Ja, Sir.« Seine Kollegen schauten nicht einmal auf, als der junge Leutnant fortfuhr, so beschäftigt waren sie mit Barkers Anzug. Sampson ruckelte an den Schulterriemen herum. »›Niemand. Meine Macht bestimmt über mich wie die deine über dich. Nimm sie!‹« zitierte er weiter. »›Nie zuvor hat eine solche Rüstung je ein Pferd geziert. Noch nie ward eine Rüstung mit gleicher Sorgfalt geschmiedet. Zu keiner Zeit haben sich Aug' und Hand und Geist verbunden, um ein Gleiches zu schaffen, dessen sich *deine* Muskeln und *deine* Kraft nun bedienen werden, um *deinen* Ruhm zu mehren. Nimm sie, der du schon mehr, als dir bestimmt war, hast bezwungen, und bezwinge mehr!‹«

»›Aus deinen Worten spricht die Eifersucht, alter Mann‹«, antwortete Barker.

»›Was weißt du schon von solchen Dingen?‹«

»›Errätst du denn die Gedanken, die leise durch meinen Geiste schleichen? Sei nicht zu stolz, Zauberer! Es ist, wie du sagtest: Auch meine Macht gebietet über mich. So hab ich meinen Stolz wie du den deinen. Steigerte es etwa mein Ansehen, erreichte ich durch dein Geschenk, was ohne mir auch gelänge?‹«

»›Du musst sie nehmen!‹«

»›Wo blieb' sonst dein künstlich' Blendwerk? Und was wär' meine Macht – ihm zu Ruhm verhelfen? Die Rüstung nehm ich, wenn auch wider bess'res Wissen. Du trittst mit deinem Leben dafür ein? Sie wird mich nicht fehlen – auf keinem Feld, von keiner Lanze sich durchdringen lassen, die selbst deiner Kunst noch fremd?‹«

»›Und wenn sie fehlt, fehl' ich mit dir, mein edler Ritter.‹«

Barker stieß Sampson ungeduldig zur Seite, der immer noch mit dem Schultergurt beschäftigt war, und schnallte ihn selbst ab. »›Dann fehle nicht, kunstreicher Schmied‹«, flüsterte er dabei vor sich hin. »›Ich fleh' dich an – fehle nicht!‹«

Hawks sah Barker einen Augenblick lang schweigend an. Dann hob er einen Zeigefinger und beschrieb ein weiteres X in der Luft. »Einen Punkt für den ganzen Kerl«, sagte er dazu und verzog das Gesicht wie vor Schmerz.

3

Fidanzato ging mit Barkers Prothese fort. Einer der Techniker kam zu Hawks. »Ihre Sekretärin möchte Sie am Telefon sprechen, Doktor. Es scheint ziemlich dringend zu sein.«

»Danke.« Hawks ging zu einer kleinen Telefonzelle an der gegenüberliegenden Hallenwand, schloss die Tür hinter sich und nahm den Hörer auf. »Hier ist Hawks, Vivian. Was ist los – ein Anruf von Tom Phillips? Ich habe schon darauf gewartet. Legen Sie das Gespräch doch bitte hierher.« Er lehnte sich gegen die Wand und wartete darauf, bis Vivian ihn mit dem Admiral verbunden hatte. Nach kurzer Zeit klickte es in der Hörmuschel, und Hawks meldete sich. »Ja, Tom. Oh, mir geht's immer gut. Ja. Heiß in Washington, was? Nein, hier nicht. Nur der übliche Nebel. Smog. Schön.« Dann hörte er gespannt zu und starrte dabei auf die gegenüberliegende Wand.

»Ja«, meinte er schließlich zögernd. »Nun, ich dachte, dass der Bericht über Rogan ähnliche Folgen nach sich ziehen würde. Nein, hör zu – wir haben eine neue Methode. Wir haben einen neuen Mann. Vielleicht klappt es mit ihm besser. Nein – ich meine eine neue *Art* Mann, der sich hervorragend für unsere Zwecke eignet. Nein, nein – hör zu, warum lässt du dir nicht seine Personalakte kommen? Al

Barker. Ja, Barker. Das Armeeministerium müsste sämtliche Unterlagen über ihn haben. Selbstverständlich ist er vom FBI überprüft worden. Ja. Er unterscheidet sich himmelweit von den netten jungen Kerlen, die wir bisher als Freiwillige hatten. Ja, das geht auch aus seinen Akten hervor. Wie wäre es mit einem persönlichen Gespräch vor dem Ausschuss, würde das helfen? Nein, ich weiß, dass sie seit Rogan und den anderen Angst um jeden haben, aber wenn wir ...«

Er drehte nachdenklich an den Knöpfen seines weißen Kittels.

»Nein, Tom – denk doch nach! Glaubst du, dass ich es tun würde, wenn Barker nur ein ganz gewöhnlicher Freiwilliger wäre? Nein, er *ist* anders! Hör zu, wenn du ... Schön, du hast keine Zeit, wir alle haben keine. Wann tritt der Ausschuss wieder zusammen? Übermorgen? Dann hättest du doch genügend Zeit, um kurz herzukommen und Barker selbst ...«

Hawks schüttelte den Kopf und stemmte sich mit der flachen Hand von der Wand ab.

»Schon gut, ich weiß, dass du bis über beide Ohren in Arbeit steckst. Schön, wenn du auf meiner Seite stehst und nicht herkommen musst, weil du mir völlig vertraust, warum hast du dann kein Vertrauen zu mir? Ich meine, wenn ich davon überzeugt bin, dass es diesmal klappt, warum glaubst du mir dann nicht?«

Er hörte wieder zu und zog die Augenbrauen hoch.

»Na, hör mal, wenn der Ausschuss die endgültige Entscheidung erst übermorgen treffen will, warum soll ich dann in der Zwischenzeit nicht weiterarbeiten? Bis dahin hätten wir einen erfolgreichen Versuch zu verzeichnen und alles wäre in bester Butter, wir ... Glaubst du wirklich, dass ich *meine* Zeit dafür hergeben würde, wenn ich nicht überzeugt wäre, dass Barker es schafft?«

Hawks seufzte und wischte sich den Schweiß von der Stirn.

»Also, wenn ich für die Ergebnisse *garantieren* könnte, brauchte ich keine Versuchsreihe durchzuführen! Wenn überhaupt, dann müssen wir Schritt für Schritt vorgehen!«

Er rieb sich verzweifelt mit der Hand über das Gesicht.

»Okay, dann sind wir wieder bei demselben Thema angelangt – was soll das ganze Gerede? Ich bekomme ein sagenhaftes Gehalt, einen schönen militärischen Rang und wunderbare Geräte, weil ich es bin, aber wenn es zum ersten Mal darum geht, sich auf mein Wort zu verlassen, dann kriegen die Brüder kalte Füße und sind vor Angst nicht einmal mehr imstande, sich zu überlegen, mit wem sie es eigentlich zu tun haben. Denkt ihr denn, dass ich mich bei meiner Arbeit nur auf Schätzungen verlasse?«

Hawks fuhr sich mit der Zunge über die Lippen und hörte aufmerksam zu.

»In Ordnung«, sagte er schließlich erleichtert, aber trotzdem sehr kühl. »Ich rufe dich gleich übermorgen an und gebe dir das Ergebnis durch. Ja, ich denke an den Zeitunterschied! Gut. Und nein, nein – mach dir keine Sorgen deswegen«, schloss er dann, »ich werde mein Bestes tun, das verspreche ich dir. Ja. Ebenfalls, Tom. Ja, ja, selbstverständlich. Wiederhören.«

Er legte den Hörer auf und machte ein enttäuschtes Gesicht. Vor der Zelle wartete Sam Latourette auf ihn und sah ihn besorgt an. »Schwierigkeiten, Ed?«

Hawks schnitt eine Grimasse. »Kann man wohl sagen. Morgen muss es unbedingt klappen.«

»Sonst ist alles aus?«, fragte Latourette ungläubig. »Einfach so? Jahrelange Forschungsarbeit und Millionen von Dollars – das soll alles umsonst gewesen sein? Sind die Kerle in Washington übergeschnappt?«

»Nein. Nein, sie sind auch nur Menschen. Sie haben Angst, dass das Geld für unsere Versuche zum Fenster hinausgeworfen wird. Und dazu kommen noch die Verluste an Menschenleben. Was erwartest du denn von ihnen? Dass sie weiterhin Mörder unterstützen? Außerdem bedeutet das Ende der Mondversuche schließlich nicht automatisch den Abbruch der ganzen Versuchsreihe.«

Latourette lief vor Erregung rot an. »Das sind nur fromme Lügen, Ed! Continental Electronics braucht nur einen Anlass, und schon brechen sie die Versuche mit Vergnügen ab. Vielleicht nehmen sie sie dann später wieder auf, aber bestimmt nicht sehr bald – und ohne dich. Das weißt du doch auch. Sie würden dich allmählich hinausdrängen und die Versuche einstellen, bis sich die Aufregung in Washington etwas gelegt hat. Sie …«

»Das weiß ich«, gab Hawks zu. »Hier riecht alles förmlich danach.« Er sah sich um. »Aber sie werden es nicht tun, wenn Barker morgen Erfolg hat. ›Der Erfolg blendet alle.‹ Chaucer. Aus dem Zusammenhang zitiert.« Hawks lächelte verkniffen. »Die Bude hier wird allmählich geradezu unerträglich kultiviert.« Er senkte den Kopf und verzog frustriert das Gesicht. »Sam, wie kompliziert und schrecklich ist doch der menschliche Geist«, sagte er leise und wollte gehen.

Latourette machte eine unbeholfene Handbewegung. »Du kannst nichts mit Barker anfangen – er ist zu nichts zu gebrauchen! Du kannst es dir einfach nicht leisten, dich mit einem so unbeherrschten und unberechenbaren

Menschen abzugeben! Ed, es hat keinen Zweck – es wird dir zu viel.«

Hawks blieb stehen, steckte die Hände in die Hosentaschen und schloss die Augen. »Bist du der Meinung, dass er keinen Erfolg haben wird?«

»Hör zu, wenn du dich jeden Tag wieder mit ihm herumärgern musst, wird es immer unerträglicher.«

»Dann glaubst du also doch, dass er der richtige Mann für unsere Versuche ist.« Hawks drehte sich um und sah Latourette scharf an. »Du hast Angst, dass er sich als ideales Versuchskaninchen erweisen könnte.«

Latourette machte ein besorgtes Gesicht. »Ed, er ist nicht einmal vernünftig genug, dich nicht ständig zu reizen. Und du bist nicht der Mann, der sich das auf die Dauer bieten ließe. Es wird von Tag zu Tag schlimmer werden, und du ...«

»Meinst du wirklich, Sam?«, unterbrach ihn Hawks. Dann klopfte er Latourette auf die Schulter, ohne auf dessen Antwort zu warten, und ging wieder zu Barker hinüber.

Die Prothese war aus der Werkstatt zurückgekommen. Hawks betrachtete sie nachdenklich und fuhr mit der Hand über das aufgeschraubte Aluminiumprofil.

»Barker«, begann er schließlich und sah dem Mann ins Gesicht.

»Ja, Doktor?«

»Wir haben es eilig. Ich wäre Ihnen sehr verbunden, wenn Sie sich anschließend zu einer kurzen Untersuchung bei unserem Arzt einfinden würden. In der Zwischenzeit könnten schon einige von uns essen.«

»Doktor, Sie wissen doch genau, dass ich erst letzte Woche bei einem ausgezeichneten Internisten war, der mich auf Herz und Nieren untersucht hat.«

»Das war letzte Woche«, gab Hawks zu bedenken. »Sie können Dr. Holiday ausrichten, er möchte sich möglichst beeilen, aber trotzdem nichts auslassen. Kommen Sie sofort wieder hierher zurück, wenn Sie die Untersuchung hinter sich haben.« Er wandte sich ab. »Ich bin in einer halben Stunde wieder zurück.«

Hawks wartete geduldig zwanzig Minuten lang in Cobeys Vorzimmer, bis die Sekretärin ihm sagte, er könne hineingehen.

Er schritt über den weißen Teppich, klopfte kurz an die mahagonigetäfelte Tür des Allerheiligsten der Continental Electronics, öffnete sie und betrat das Arbeitszimmer des Präsidenten.

Cobey saß hinter einem riesigen, auf Hochglanz polierten Teakholzschreibtisch, der fast so schwarz wie Bitumen war. Trotz seiner geringen Körpergröße, dem zurückweichenden Kinn und der spiegelblanken Glatze wirkte er angriffslustig und energisch. Seine tiefbraune Gesichtsfarbe war das Ergebnis stundenlanger Bestrahlungen mit einer Höhensonne, und seine Lippen waren bläulich verfärbt – das erste Zeichen einer beginnenden Zyanose. Sein verkniffener Gesichtsausdruck ließ darauf schließen, dass er an Magengeschwüren litt.

»Da sind Sie also wieder einmal, Ed«, sagte er. »Was gibt es denn?«

Hawks rückte sich einen der überbequemen Sessel zurecht, zog die Hosenbeine ein wenig in die Höhe und ließ sich nieder.

»Schon wieder etwas mit dem Labor?«, fragte der Präsident.

»Eine Personalsache«, antwortete Hawks kurz, wobei er an Cobey vorbei aus dem Fenster starrte. »Und ich muss bis ein Uhr wieder im Labor sein.«

»Wenden Sie sich an Connington.«

»Wahrscheinlich ist er heute gar nicht da. Außerdem ist er dafür nicht zuständig. Ich möchte Ted Gersten zu meinem ersten Assistenten machen. Er besitzt die nötige Qualifikation dafür, zweieinhalb Jahre als Sam Latourettes Assistent. Er kann Sams Arbeit ohne Weiteres übernehmen. Aber ich brauche Ihre Genehmigung, damit ich den Wechsel bereits morgen vornehmen kann. Wir stehen kurz vor dem nächsten Versuch – die astronomischen Bedingungen sind bereits nicht mehr optimal, deshalb möchte ich möglichst viele Versuche in kurzer Zeit hinter mich bringen, und bis dahin muss Sam durch einen anderen Mann ersetzt sein.« Seine rechte Hand spielte an seiner Krawatte herum, ohne dass Hawks es zu bemerken schien.

Cobey lehnte sich zurück und verschränkte die Arme. »Vor einem halben Jahr wollte ich Latourette entlassen, aber damals hielten Sie mich davon ab«, stellte er mit anklagender Stimme fest. »Damals hieß es, er werde unbedingt benötigt, um eine Ihrer komischen Maschinen in Gang zu halten.«

Hawks holte tief Luft. »Hughes Aircraft braucht einen guten Versuchsingenieur für den Forschungsauftrag, den sie letzte Woche von der Army erhalten haben. Frank Waxted würde Sam gern nehmen, wenn er ihn bekommen kann. Hughes Aircraft hat bereits eine Planstelle für ihn vorgesehen.«

Cobey richtete sich auf. »Waxted hätte Sie nie wegen Sam angerufen, wenn er nicht genau wüsste, dass er ihn jederzeit haben kann. Hören Sie, Hawks«, fuhr er eindringlich fort, »ich lasse mir eine Menge von Ihnen gefallen – mehr als ich eigentlich müsste. Selbst die Navy könnte mich nicht dazu zwingen. Wenn ich keinen Respekt vor Ihrer Intelligenz hätte, würde ich Sie jederzeit hinauswerfen und mich einen Dreck um Ihren Anstellungsvertrag kümmern. Ich werde immer noch auf diesem Stuhl sitzen und die Gesellschaft wird immer noch florieren, wenn Ihr verrücktes Projekt Luna längst vergessen ist.

Aber ich gebe Ihnen einen guten Rat: Machen Sie keine krummen Touren hinter meinem Rücken! Erzählen Sie mir keine Märchen über Telefonanrufe von Waxted, wenn ich tausend gegen einen Dollar wetten möchte, dass er keine Ahnung davon hat! Lassen Sie sich das gesagt sein, Dr. Hawks.«

»Ich habe Ihnen deutlich genug gesagt, was ich will«, antwortete Hawks unbeirrt. »Sie brauchen nur noch Ja oder Nein zu sagen.«

»Ich habe schon immer behauptet, dass Sie saubere Arbeit liefern. Was soll das, Hawks? Warum wollen Sie Sam Latourette plötzlich loswerden?« Cobey kniff die Augen zusammen. »Latourette war doch sozusagen Ihr zweiter Schatten, seit er hier ist. Wenn ich einen Kurzvortrag über die Fortschritte der Elektronik in den letzten drei Wochen haben möchte, brauche ich nur Latourette zu fragen, wie es Ihnen in letzter Zeit geht. Was ist los, Hawks, haben Sie mit Latourette Krach gehabt?«

Hawks sah immer noch aus dem Fenster.

»Beziehungen zwischen Menschen sind immer eine komplizierte Sache.« Hawks sprach langsam und deutlich, als fürchte er stecken zu bleiben. »Manche Menschen verlieren die Fähigkeit, ihre Gefühle zu kontrollieren. Je intelligenter sie sind, desto unmerklicher geht dieser Prozess vor sich. Intelligente Männer sind stolz darauf, dass sie sich nicht von Gefühlen leiten lassen. Sie geben sich große Mühe, ihre impulsiven Regungen zu verbergen – nicht vor ihrer Umwelt, denn sie sind keine Heuchler –, aber vor sich selbst. Sie erfinden rationale Gründe für emotionale Handlungen und haben für jede Katastrophe logische Erklärungen bereit. Ein Mann kann eine ganze Reihe von Fehlern machen und sie lange Zeit konsequent weiter als Grundlage für seine Handlungsweise benutzen, ohne selbst zu erkennen, dass er von falschen Tatsachen ausgeht.«

»Das heißt also, dass Sie doch einen Krach mit Latourette hatten. Sie wollen es so machen und er anders, stimmt's?«

Hawks zuckte mit den Schultern. »Menschen dieser Art neigen zur Anwendung von Gewalt, wenn sie psychisch beansprucht werden«, fuhr Hawks hartnäckig fort. »Gewaltanwendung heißt nicht immer ein tätlicher Angriff – es kann auch ein Bleistift sein, der ein Diagramm verändert, oder eine nebensächliche Entscheidung, die aber doch für das Gelingen des Versuchs entscheidend ist. Kein Vorgesetzter kann seine Assistenten ständig überwachen. Wenn er es könnte, brauchte er keine Hilfe bei seiner Arbeit. Latourette muss gehen, sonst habe ich die ganze Sache nicht völlig in der Hand.«

»Und das muss sein? Sie müssen alles völlig in der Hand haben?«

»Unbedingt.«

»Deshalb muss Latourette also gehen. Einfach so. Und vor einem halben Jahr musste er bleiben. Einfach so.«

»Er wäre nach wie vor der beste Mann für diesen Job. Ich kenne ihn besser als Gersten. Deshalb möchte ich ihn durch Gersten ersetzen – mit dem bin ich nicht bereits seit zehn Jahren befreundet wie mit Sam.«

Cobey beugte sich nach vorn und klopfte mit einem Bleistift auf die dunkle Tischplatte. »Wissen Sie, Hawks«, sagte er schließlich nach einer kurzen Pause, »so kann es nicht weitergehen. Immerhin begann damals alles als ein einfacher Forschungsauftrag, den Continental Electronics von der Navy erhielt. Wir sollten nur das Material zur Verfügung stellen, obwohl Sie den Vertrag angeregt hatten. Dann wurde dieses Ding auf dem Mond entdeckt, und dann gab es eine Menge Schwierigkeiten, und plötzlich geht es nicht mehr darum, dass wir Leute auf den Mond befördern wollen, sondern wir sind eine Filiale der Navy, wir murksen mit Telepathie herum, wir haben Tote und Verrückte, um die wir uns kümmern müssen, und *Sie* stecken bis über beide Ohren in der Sache drin.

Eines schönen Morgens kam ein Brief auf meinen Schreibtisch geflattert, in dem mir mitgeteilt wurde, Sie seien zum Navy Commander befördert und ab sofort für den gesamten Betrieb verantwortlich. Praktisch heißt das, dass Sie als Offizier alles verlangen können, was Sie in Ihrer Eigenschaft als Ingenieur zu benötigen glauben. Der Vorstand unserer Gesellschaft gibt mir keine Auskunft darüber, wie er sich die Beschaffung des nötigen Kapitals dafür vorstellt. Und die Navy hüllt sich sowieso in Schweigen.

Theoretisch sind Sie ein Angestellter von Continental Electronics, aber ich weiß nicht einmal, wie weitreichend Ihre Vollmachten sind. Ich weiß nur, dass die Gesellschaft eine Menge Geld ausgibt und nur auf den Tag hoffen kann, an dem sie es von der Navy zurückbekommt – vorausgesetzt, dass der Kongress den nächsten Haushalt genehmigt, ohne ihn zu kürzen. Ich weiß nur, dass ich die Gesellschaft nicht zu stark verschulden darf, sonst fliege ich selbst, damit die Aktionäre wenigstens *einen* Grund zur Freude haben, wenn die Bilanz schon schlecht ist.«

Hawks schwieg.

»Sie haben das System nicht erfunden, mit dem ich arbeiten muss«, fuhr Cobey fort. »Aber Sie haben es kaltblütig ausgenutzt. Ich wage nicht, Ihnen einen ausdrücklichen Befehl zu geben. Ich weiß genau, dass ich Sie nicht hinauswerfen könnte, wenn ich es wollte. Aber ich leite diese Gesellschaft. Wenn ich zu der Auffassung gelange, dass Sie mich dabei stören und ich Sie trotzdem nicht einfach entlassen kann, muss ich irgendeinen schäbigen Trick anwenden, um Sie hinauszudrängen.«

Er warf Hawks einen wütenden Blick zu. »Nehmen Sie doch ein bisschen Rücksicht auf mich, verdammt noch mal! Sie sind an allem schuld – nicht ich!«

Hawks stand auf und ging langsam zur Tür, dann blieb er stehen und sah Cobey scharf an. »Kann ich Sam zu Waxted schicken und Gersten befördern? Ja oder nein?«

Cobey beugte sich über einen Notizblock und schrieb etwas auf. »Ja!«

»Gut«, sagte Hawks und schloss die Tür hinter sich.

4

Als Hawks ins Labor zurückkehrte, hatte Barker gerade seine erste Garnitur Unterwäsche übergezogen und saß auf der Tischkante. Er strich mit der flachen Hand über die poröse Seide und wischte sich dann das Talkum ab, das an seinen Handgelenken und um den Halsausschnitt herum weiße Flecken hinterlassen hatte. Barker wies auf den orangefarbenen Anzug, als Hawks vor ihm stand. »Jetzt sehe ich wirklich wie ein Zirkusclown aus, was?«

Hawks sah auf seine Armbanduhr. »In ungefähr zwanzig Minuten können wir mit dem Abtasten beginnen. Ich habe noch fünf Minuten Zeit für Sie, dann muss ich zu meinen Leuten. Passen Sie auf, damit Sie alles mitbekommen.«

»Ihnen ist wohl das Mittagessen nicht bekommen, Doktor?«

»Konzentrieren wir uns lieber auf unsere Arbeit. Ich möchte Ihnen erklären, was wir mit Ihnen vorhaben. Kurz vorher werde ich Sie noch einmal fragen, ob Sie sich das alles wirklich zutrauen oder ob Sie es sich doch anders überlegt haben.«

»Reizend von Ihnen.«

»Es ist notwendig. Hören Sie gut zu: Der Materietransmitter analysiert die Struktur jedes organischen oder anorganischen Gegenstandes, der in den Bereich der Abtaster gelangt. Das Ergebnis dieser Analyse ist ein Impuls, der die genaue Atomstruktur des abgetasteten Gegenstandes wiedergibt. Der Impuls wird einem Empfänger übermittelt und gelangt von dort aus in einen Duplikator. In diesem Gerät wird die Atomstruktur des abgetasteten Gegenstandes mithilfe der dort vorhandenen Atome reproduziert. Dazu genügt bereits eine halbe Tonne irgendeiner Materie. In anderen Worten heißt das, dass der Materietransmitter Sie hier demontiert und einen Impuls aussendet, aus dem der Empfängerteil Sie wieder zusammensetzt.

Dieser Vorgang ist völlig schmerzlos und von Ihrem Gesichtspunkt aus unvorstellbar kurz. Die Übertragung des Impulses erfolgt mit Lichtgeschwindigkeit, und weder Ihre Nervenreaktionen noch die Bestandteile der Atome in Ihrem Körper noch diese Atome selbst erreichen diese Geschwindigkeit auch nur annähernd.

Bevor Sie genügend Zeit gehabt haben, um Schmerzen oder das Gefühl beginnender Auflösung zu empfinden, und bevor Ihre Atomstruktur sich verschieben könnte, wird es Ihnen erscheinen, als stünden Sie still und das Universum habe sich bewegt. Sie werden sich plötzlich in dem Empfänger wiederfinden, und der elektrische Impuls, der einen Gedanken klar und deutlich ankommen lässt, dass Sie einen Augenblick lang nicht begreifen werden, dass Sie sich überhaupt bewegt haben. Ich übertreibe keineswegs und lege großen Wert darauf, dass Sie sich mit diesem Phänomen vertraut machen.

Außerdem müssen Sie sich darüber im Klaren sein, dass Sie sich nicht tatsächlich bewegen werden. Der Barker, der in dem Empfänger zum Vorschein kommt, hat nicht ein Atom mit Ihnen gemeinsam. Sekundenbruchteile vorher waren die Atome seines Körpers noch Bestandteile einer anorganischen Masse in der näheren Umgebung des Empfängers. Der Barker auf dem Mond wird durch eine Veränderung im Aufbau dieser Atome erzeugt – einigen werden Kernbausteine entnommen, die anderen hinzugefügt werden.

In Bezug auf die Körperfunktionen macht es nicht den geringsten Unterschied, dass dieser neue Barker nur eine genaue Kopie des Originals ist – theoretisch gesehen, versteht sich. Alles entspricht genau dem Original, sogar der Aufbau des Gehirns und die elektrische Kapazität der einzelnen Zellen. Der neue Barker hat Ihr Gedächtnis und erinnert sich sogar noch an den erst halb zu Ende gedachten Gedanken, den er jetzt auf dem Mond zu Ende denkt. Aber der ursprüngliche Barker ist für immer verschwunden, seine Atome verwandelten sich in die Energie, die den Transmitter betrieb.«

»Ich bin also tot«, stellte Barker fest. Er zuckte mit den Schultern. »Nun, schließlich haben Sie mir nie etwas anderes versprochen.«

»Nein«, widersprach Hawks scharf. »Nein«, wiederholte er langsam, »*das* habe ich nicht gesagt. Der neue Barker ist theoretisch nicht von dem Original zu unterscheiden. Außerdem wird es ihm so vorkommen, als sei nichts mit ihm geschehen. *Sie* werden sich also einbilden, dass *Sie* dort stünden. Dass früher einmal ein anderer Barker existiert hat, den es jetzt nicht mehr gibt, ist völlig nebensächlich und nur vom wissenschaftlichen Standpunkt aus interessant. Sie werden es wissen, weil Sie sich daran erinnern werden, dass ich es Ihnen erzählt habe. Fühlen werden Sie es nicht.

Sie werden genau wissen, wie Sie den Anzug anlegten, wie Sie in den Transmitter gerollt wurden, wie das Magnetfeld im Innern der Kammer den Anzug umgab und ihn frei schweben ließ, wie die Lichter erloschen … und wenn Sie langsam zu Boden driften, wird Ihnen klar werden, dass Sie sich jetzt in dem Empfänger befinden müssen. Nein, Barker«, schloss Hawks und nickte den Männern zu, die das Baumwollunterzeug und den Druckanzug brachten, die Barker als Nächstes anziehen sollte, »ich werde Sie auf andere Weise umbringen. Und Sie werden es nur zu deutlich spüren.« Er drehte sich um und ging.

Er blieb neben Sam Latourette stehen, der den Transmitter testete, und hob den Arm, als wolle er ihn um die Schultern des anderen legen, ließ ihn aber doch wieder sinken. »Na, wie läuft es, Sam?«, erkundigte er sich freundlich.

Latourette drehte sich zu ihm um. »Ausgezeichnet«, sagte er bedächtig, »die Testobjekte werden erstklassig übertragen.« Er nickte einem Tierpfleger zu, der ein unter Narkose stehendes Seidenäffchen im Arm hielt. »Wir haben Jocko bereits fünfmal hintereinander durch die Maschine geschickt. Der Impuls hat sich nicht verändert und zeigt keine messbaren Abweichungen von dem, den wir letzte Woche aufgezeichnet haben. Jedes Mal ist es wieder der gleiche alte Jocko.«

»Na, mehr können wir doch nicht verlangen, oder?«, meinte Hawks lächelnd.

»Nein, das können wir nicht«, antwortete Latourette unbeirrt. »Für ihn wird die Maschine ganz genauso funktionieren.« Er sah zu dem Tisch hinüber. »Mach dir deswegen keine Sorgen.«

»Schon gut, Sam«, wehrte Hawks ab. »Ich bin auch nicht hundertprozentig von ihm begeistert.« Er sah sich um. »Ist Ted Gersten bei den Leuten am Empfänger?«

»Er arbeitet mit ein paar anderen Technikern an der Impuls-Modulationsanlage, die bis jetzt noch nicht überprüft worden ist. Sie demontieren sie gerade, aber er meint, dass sie bis heute Abend wieder voll einsatzfähig sein wird.«

Hawks runzelte nachdenklich die Stirn. »Vielleicht sollte ich mir das selbst ansehen. Außerdem bin ich der Meinung, dass er dabei sein sollte, wenn Barker abgetastet wird.« Er wollte schon gehen, drehte sich aber noch einmal um. »Du könntest Jocko eigentlich ruhig auch ein sechstes Mal durchschicken – damit wir es ganz sicher wissen.«

Latourette kniff den Mund zusammen. Er sah den Tierpfleger an und machte eine kurze Handbewegung.

Gersten war ein wortkarger Mann mit wettergegerbtem Gesicht. Seine Augen lagen in tiefen, runden Höhlen, deren Ränder sich deutlich unter der Haut abzeichneten. Wenn er sprach, zog er seine breiten, dicken Lippen von den Zähnen zurück, was ihm einen intensiven Ausdruck verlieh, zu dem seine leise, tiefe Stimme einen starken Kontrast bildete. Jetzt stand er neben einigen Technikern, die ein Bauteil aus den Führungen herausgezogen hatten und gerade einige Messgeräte anschlossen. Er kratzte sich sorgenvoll hinter dem Ohr und gab mit halblauter Stimme eine kurze Anordnung. Dann hörte er Hawks kommen, ließ die drei Männer allein weiterarbeiten und ging ein paar Schritte auf ihn zu. »Hallo, Ed.«

»Wo fehlt's denn?«, fragte Hawks und sah auf das Gerät hinunter, an dem kein äußerlicher Schaden feststellbar zu sein schien.

»Wir haben Schwierigkeiten mit dem Spannungsregler. Eine Zeit lang arbeitet er völlig einwandfrei, dann treten plötzlich Störungen auf, und schließlich ist alles wieder in bester Ordnung.«

»Aha. Sam sagt, dass sonst bei Ihnen alles okay sei.«

»Stimmt.«

»Schön. Hören Sie, ich möchte Sie dabeihaben, wenn wir den neuen Freiwilligen abtasten. Können Sie gleich mitkommen?«

Gersten warf einen Blick auf die Techniker. »Sicher. Die Leute kommen gut voran.« Er ging um die Prüfgeräte herum und schloss sich Hawks an.

Als sie außer Hörweite der Techniker waren, wandte Hawks sich an ihn. »Wahrscheinlich haben Sie morgen eine Menge Arbeit, Ted«, meinte er beiläufig. »Es hat keinen Sinn, wenn Sie Ihre Zeit damit verschwenden, die Verdrahtung eines defekten Gerätes zu erneuern, anstatt zu schlafen. Fordern Sie einfach einen neuen Regler per Expressboten an und lassen Sie den alten zurückgehen. Sollen die sich doch Sorgen darüber machen. Sie haben sowieso genug Arbeit mit der Überprüfung, selbst wenn Sie ein neues Gerät einbauen.«

Gersten kniff die Augen zusammen. »Darauf hätte ich auch kommen sollen, denke ich.« Er sah Hawks an. »Ja, das hätte ich.« Er blieb stehen. »Ich komme gleich wieder zurück, Ed.« Dann drehte er sich um und ging zu den Technikern zurück.

Hawks stieg langsam eine Leiter hinunter, bis er wieder auf dem Boden stand, und ging zu Latourette hinüber, der vor dem Kontrollpult eines elektronischen Datenverarbeiters saß und die Instrumente beobachtete. Das Seidenäffchen hockte auf dem Arm seines Pflegers und bewegte sich nur schläfrig, als habe es die Nachwirkungen der Narkose noch nicht überstanden.

Hawks beobachtete schweigend, wie Latourette die gespeicherten Daten mit den aktuellen Werten verglich, die einer der Techniker einem anderen Elektronenrechner entnahm.

»Alles in Ordnung, Bill«, sagte Latourette schließlich und schaltete das Gerät ab. »Stimmt bei Ihnen alles überein?«

Der Techniker nickte.

Latourette wandte sich an Hawks. »Unser Freund Barker kann sich jedenfalls hundertprozentig auf die Maschinen verlassen – soweit man das mit unseren Prüfmethoden feststellen kann«, meinte er zufrieden. Er warf einen Blick auf das Äffchen. »Und Jocko sieht auch so gesund aus wie immer.« Er sah wieder Hawks an. »Wo steckt Gersten eigentlich?«

»Er kommt gleich herunter.« Hawks hob den Kopf und sah zum ersten Stock hinauf. »Wenn ich ihn nur besser kennen würde. Gersten ist sehr schwer zu verstehen. Er zeigt keinerlei Gefühle und geht nie aus sich heraus. Mit dieser Art von Menschen kommt man nicht leicht aus, selbst wenn man sich ihnen anpasst.«

Latourette sah Hawks nachdenklich an.

5

Barker lag auf dem Tisch und trug den Anzug, dessen Helm noch nicht verschlossen war. Er sah ruhig auf, als Hawks sich über ihn beugte.

»Alles in Ordnung?«, fragte Hawks besorgt.

»Alles.« Barkers Stimme wurde von den Innenwänden des Helms zurückgeworfen und drang verzerrt durch die enge Öffnung. Die Luftschläuche lagen zusammengerollt auf seinem Magen.

Der junge Leutnant wandte sich an Hawks. »Es scheint ihm ganz gut zu gehen. Ich glaube nicht, dass er einen Anfall von Platzangst bekommen wird. Andererseits stellt sich das natürlich erst heraus, wenn der Helm dicht und er einige Zeit nur mit Luft aus dem Druckbehälter versorgt worden ist.«

»Mein Junge, ich habe in meinem Leben schon mehr Meter unter Wasser zurückgelegt, als Sie bisher gelaufen sind«, meinte Barker grinsend.

»Das hier kann man aber kaum mit einem handelsüblichen Tauchanzug vergleichen, Sir.«

Hawks drängte sich zwischen den Leutnant und Barker. »Barker, ich habe Ihnen gesagt, dass ich Ihnen noch eine Chance geben würde, es mir zu sagen, wenn Sie aufhören wollten.«

»Wie nett Sie das formuliert haben, Doktor.«

»Die Gründe für unsere komplizierten Prüfanlagen sind eigentlich einleuchtend genug«, fuhr Hawks fort. »Die Genauigkeit des Übertragungsvorganges beruht auf der Präzision, mit der der Impuls vom Materietransmitter zum Empfänger gelangt. Aber selbst ein scharf gebündelter Strahl ist zwischen hier und dem Mond für Störungen anfällig. Deshalb lassen wir diesen Impuls gleichzeitig durch die Datenverarbeitungsmaschine laufen und vergleichen ihn mit den Aufzeichnungen im Originalspeicher.

Zwischen dem gespeicherten Impuls und dem, der ausgestrahlt wird, bestehen selbstverständlich geringe Unterschiede. Wir speichern jedes Mal wieder neu, aber trotzdem besteht ein Zeitunterschied zwischen der letzten Aufnahme und der nächsten Ausstrahlung. Aber deshalb haben wir unseren Standardmann und seine genau ermittelte Tabelle der wahrscheinlichen Veränderungen pro Zeiteinheit. Die Einstellungen der Maschinen werden analog dazu verändert, wodurch wir eine gewisse Kontrollmöglichkeit haben.«

»Ich hoffe nur, Sie denken, ich hätte jedes Wort verstanden, Hawks.«

»Ich hoffe, dass Sie es wenigstens versuchen. Also. Wenn wir diese Faktoren berücksichtigt haben, arbeiten wir so genau wie irgend möglich. Der Impuls wird nun in Richtung Mond ausgestrahlt und mehrmals wiederholt. An dem Empfänger ist eine Datenverarbeitungsmaschine angeschlossen, die jeden Bit eines Signals mit sämtlichen Bits aller Impulse vergleicht, die ihr eingegeben werden. Dieses Gerät hat die Aufgabe, alles unberücksichtigt zu lassen, was nicht mit der Mehrzahl der anderen Impulse übereinstimmt. Auf diese Weise werden Störungen, die auf atmosphärische Einflüsse zurückgehen, mit fast hundertprozentiger Sicherheit eliminiert.

Heute werden wir Sie zum ersten Mal abtasten. Neun Zehntel unserer Kontrollanlagen sind wirkungslos, wenn wir nicht zuerst einen Datensatz haben, der als Prüfgrundlage dienen kann. Jetzt können Sie sich nur noch darauf verlassen, dass meine Leute gute Ingenieure sind und dass ich keinen Fehler bei der Konstruktion der Maschinen gemacht habe. Ich kann nicht dafür garantieren, dass der Al Barker, der in dem Empfänger auftaucht, derselbe Mann ist, der jetzt hier in dem Anzug steckt. Man kann elektronische Geräte testen, bis man blau im Gesicht ist – und trotzdem können sie im entscheidenden Moment versagen. Daran kann sogar der Prüfvorgang schuld sein, der sie zu sehr beansprucht hat. Und der Abtaster selbst ist eine so neuartige Entwicklung, dass es dafür noch keine Funktionstheorien gibt. Ich weiß, wie er arbeitet, aber das ist auch alles. Manche Vorgänge verstehe ich selbst noch nicht ganz. Sie müssen sich eines vor Augen halten: Während des Abtastvorganges können wir nicht eingreifen, um etwa entstehende Fehler zu korrigieren. Wir sind blind. Wir haben keine Ahnung, welcher Teil des Impulses welchen Teil des jeweiligen Menschen beschreibt. Vielleicht kommen wir nie dahinter.

Als Thomas Edison in den Trichter seines Tonbandwiedergabegerätes sprach, versetzte er damit eine Membran in Schwingungen, wodurch eine Nadel, die mit ihr verbunden war, eine Linie auf einen sich drehenden Wachszylinder zeichnete. Als er die entstandene Rille wieder abtastete, kam ›Mary had a little lamb‹ heraus. Aber damit war Edison bereits am Ende seiner Möglichkeiten. Wenn sich die Nadel lockerte oder der Wachsüberzug nicht einwandfrei war oder die Drehzahl des Zylinders sich veränderte, kam etwas anderes heraus – ein unverständliches Gewirr von Lauten.

Edison konnte nichts dagegen tun. Er wusste nicht, welcher Teil einer Rille seine Stimme darstellte und welcher Teil störende Nebengeräusche. Er konnte das Gerät nur auf mechanische Fehler untersuchen und noch einmal von vorn beginnen – mit seiner Stimme, dem Trichter, der Membran, der Nadel und dem Wachszylinder. Anders ging es einfach nicht, aber andererseits genügte es für seine Zwecke völlig. Schließlich ist es keine übermäßig große Anstrengung, ›Mary had a little lamb‹ so lange zu wiederholen, bis man mit der Wiedergabe zufrieden ist.

Und wenn Daguerre bei einem seiner fotografischen Experimente feststellen musste, dass eine Platte unter- oder überbelichtet oder beim Entwickeln verdorben war, dann machte er eben eine zweite Aufnahme. Dabei spielte es gewöhnlich keine große Rolle, wenn ab und zu ein Bild verloren ging, weil er den einzigen Weg zur Rettung noch nicht kannte.

Aber wir können das nicht, Barker. Sie sind weder ›Mary had a little lamb‹ noch ein Ding aus Licht und Schatten, dessen Reproduktion gelingen oder misslingen kann, ohne dass das Original darunter leidet.« Hawks lächelte resigniert. »Der Mensch ist ein Phönix, der sich aus seiner eigenen Asche erheben muss, denn er hat im gesamten Universum nicht seinesgleichen. Wenn der Wind die Asche verweht, dann ist der Phönix für immer tot. Wir können ihn nicht wiedererwecken.

Verstehen Sie mich recht: Der Al Barker, der in dem Empfänger entsteht, wird Ihnen fast sicher aufs Haar gleichen. Unsere Statistiken beweisen, dass dafür alle Aussicht besteht. Aber der Abtaster hat kein Unterscheidungsvermögen. Schließlich ist er nur eine Maschine, die für einen bestimmten Zweck konstruiert wurde. Ein Grammophon weiß nicht, was es spielt. Ein Fotoapparat bildet alles ab, was sich vor seiner Linse befindet. Er fügt nichts hinzu, was sich nicht tatsächlich dort befindet, aber andererseits bildet er auch den Lippenstiftfleck auf Ihrem Kragen ab. Wenn der Film nun seine Rotempfindlichkeit verloren haben sollte, sieht der Fleck nicht mehr wie Lippenstift aus. Verstehen Sie, was ich damit sagen will? Die Maschinen sind getestet und einsatzbereit. Wenn wir erst einmal ein Negativ haben, können wir beliebig viele gute Abzüge davon machen. Aber jetzt müssen wir das Negativ herstellen.«

»Schon mal Schwierigkeiten dabei gehabt, Doktor?«, fragte Barker im Plauderton.

»Nicht dass ich wüsste. Bisher hat das Gerät immer ausgezeichnet funktioniert. Jedenfalls haben unsere Versuchsobjekte und Versuchspersonen bisher keine Schäden davongetragen, die äußerlich bemerkbar gewesen wären. Aber der Mensch ist ein unendlich kompliziertes Wesen, Barker. Der Körperbau ist nicht allein entscheidend. Er hat sein Leben lang gedacht – und seine Gehirnzellen enthalten unzählige Gedanken, Erinnerungen, Erfahrungen, Vorlieben und Abneigungen, an die er sich erinnert und die er in Zusammenhang bringt, wenn er denkt. Sein Körper ist nur eine Hülle, in der er lebt. Sein Gehirn besteht nur aus einer Ansammlung von vergangenen Erfahrungen. Und sein Geist – sein Geist ist das, was er aus diesen Erinnerungen macht. Einen zweiten dieser Art kann es nicht geben.

Wenn wir ihn zufällig auf einer Ebene ändern, über die wir keine Aufzeichnungen besitzen, können wir diese Veränderung nicht feststellen. Aber das ist unwahrscheinlich. Viel ernst zu nehmender ist die Möglichkeit, dass wir einen Fehler machen, der Veränderungen hervorruft, die nicht feststellbar sind – nicht einmal Sie würden sie entdecken, denn Ihnen fehlt jeder Vergleichsmaßstab. Hatte Ihr erstes Schulbuch einen roten oder blauen Umschlag? Wenn Sie sich daran erinnern, dass er rot war, wer könnte Ihnen das Gegenteil beweisen?«

»Spielt das denn überhaupt eine Rolle?« Barker zuckte mit den Schultern, und der Anzug führte die gleiche Bewegung aus. »Ich würde mir eher Sorgen darum machen, dass der Doppelgänger nicht lebensfähig ist oder ein Monstrum wird, das nicht lebenswert erscheint.«

»Nun«, meinte Hawks und fuhr sich mit dem Taschentuch über die Stirn, »das dürfte ziemlich ausgeschlossen sein. Aber Sie können ruhig darüber nachdenken, wenn es Ihnen Spaß macht. Worüber Sie sich Sorgen machen, hängt ausschließlich von dem ab, was Sie für sich selbst als wichtig erachten. Sie müssen selbst wissen, wie viel von Ihnen verändert werden darf, bevor Sie sich als gestorben ansehen.«

Barker lächelte überlegen zu ihm hinauf. »Jetzt stecke ich bereits bis über beide Ohren in der ganzen Sache, Doktor. Verflucht noch mal, Sie wissen genau, dass ich jetzt nicht mehr zurückkann. Ich will auch gar nicht. Und Sie wissen, dass nichts von dem, was Sie gesagt haben, das ändern wird.«

»Ja, Barker«, gab Hawks zu. »Und das ist nur eine Art und Weise, auf die ich Sie töten könnte. Es gibt andere Methoden, mit denen ich dieses Ziel sicher erreichen kann. Ich muss jetzt so mit Ihnen umgehen, weil ich einen Mann wie Sie brauche, den ich später weit weniger vorsichtig behandeln kann.«

»Viel Glück dabei, Doktor«, meinte Barker trocken.

Einer der Männer schloss den Helm, während andere die Luftschläuche mit den Reduzierventilen der Pressluftflaschen verbanden, die auf dem Rücken des Anzugs angebracht waren. Ein Techniker forderte Barker über Funk zu einer Sprechprobe auf und schaltete dann seinen Empfänger um, sodass Barkers Stimme aus dem Lautsprecher über dem Transmitter drang.

»Sie werden jetzt hineingerollt, Barker«, sagte Hawks in sein Mikrofon.

»Verstanden.«

»Wenn Sie im Innern der Kammer sind, werden wir die Elektromagneten einschalten. Sie werden frei im Raum schweben, während wir den Tisch herausrollen. Von da ab können Sie sich nicht mehr bewegen – versuchen Sie es bitte nicht, Sie schaden damit nur den Motoren in Ihrem Anzug. Sie werden spüren, dass Sie sich einige Zentimeter heben, während der Anzug sich strafft. Das beruht auf der Wirkung der seitlich angebrachten Elektromagneten. Dann wird die Tür der Kammer verschlossen, und Sie werden einen zweiten Ruck wahrnehmen, wenn die vorn und hinten installierten Magneten eingeschaltet werden.«

»Ich höre Sie laut und deutlich.«

»Wir simulieren die gleichen Bedingungen wie bei einer Übertragung zum Mond. Ich möchte, dass Sie sich daran gewöhnen, deshalb wird auch die Beleuchtung ausgeschaltet. Außerdem bringen wir Formaldehyd als Spurenkomponente in Ihre Atemluft, sodass Ihre olfaktorischen Rezeptoren betäubt werden.«

»Na schön.«

»Dann beginnt der eigentliche Abtastvorgang. Der Hauptschalter arbeitet mit einer Verzögerung von dreißig Sekunden und bewirkt, dass Ihr Anzug in dieser Zeit automatisch den veränderten Bedingungen angepasst wird. Wir tun unser Bestes, um menschliches Versagen weitgehend auszuschalten.«

»Ausgezeichnet.«

»Gleichzeitig wird Ihrer Atemluft ein Narkotikum beigemischt, das Ihre Nervenreaktionen bis zu einem gewissen Grad lahmlegt, ohne dass Sie dabei das Bewusstsein verlieren. Auf diese Weise sind Sie nahezu völlig unempfindlich gegen Druck- und Temperaturschwankungen. Die Wirkung lässt nach, sobald Sie sich im Empfänger befinden, und fünf Minuten später sind Sie wieder bei vollem Bewusstsein.«

»Okay.«

»Gut. Außerdem werde ich mein Mikrofon abschalten und es nur im Notfall wieder benutzen. Von diesem Zeitpunkt an betätigt der Einschaltknopf an meinem Mikrofon die beiden hydraulisch gesteuerten Ohrenstöpsel in Ihrem Helm. Sie sitzen ziemlich fest, werden aber sofort zurückgezogen, falls ich Ihnen dringende Anweisungen zu geben habe. Ihr Mikrofon bleibt eingeschaltet, damit wir Sie hören können, aber Sie selbst verstehen sich nicht.

Nachdem alle Ihre Sinne teilweise betäubt oder ganz stillgelegt sind, werden Sie bald daran zweifeln, ob Sie überhaupt noch am Leben sind. Sie werden sich fragen, ob Sie nicht schon längst gestorben sind, ob Ihr Gehirn noch funktioniert. Wenn dieser Zustand länger andauern würde, würden Sie nach einiger Zeit in eine hemmungslose Panik verfallen. Für unsere Zwecke genügt es völlig, wenn Sie die wenigen Minuten aushalten, die Sie heute in der Kammer verbringen werden. Wenn die Beanspruchung zu groß wird, werden wir Sie hören, und ich beginne dann mit Ihnen zu sprechen.«

»Das ist bestimmt ein großer Trost.«

»Ganz bestimmt sogar.«

»Noch etwas, Doktor?«

»Nein.« Hawks machte eine Handbewegung. Die beiden Männer hinter dem Tisch begannen zu schieben.

»Wo ist der Leutnant?«, fragte Barker noch.

»Hier.« Der junge Offizier beugte sich über Hawks' Helm. »Was gibt es?«

»Mein Name ist Barker, mein Junge. Al Barker. Ich bin nicht eines Ihrer Versuchskaninchen, das Sie in Ihren komischen Apparat stecken können. Haben Sie sich den Namen gemerkt?«

»Jawohl, Sir.«

»Sagen Sie ihn mir, wenn ich hier wieder herauskomme! Aber nicht vergessen!«

Fidanzanto, der den Tisch schob, kicherte leise.

Hawks sah sich um. Latourette stand am Kontrollpult. »Sehen Sie Sam zu«, sagte er zu Gersten, der neben ihm stand, »und merken Sie sich jeden Handgriff. Übersehen Sie möglichst nichts.« Er sah zu Weston hinüber, der mit verschränkten Armen an einer Datenverarbeitungsmaschine lehnte, und dann auf Holiday, den Arzt, der vor den Geräten stand, die Blutdruck, Puls, Atmung und Temperatur aufzeichneten.

»In Ordnung«, meinte Gersten, und Hawks wandte sich dem Pult vor ihm zu.

Über der Tür zu der Kammer brannte immer noch eine grüne Lampe, aber die Tür war bereits luftdicht verschlossen. Barkers Atem kam ruhig und gleichmäßig aus dem Lautsprecher.

»Prüfstrom ein«, sagte Hawks. Latourette legte einen Schalter um. Hawks sah zu den Technikern hinüber, die um ein Elektronengehirn herumstanden. Sie bereiteten die Aufzeichnung vor. Petwill, der Ingenieur, den die Firma Electronic Associates abgestellt hatte, nickte Hawks zu.

»Arbeitsstrom ein«, sagte Hawks. Die Lichter über dem Transmitter und dem Empfänger wechselten plötzlich von Grün zu Rot. Barkers Atem war nun beinahe unhörbar.

Dreißig Sekunden, nachdem Latourette den Hauptschalter betätigt hatte, begann das Speicherband sich rasend schnell auf die bisher leere Spule aufzuwickeln, die rasch zu einer braunen Scheibe wurde. Die grünen Lichter flammten nacheinander wieder auf. Die Spule war zu drei Vierteln voll. Barker atmete sehr flach.

Hawks massierte sich mit einer Hand die verspannten Nackenmuskeln. »Dr. Holiday, wenn Sie jetzt mit der Betäubung aufhören wollen …«, schlug er vor.

Holiday nickte. Er schob einen Hebel vor, der das Ventil der dritten Flasche auf Barkers Rücken schloss.

Barkers Atemzüge wurden sofort kräftiger und schneller, aber er zeigte nach wie vor keine Anzeichen einer beginnenden Panik und gab keinen Laut von sich.

»Was halten Sie davon, Weston?«, fragte Hawks.

Der Psychologe hörte nachdenklich zu. »Er hält sich ausgezeichnet. Atmung unter den gegebenen Umständen normal, anscheinend keine Schmerzen.«

Hawks sah den anderen an. »Und Sie, Dr. Holiday?«

Der Arzt nickte zustimmend. »Jetzt müsste er bereits mit weniger auskommen.« Er schob den Hebel weiter vor.

Hawks drückte auf den Sprechknopf seines Mikrofons. »Barker«, sagte er vorsichtig.

Die Atemzüge wurden stärker und ruhiger.

»Barker.«

»Ja, Doktor«, antwortete Barker irritiert. »Was ist denn?«

»Dr. Hawks, er bekommt jetzt kein Betäubungsmittel mehr«, meldete Holiday.

Hawks nickte. »Barker, Sie befinden sich jetzt in dem Empfänger. Sie werden gleich wieder bei vollem Bewusstsein sein. Haben Sie Schmerzen?«

»Nein!«, schnauzte Barker. »Sind Sie jetzt mit Ihrem Spielchen fertig? Hat jeder genug?«

»Ich schalte jetzt die Innenbeleuchtung der Empfängerkammer ein. Können Sie sie sehen?«

»Ja!«

»Fühlen Sie Ihren ganzen Körper?«

»Klar, Doktor. Sie auch?«

»Schön, Barker, dann holen wir Sie jetzt heraus.«

Latourette schaltete die vorn und hinten angebrachten Magneten aus, einer der Techniker öffnete den Verschluss der Kammer, und zwei andere rollten den Tisch heran, um ihn Barker unterzuschieben. Weston und Holiday kamen heran, um Barker zu untersuchen, sowie man ihm den Anzug ausgezogen hatte.

»Vergessen Sie ja nicht, ihm auch Ihren Namen mitzuteilen«, raunte Hawks dem jungen Leutnant zu. »Okay, Sam«, sagte Hawks zu Latourette, als er sah, dass der hydraulisch bewegte Tisch sich so weit gehoben hatte, dass er Barker unterstützen konnte. »Jetzt kannst du die Seitenmagneten ausschalten.«

»Glaubst du, dass bei ihm alles in Ordnung ist?«, fragte Latourette gespannt.

»Ich möchte auf Westons und Holidays Bericht warten. Aber meiner Meinung nach scheinen seine Körperfunktionen in keiner Weise beeinträchtigt zu sein.«

»Schade«, meinte Latourette finster.

»Es ...« Hawks holte tief Luft und sprach ruhig weiter. »Es genügt jedenfalls für unsere Zwecke.« Er legte den Arm um Latourettes Schultern. »Komm, Sam, wir machen einen kleinen Spaziergang, bis Weston und Holiday mit ihrer vorläufigen Untersuchung fertig sind. Gersten kann schon mit den Vorbereitungen für morgen anfangen.«

»Das möchte ich selbst erledigen.«

»Nein ... nein, lass es ihn tun. Er wird es schon schaffen. Und ... und in der Zwischenzeit können wir ein bisschen an die Sonne gehen. Ich muss etwas mit dir besprechen.«

VIERTER TEIL

Hawks saß auf der bequemen Couch in Elizabeth Cummings' Atelier. Er hielt ein Kognakglas in der Hand und beobachtete den Sonnenuntergang durch das Fenster hinter ihr. Sie sah ebenfalls hinaus, sodass er ihr Profil vor Augen hatte, und hatte die Arme um ihre hochgezogenen Knie geschlungen.

»Während meiner ersten Woche in der Highschool«, sagte Hawks gerade, »musste ich eine Entscheidung treffen. Sind Sie hier in der Stadt in die Mittelschule gegangen?«

»Ja.«

»Meine erste Schule lag in einer sehr kleinen Stadt. Sie war verhältnismäßig gut ausgestattet – vier Räume für etwa siebzig Schüler. Aber wir hatten nur drei Lehrer einschließlich des Rektors, und jeder von ihnen hatte drei Klassen. Das hieß also, dass meine Lehrer an zwei Dritteln des Schultages keine Zeit für mich hatten. In dieser Zeit unterrichteten sie Dinge, die ich entweder bereits wusste, oder andere, die ich noch nicht verstand. Dann kam ich in die Highschool, und plötzlich war für jedes Fach ein eigener Lehrer da. Gegen Ende der ersten Woche begegnete ich aus Zufall der Direktorin, die mich fragte, wie es mir hier gefalle. Sie hatte natürlich meinen IQ-Test gesehen. Ich antwortete, es mache mir Spaß.« Hawks lächelte in sein Glas hinein. »Sie richtete sich kerzengerade auf und machte ein empörtes Gesicht. ›Du bist nicht hier, um dich zu amüsieren, sondern um zu *lernen*!‹, sagte sie und ließ mich stehen.

Jetzt musste ich also eine Entscheidung treffen. Entweder betrachtete ich die Schule als ein notwendiges Übel, das man möglichst vermeiden musste, oder ich gab nur vor, sie so zu betrachten, und nutzte die Vorteile, die sich daraus ergaben. Ich musste mich für Ehrlichkeit oder Unehrlichkeit entscheiden – und wählte die Unehrlichkeit. Ich benahm mich sehr ernst, schleppte einen Haufen Bücher mit mir herum und schrieb mir die Finger wund. Ich fragte genau das, was die Lehrer erwarteten, und erledigte meine Hausaufgaben peinlich genau, selbst in den Fächern, die mich nicht interessierten. Auf diese Weise war ich bald Klassenprimus. Und nach kurzer Zeit empfand ich den Schulbetrieb tatsächlich als notwendiges Übel. Aber schließlich hatte ich mir die Suppe selbst eingebrockt, die meine Unehrlichkeit mit sich brachte.« Er nahm einen Schluck Kognak. »Manchmal frage ich mich, was wohl aus mir geworden wäre, wenn ich meine Einstellung behalten hätte, die ich in der Mittelschule hatte – nur das zu fragen, was *mich* interessierte, und alles andere links liegen zu lassen.«

Er sah sich um. »Ihr Atelier gefällt mir wirklich gut, Elizabeth. Ich freue mich, dass ich es sehen darf. Ich wollte gern sehen, wo Sie arbeiten – was Sie tun.«

»Erzählen Sie bitte weiter von sich«, bat sie von ihrem Sessel am Fenster aus.

»In der Highschool hatte ich nur noch eine weitere Entscheidung zu treffen«, fuhr Hawks nach einer Pause fort. »Im dritten Studienjahr musste ich mich für mein erstes naturwissenschaftliches Wahlfach entscheiden. Ich wählte die Physik. Der Physiklehrer, den wir bis dahin gehabt hatten, hieß Hazlet. Dieser Mann war wirklich erstklassig, sowohl als Pädagoge als auch in wissenschaftlicher Hinsicht. Seine Schüler verehrten ihn geradezu. Damals war ich endgültig zu dem Entschluss gekommen, später einmal Naturwissenschaften zu studieren.

Als ich am ersten Tag des nächsten Schuljahres in die Schule kam, steckte ich voller hochgespannter Erwartungen. Ich hatte eine Menge Bücher über die Errungenschaften der modernen Wissenschaft gelesen und erwartete vermutlich mehr, als selbst ein so begabter Mann wie Hazlet mir hätte bieten können.

Aber Hazlet war nicht da. Ich habe nie erfahren, was aus ihm geworden war, aber wahrscheinlich war er an eine andere Schule gegangen, die ihm ein besseres Gehalt geboten hatte. Oder in die Forschung. Jedenfalls hatte man ihn durch jemand anderen ersetzen müssen. Damals war an der Schule eine Lehrerin – auf einer Pädagogischen Hochschule ausgebildet und mit einem wunderschönen Abschlussdiplom entlassen –, die Spanisch geben sollte. Mrs. Cramer stammte aus einer vornehmen Familie irgendwo in Virginia, war klein und zierlich, mit blassen Gesichtszügen und einer zarten Stimme, die immer etwas atemlos klang. Als ich noch im zweiten Jahr war, hatte sie spanische Grammatik unterrichtet, und das in einer Klasse, die aus fünfundzwanzig Halbstarken in Jeans und festen Arbeitsstiefeln bestand. Jeder hatte gewusst, wer in dieser Klasse das Sagen hatte.

Nächstes Jahr, als ich in den Physiksaal kam, stellte ich zu meiner völligen Überraschung fest, dass man Mrs. Cramer einen sechswöchigen Schnellkurs verpasst hatte, um sie an Mr. Hazlets Stelle verwenden zu können. Es ging nie sehr gut. Sie hatte zwar alle möglichen Aufgabensammlungen mit den entsprechenden Lösungen, Lehrhefte und dergleichen, in denen sie nachschlagen konnte, aber es klappte nie. Ich stelle mir vor, dass sie jeden Abend über ihren Büchern saß, um sich auf die nächste Stunde vorzubereiten. Aber auch das half nichts – sie musste regelmäßig feststellen, dass ihre Lösung der Aufgabe nicht stimmte, wenn sie in ihrem Buch nachsah. Dann wischte sie einfach die falsche Lösung von der Tafel, schrieb die richtige hin und erklärte uns, das hätten wir zu lernen.

Aber selbst diese Methode versagte gelegentlich, denn sie konnte einfach nicht genug lernen, um genügend zu wissen. Zum Beispiel begriff sie nie, dass die chemische Formel für Quecksilber nicht *Qu* lautet. Das war nicht mehr amüsant, sondern nur noch mitleiderregend. Wenn wieder etwas schiefgegangen war, bekam sie Weinkrämpfe oder stürzte hinaus. Ich hoffe, dass sie eine andere Stellung gefunden hat – im Jahr darauf kam sie nämlich nicht mehr zurück.

Aber ich musste eine Entscheidung treffen. Ich konnte mich meinen Klassenkameraden anschließen, die unbeteiligt aus dem Fenster starrten oder Mrs. Cramer hänselten, oder jeden Tag meine Zeit absitzen und die ganze Sache ignorieren – entweder ignorieren oder mitweinen – und mir aus der Bücherei Material holen, mit dem ich mich selbst unterrichten konnte. Das bedeutete, dass ich mich freiwillig von den anderen absondern musste, wenn ich nicht ihrem Einfluss erliegen wollte. Entweder konnte ich bei meinen Kameraden bleiben, oder ich musste mich von ihnen trennen – wobei ich klar erkannte, dass ich schwamm, während sie untergingen.

Ich entschied mich für den zweiten Weg. Nach einiger Zeit kam ich zu dem Schluss, dass die Begabten unter meinen Mitschülern sich auf der Universität bessern würden. Ich half ihnen gelegentlich bei ihren Aufgaben, bis ich erkannte, dass sie jegliches Interesse daran verloren hatten, warum gerade diese und keine andere Antwort richtig war. Wenn sie wirklich leben wollen, sagte ich mir, werden sie eines Tages auch die nötige Energie zum Schwimmen auftreiben. Wenn keiner von ihnen dieses Ziel erreicht hat, folgt daraus logischerweise, dass keiner von ihnen das Zeug zum Wissenschaftler hat.« Hawks lächelte vor sich hin. »Leben und Wissenschaft – diese beiden Wörter waren damals für mich Synonyme.«

»Und jetzt?«, fragte Elizabeth leise.

»Jetzt bin ich kein Junge mehr.«

»Ist das Ihre ganze Antwort?«

»Ich kann Ihre Frage auch ausführlicher beantworten. Auf mich wartet eine Menge Arbeit, die nur ich erledigen kann, weil ich die Grundlagen dazu geschaffen habe. Ich kann jetzt den Jungen nicht mehr ändern, aus dem ich entstanden bin. Ich sehe ihn vor mir, ich erkenne die Fehler, die er gemacht, aber auch die richtigen Entscheidungen, die er getroffen hat. Ich bin auch aus seinen Fehlern entstanden, nicht nur aus den Entschlüssen, die ich jetzt billigen würde. Ich muss mit dem zufrieden sein, was aus mir geworden ist. Sonst bleibt mir nichts übrig – schließlich kann ich nicht ständig über mich selbst zu Gericht sitzen. Ein Klumpen Kohlenstoff kann seine Struktur nicht verändern.

Entweder ist er ein Diamant oder ein Brocken Kohle – und dabei kennt er nicht einmal den Unterschied zwischen Diamant und Kohle. Das können nur andere beurteilen.«

Sie saßen sich lange schweigend gegenüber. Hawks stellte sein leeres Glas auf das Tischchen neben sich und lehnte sich wieder zurück. Elizabeth beobachtete ihn von ihrem Sessel aus.

»Woran denken Sie jetzt?«, fragte sie, als er sich wieder bewegte und auf seine Armbanduhr sah. »Ihre Arbeit?«

»Jetzt?« Hawks lächelte selbstvergessen. »Nein – ich denke an etwas anderes. An Röntgenaufnahmen.«

»Was ist damit?«

Er schüttelte den Kopf. »Das ist gar nicht so einfach zu erklären. Wenn der Arzt eine Röntgenaufnahme des Kranken macht, bekommt er ein Negativ, das die Schatten in der Lunge oder die Kalkablagerungen in den Arterien oder den Tumor im Gehirn zeigt. Aber wenn man den Mann heilen will, kann man nicht einfach eine Schere nehmen und die schadhaften Stellen aus dem Negativ herausschneiden. Der Arzt muss dazu ein Skalpell benutzen, aber vor der Operation muss er sich noch überlegen, ob er den Krankheitsherd überhaupt erreichen kann, ohne lebenswichtige Organe in Mitleidenschaft zu ziehen. Er muss überlegen, ob sein Messer scharf genug ist, um das kranke Gewebe vollständig von dem gesunden zu trennen, damit nicht noch Spuren im Körper des Kranken zurückbleiben, die einen erneuten Ausbruch der gleichen Krankheit hervorrufen können – und dann müsste der Kranke immer wieder auf den Operationstisch.

Es hätte keinen Sinn, wenn man nur an der Röntgenaufnahme herumschneiden wollte. Das einzige Ergebnis wären Löcher im Zelluloid. Selbst wenn es einen Weg gäbe, Röntgenaufnahmen anzufertigen, auf denen Krankheitserscheinungen nicht abgebildet werden, und diese Negative dann in einen lebendigen Menschen zu verwandeln, würde dieser Mensch immer noch an den Stellen Löcher haben, an denen sich die Krankheitsherde befunden haben. Das Ergebnis wäre das gleiche wie bei einer Radikaloperation, bei der das Messer des Chirurgen lebenswichtige Organe entfernt hat – der Patient stirbt an den Folgen des Eingriffs.

Wir brauchten also einen Film für Röntgenaufnahmen, der Krankheitsherde nicht nur *nicht* wiedergibt, sondern an ihrer Stelle auch noch gesundes Gewebe reproduziert, das zum Zeitpunkt der Aufnahme nicht existierte. Dazu bräuchte man eine Kamera, die die Silberkörner in der Beschichtung des Zelluloids in eine andere Ordnung bringt. Und wer sollte diese Kamera bauen? Wie soll ich das jemals schaffen, Elizabeth? Wie kann ich diese Maschine bauen?«

Sie berührte seine Hand, als sie ihn zur Tür brachte. Seine Finger zitterten. »Bitte, rufen Sie mich so bald wie möglich an«, bat sie.

»Ich weiß nicht, wann ich dazu Zeit haben werde«, antwortete Hawks. »Diese … diese Versuchsreihe, mit der ich im Augenblick beschäftigt bin, lässt mir nicht viel Freizeit – falls alles klappt.«

»Rufen Sie mich an, wenn Sie Zeit haben.«

»Ich rufe bestimmt an. Gute Nacht, Elizabeth«, flüsterte Hawks. Der Arm, den sie berührt hatte, zitterte. Er drehte sich rasch um und ging zu seinem Wagen, ohne sich noch einmal nach ihr umzusehen.

FÜNFTER TEIL

7

Am nächsten Morgen saß Hawks in seinem Büro, als Barker an der Tür klopfte und hereinkam. »Der Posten am Tor bestellte mir, dass ich zu Ihnen kommen sollte«, sagte er kurz. Er sah Hawks abschätzend an. »Was ist los, wollen Sie mich hinauswerfen?«

Hawks schüttelte den Kopf und wies auf einen Stuhl. »Setzen Sie sich, bitte. Wir haben noch einiges zu besprechen, bevor der Versuch beginnt.«

»Aber gern.« Barker wirkte erleichtert. »Übrigens – guten Morgen, Doktor«, sagte er, während er sich setzte und die Beine übereinanderschlug. Das eine Bein seiner Cordhose straffte sich über der Stelle, an der die Prothese verstärkt worden war.

»Guten Morgen«, antwortete Hawks, ohne dabei aufzusehen. Er schlug einen Ordner auf und entnahm ihm ein großes, zusammengefaltetes Blatt Papier. Dann breitete er es vor sich aus und schob es zu Barker hinüber.

Barker sah darüber hinweg. »Claire wollte wissen, was Sie mit mir vorhaben«, berichtete er.

»Haben Sie es ihr gesagt?«

»Hat das FBI behauptet, ich sei ein Trottel?«

»Nicht auf den Gebieten, die für sie interessant sind.«

»Damit ist Ihre Frage bereits beantwortet, hoffe ich jedenfalls. Ich habe nur eine Tatsache festgestellt, weil ich dachte, dass Sie es erfahren müssten.« Er lächelte erbarmungslos. »Auf diese Weise habe ich heute Nacht keine Sekunde geschlafen …«

»Können Sie heute Nachmittag eine fünf Minuten lange körperliche Höchstbelastung aushalten?«

»Ich würde es Ihnen sagen, wenn ich es nicht könnte.«

»Gut. Es dauert auf keinen Fall länger als fünf Minuten. Sehen Sie sich das an – dort werden wir Sie hinschicken.« Hawks wies auf die Karte. »Das hier ist der bisher erforschte Teil der Mondrückseite.«

Barker runzelte die Stirn und beugte sich vor, um das Rechteck mit den zahlreichen Höhenlinien zu betrachten, das von einem schraffiert dargestellten Gebiet umgeben war, das als *Noch nicht erforscht – keine zuverlässigen Angaben verfügbar* gekennzeichnet war.

»Hm, eine reichlich zerklüftete Gegend«, meinte er. »Wie weit erforscht?«

»Vermessen«, antwortete Hawks und zeigte auf einen winzigen Punkt. »Hier hat die Navy einen Stützpunkt eingerichtet, genau am Rande der von der Erde bei Vollmond sichtbaren Fläche.« Er wies auf einen anderen Punkt, der einen halben Zentimeter von dem ersten entfernt lag. »Das hier ist Ihr Ziel.«

Barker zog die Augenbrauen in die Höhe. »Und was sagen die Russen zu der ganzen Sache?«

»Diese Karte stellt eine Fläche von etwa fünfzig Quadratkilometern dar«, erklärte Hawks geduldig. »Der Stützpunkt und das Gebilde, das Sie untersuchen sollen, nehmen eine Fläche von einem halben Quadratkilometer ein.

Alle Gebäude – der Stützpunkt selbst, der Materieempfänger und die Relaisantennen auf der Vorderseite des Mondes – sind hervorragend getarnt, bis auf dieses Gebilde, das sich nicht verbergen lässt. Aber die Aufnahmen, die die letzte russische Rakete zur Erde funkte, zeigten eine Fläche von mindestens 7 300 000 Quadratkilometern. Könnten Sie eine Fliege erkennen, die auf der Spitze des Empire State Building sitzt? Durch eine verkratzte Brille?«

»Wenn ich neben ihr stünde.«

»Gerade das tun die Russen aber nicht. Wir nehmen an, dass sie bereits einige Messgeräte hinaufgeschickt haben, die von der Erde aus abgefragt werden, und dass sie nächstes Jahr den ersten Menschen mit einer Rakete hinaufbefördern werden. Wir haben noch nichts entdeckt, aber vermutlich befindet sich ihre Station etwa sechstausend Kilometer von der unseren entfernt auf der Vorderseite des Mondes.

Meiner Meinung nach brauchen wir niemand um Erlaubnis zu fragen, wenn wir unsere Versuche fortsetzen. Wir sind jedenfalls da, und Sie werden heute dort oben Ihre Aufgabe erfüllen ... Jetzt möchte ich Ihnen zunächst erklären, wie die ganze Sache angefangen hat.«

Barker lehnte sich in den Sessel zurück, verschränkte die Arme und zog die Augenbrauen hoch. »Mir gefällt Ihre Art, sich so zu benehmen, als befänden Sie sich in einem Klassenzimmer«, meinte er grinsend. »Wollten Sie jemals Lehrer werden, Doktor?«

Hawks sah zu ihm auf. »Ich kann Sie nicht in den Tod schicken, ohne Ihnen vorher zu sagen, was Sie erwartet«, antwortete er schließlich. »Sie können mein Zimmer jederzeit verlassen und damit Ihr Beschäftigungsverhältnis beenden. Wenn Sie Ihren Vertrag durchgelesen hätten, wüssten Sie, dass Sie keinerlei Kündigungsfrist einhalten müssen.«

»Oh, ich möchte mir den Spaß noch ein bisschen näher ansehen, Doktor«, gab Barker unbekümmert zurück.

»Danke schön.«

»Bitte, gern geschehen.«

»Barker, Sie machen es mir nicht gerade leicht.«

»Sie mir auch nicht, Doktor.«

Hawks sah auf den Ordner hinunter und blätterte darin herum. »Sie haben recht. Mitleid ist schließlich eine verhältnismäßig neue Erfindung der menschlichen Zivilisation.« Er lächelte. »Lassen wir das, unsere Arbeit ist wichtiger«, fuhr er dann fort. »Im Februar dieses Jahres unternahm die Air Force einen Versuch, eine Rakete in eine Kreisbahn um den Mond zu bringen, die von dort aus die Oberfläche fotografieren sollte. Der Versuch missglückte, denn die Rakete kam zu nahe an den Mond heran und zerschellte auf dessen Rückseite. Durch einen glücklichen Zufall wurde vorher wenigstens eine Aufnahme zur Erde gefunkt.« Hawks nahm eine Vergrößerung aus dem Ordner und reichte sie Barker hinüber. »Sie sehen selbst, dass die Übertragungsgeräte nicht einwandfrei funktionierten, denn auf dem Bild ist fast nichts zu erkennen. Aber dieses Gebiet, das in der linken Ecke teilweise zu erkennen ist – hier –, ist ganz entschieden keine natürliche Formation.«

Barker betrachtete es nachdenklich. »Ist das das gleiche Gebilde, von dem Sie mir bereits einige Aufnahmen gezeigt haben?«

»Ja, aber die entstanden erst wesentlich später. Auf dieser Fotografie war nur zu erkennen, dass es auf dem Mond ein Gebilde gab, dessen Ausmaße und Eigenschaften nicht erkennbar waren und das keiner der natürlichen Formationen glich, die bisher auf dem Mond festgestellt worden waren. Seither ist es einigermaßen genau vermessen worden, und wir wissen jetzt, dass es etwa hundert Meter Durchmesser hat und knapp zwanzig Meter hoch ist – allerdings ist es nicht gleichmäßig geformt. Wir wissen immer noch nicht sehr viel über seine Eigenschaften, aber das braucht uns im Augenblick nicht zu kümmern.

Die Regierung entschied damals sofort, dass dieses Gebilde untersucht werden müsse. Niemand hatte erwartet, dass die Rückseite des Mondes wesentlich anders als die der Erde zugewandte Seite aussehen würde. Nachdem die Russen uns in Bezug auf die Entwicklung von Raketen überlegen waren, konnte es sein, dass sie eine sehr wichtige Entdeckung machten, wenn wir ihnen nicht zuvorkamen.«

Hawks rieb sich die Augen. »Die Navy hat bereits einige Jahre vorher einen Entwicklungsauftrag mit Continental Electronics abgeschlossen, weil sie an meinem Materietransmitter Interesse hatte. Im Februar letzten Jahres waren wir endlich so weit, dass wir einen Menschen innerhalb des Labors vom Transmitter in den daneben stehenden Empfänger übertragen konnten. Als wir gerade Versuche in der Sierra Nevada anstellen wollten, beschloss die Regierung ein Beschleunigungsprogramm, mit dessen Hilfe Freiwillige auf den Mond geschickt werden sollten.

Geld spielte keine Rolle, deshalb gelang es den Raketenspezialisten der Army auch ziemlich bald, eine Relaisantenne auf den Mond hinaufzuschießen. Kurze Zeit später glückte es dann auch mit einem primitiven Empfänger.

Einer unserer Techniker meldete sich freiwillig und wurde von hier aus in den Empfänger auf dem Mond übertragen. Dort errichtete er zunächst eine Schutzhülle um die Antenne, tarnte sie und montierte dann den Empfänger, den wir jetzt für unsere Versuche benutzen. Nachdem er einen Transmitter und die nötigen Unterkünfte mit dem Material errichtet hatte, das er von uns erhalten hatte, handelte er entgegen meinen ausdrücklichen Befehlen und drang in das Gebilde ein, ohne auf die Ankunft der Navy-Spezialisten zu warten, die den Stützpunkt bemannen sollten.

Er wurde erst vor wenigen Wochen gefunden – er war der Mann auf der zweiten Fotografie, die ich Ihnen zeigte. Seine Leiche befand sich innerhalb dieses Gebildes, und der Untersuchungsbefund stellte fest, dass sie die gleichen Veränderungen aufwies wie ein menschlicher Körper, der unter Erdschwerkraft aus einer Höhe von dreitausend Metern auf den Boden stürzt.«

Barker verzog den Mund. »Wäre das möglich gewesen?«

»Nein.«

»Ich verstehe.«

»*Ich* nicht, Barker, und die anderen ebenfalls nicht. Vorläufig wissen wir noch nicht einmal, wie wir das Ding nennen sollen. Das Auge kann es nicht erfassen, und Fotografien geben nur den ungefähren Eindruck wieder, den ein Betrachter davon gewinnen könnte. Wir vermuten, dass es in mehr als nur den drei räumlichen Dimensionen existiert. Niemand weiß, was es ist, warum es sich dort befindet, was für einen Zweck es erfüllt oder wer es geschaffen haben mag. Wir haben keine Ahnung, ob es tierischen, pflanzlichen oder mineralischen Ursprungs ist. Wir wissen nicht, ob es nicht doch natürlich entstanden sein könnte oder ob es vollkommen künstlich ist. Wir wissen nur, dass es sich seit mindestens einer Million Jahre dort befunden haben muss, weil sich das aus dem Meteoritenstaub ermitteln lässt, der sich darauf festgesetzt hat. Und wir wissen, was es jetzt tut: Es bringt Menschen um.«

»Immer wieder, auf unvorstellbare Art, Doktor?«

»Genau. Wir müssen jede von ihnen kennenlernen. Wir müssen haargenau feststellen, wozu dieses Gebilde fähig ist, und seine Grenzen und Fähigkeiten ausloten, bevor wir ausgebildete Techniker hineinschicken können, die es untersuchen und auseinandernehmen werden. Sie werden diejenigen sein, die wirklich Wissen aus diesem Gebilde ziehen werden, das der Menschheit nützen kann. Das ist schließlich das, was Techniker immer tun. Aber zunächst brauchen wir einen Mann, der es allein erforscht. Ich bin dafür verantwortlich, dass dieses Gebilde Sie so oft wie irgend möglich umbringt.«

»Na, das ist wenigstens eine ehrliche Warnung, obwohl ich nur die Hälfte verstanden habe. Ich kann mich nicht über Sie beschweren, Doktor.«

»Das war keine Warnung«, widersprach Hawks. »Es war ein Versprechen.«

Barker zuckte mit den Schultern. »Nennen Sie es, wie Sie wollen.«

»Für gewöhnlich wähle ich meine Worte nicht auf dieser Grundlage«, stellte Hawks fest.

Barker grinste ihn an. »Sie und Sam Latourette könnten gemeinsam im Kabarett auftreten.«

Hawks warf ihm einen nachdenklichen Blick zu. »Sie haben vielleicht gar nicht so unrecht.« Er nahm einen anderen Ordner zur Hand und reichte ihn über den Schreibtisch.

»Sehen Sie sich das an.« Er stand auf. »Es gibt nur einen Eingang in dieses Gebilde. Unser erster Techniker hat ihn vermutlich nur durch Zufall entdeckt, als er sich an der Außengrenze herumtrieb und einfach hineinstolperte. Es ist kein Eingang im eigentlichen Sinn, sondern eine Stelle, an der Menschen in das Gebilde eindringen können – entweder ist dieser Einlass aus Zufall oder aus Absicht entstanden, wir wissen es nicht. Wir können es nicht genauer beschreiben, denn es kann vom menschlichen Auge – und vom menschlichen Gehirn – nicht erfasst werden. Drei Männer mussten sterben, bis wir endlich eine Karte zur Verfügung hatten, die es anderen gestattete, die Formation zu betreten und sich dabei nur nach den Angaben der Karte zu richten. Andere starben, bevor wir Folgendes über das Innere des Gebildes in Erfahrung gebracht hatten:

Ein Mensch, der sich darin aufhält, ist von außen her undeutlich zu erkennen, wenn man weiß, wo er sich ungefähr befindet. Niemand weiß allerdings, was er sieht – die Angaben darüber sind ungenau und lückenhaft. Keiner ist jemals wieder herausgekommen, keiner hat bisher einen Ausgang finden können, und der Eingang lässt sich zu diesem Zweck nicht benutzen. Tote Materie, zum Beispiel eine Fotografie oder eine Leiche, kann nach draußen befördert werden. Aber jeder Mensch, der das unternimmt, findet dabei den Tod. Die Fotografie des ersten Freiwilligen kostete uns ein Menschenleben.

Das Gebilde gestattet außerdem keine Verbindungsaufnahme mithilfe elektrischer Signale. Auch dann nicht, wenn die Versuchsperson nur das Sprechfunkgerät des Schutzanzugs benutzt. Husten, Räuspern und ähnliche Geräusche werden durchgelassen, aber ein Versuch, daraus einen Code zu erstellen und damit etwas zu übermitteln, schlug fehl.

Sie werden keinerlei Verbindung mit der Außenwelt aufnehmen können – weder über Funk noch per Draht. Sie werden sich mit den Beobachtern durch Handzeichen verständigen müssen und Aufzeichnungen auf einem Notizblock machen, der an einer Schnur hängt, damit die Mannschaft des Stützpunkts versuchen kann, ihn herauszuziehen, nachdem Sie ums Leben gekommen sind. Wenn das nicht klappt, wird Ihr Nachfolger ihn hinauszubringen versuchen, falls Ihre Aufzeichnungen lesbar sind. Wenn nicht, wiederholt er alles, was Sie vermutlich getan haben, und notiert dabei jeden Schritt, bis er den gefunden hat, der für Sie tödlich gewesen ist. Auf diese Art und Weise haben wir bereits eine Liste sicherer und tödlicher Stellungen und Bewegungen zusammenstellen können. Es ist zum Beispiel tödlich, sich auf ein Knie niederzulassen, während man nach Norden blickt. Es ist immer tödlich, die linke Hand über Schulterhöhe zu heben. Von einem gewissen Punkt ab ist es tödlich, einen Schutzanzug zu tragen, dessen Luftschläuche über die Schultern führen. Von einem anderen Punkt an ist es tödlich, einen Anzug zu benutzen, der seine Luft direkt aus den Druckluftbehältern bezieht, ohne Schläuche dazwischen. Jeder Schutzanzug, dessen Ausmaße die unseres letzten Modells überschreiten, bringt seinem Träger ebenfalls den Tod. Es ist tödlich, die Handbewegungen zu machen, die erforderlich sind, um das Wort *ja* zu schreiben – ob rechts oder links, macht keinen Unterschied.

Die Gründe dafür kennen wir nicht. Wir wissen nur, was ein Mensch tun darf, während er sich in dem bisher erkundeten Teil des Gebildes aufhält. Bis jetzt umfasst das einen Bereich von etwa zwölf Metern. Die Überlebensdauer beträgt zweihundertzweiunddreißig Sekunden.

Lernen Sie das hier auswendig, Barker. Sie bekommen die Karte und eine Aufstellung der ungefährlichen Bewegungen mit, aber niemand weiß, ob diese Schriftstücke sich nicht als tödlich erweisen, wenn Sie den letzten bekannten Punkt überschreiten. Falls Sie noch Fragen haben sollten, können Sie die Antworten in den einzelnen Versuchsberichten nachschlagen. Ich erwarte Sie pünktlich in einer Stunde im Labor, damit ich Ihnen die letzten Anweisungen erteilen kann. Setzen Sie sich lieber an meinen Schreibtisch«, Hawks erhob sich und ging langsam zur Tür, »da ist das Licht besser.«

2

Hawks besprach gerade mit den Technikern die Einzelheiten des geplanten Versuchs und erläuterte die voraussichtlichen Bedingungen, die das Observatorium auf dem Mount Wilson errechnet hatte, als Barker die Treppe herunterkam. Er trug seinen Ordner unter dem Arm, sein Gesicht war ernst, sein Gang rasch und unbeirrt.

»Gut, Will«, sagte Hawks und nickte dem Ingenieur zu, der für die Übertragungsantenne verantwortlich war. »Richten Sie sich darauf ein, dass wir in zwanzig Minuten anfangen wollen. Am besten stellen Sie sofort mit der Relaisantenne Verbindung her, damit wir mit der Übertragung beginnen können, sowie er den Schutzanzug anhat.«

Will Martin nahm seine Brille ab und deutete damit auf Barker. »Glauben Sie, dass er in letzter Sekunde kneift?«

Hawks schüttelte den Kopf. »Besonders dann nicht, wenn man es wie Sie formuliert. Und das habe ich bereits getan.«

Martin grinste. »Armer Teufel, wenn er sich damit ein bisschen Geld verdienen muss.«

»Barker könnte uns beide hundertmal kaufen, ohne sich deshalb Sorgen um die Butter auf seinem Brot machen zu müssen.«

Martin sah noch einmal zu Barker hinüber. »Warum hat er sich dann freiwillig zur Verfügung gestellt?«

»Weil er so ist, wie er ist«, antwortete Hawks. »Und weil ich so bin, wie ich bin, vermute ich. Und weil diese Frau so ist …«, murmelte er vor sich hin, als er Barker entgegenging. »Connington hat auch etwas damit zu tun. Wir suchen alle nach dem einen Ding, ohne das wir nicht glücklich sein können. Was werden wir wohl bekommen?«

»Hören Sie, Doktor«, sagte Barker und schlug mit der flachen Hand auf den Ordner, »wenn man diesen Berichten glauben will, kann eine bestimmte falsche Bewegung bedeuten, dass ich in einer Pfütze meines eigenen Blutes liege, ohne dass jemand weiß, wie es aus meinem Anzug herausgekommen sein könnte. Mache ich dagegen eine andere, bin ich von der Hüfte ab gelähmt, sodass ich auf dem Bauch weiterkriechen muss. Aber das wiederum scheint dieses Ding zu reizen, denn es zerquetscht mir plötzlich den Schädel, als sei er eine überreife Tomate. Und so geht es fröhlich weiter. Wenn ich nicht wie ein Seiltänzer auf jeden Schritt achte und gleichzeitig im richtigen Augenblick am richtigen Ort bin, erreiche ich nicht einmal die Grenze des bisher erforschten Gebiets. Mit anderen Worten – ich habe nicht die geringste Aussicht, dieses Gebilde lebend zu verlassen.«

Hawks nickte. »Selbst wenn Sie gar nichts tun, sind Sie nach zweihundertzweiunddreißig Sekunden ein toter Mann«, stimmte er dann zu. »Selbst wenn Sie sich nicht von der Stelle rühren, lässt das Gebilde Sie nur so lange am Leben wie Ihren Vorgänger. Diese Zeitspanne wird größer, je weiter Sie vordringen. Wir wissen allerdings nicht, warum es sich durch menschliche Anstrengungen dazu bewegen lässt. Es ist sogar wahrscheinlich, dass das nur ein Nebeneffekt seines eigentlichen Zweckes ist – wenn es überhaupt einen hat.

Vielleicht ist es das außerirdische Gegenstück zu einer weggeworfenen Konservendose. Weiß ein Käfer, dass er nur von einer Seite in ihr Inneres gelangen kann, wenn er sie vor sich liegen sieht? Begreift der Käfer, warum es schwieriger ist, an den Wänden hochzukriechen, anstatt einer geraden Linie zu folgen? Kann man den Käfer als dumm bezeichnen, wenn er annimmt, dass die Menschen die Dose absichtlich an diese Stelle gelegt haben, um ihn zu quälen? Oder kann man sein Verhalten egozentrisch nennen, wenn er sich einbildet, die Dose erfülle nur den Zweck, ihm ein Rätsel aufzugeben? Für den Käfer wäre es am besten, wenn er die Dose, so gut er eben kann, auf die für sie geltenden Gesetzmäßigkeiten untersuchen würde. Diese Methode setzt natürlich einige Intelligenz voraus. Aber dafür besteht die Möglichkeit, dass der Käfer nach einiger Zeit sogar herausbekommt, wer die Dose weggeworfen haben könnte. Jeder andere Ansatz aber wäre entweder Aberwitz oder Wahnsinn.«

Barker warf ihm einen ungeduldigen Blick zu. »Alles Quatsch! Ist der Käfer dadurch glücklicher? Bekommt er etwas? Entgeht ihm etwas? Verstehen die anderen Käfer, was er tut? Sammeln sie für ihn, während er seine Zeit verschwendet? Ein schlauer Käfer geht um die Dose herum, Doktor, und lebt weiterhin glücklich und zufrieden.«

»Sicher«, antwortete Hawks. »Gehen Sie doch gleich jetzt, Barker.«

»Ich habe nicht von mir gesprochen! Ich meinte Sie.« Barker sah sich im Labor um und zu den Galerien voller Instrumente hinauf. »Einen Haufen Leute haben Sie hier. Alle Ihretwegen eingestellt. Ich nehme an, dass das ein schönes Gefühl sein muss.« Er klemmte sich den Ordner unter den Arm und steckte die Hände in die Hosentaschen. »Männer, Geld, Arbeitskraft, Fleiß, Wissen – alles für unseren berühmten Dr. Hawks und seine kleinen Spielereien. Anscheinend haben die anderen Käfer *doch* gesammelt.«

»Wenn man es so betrachtet, ist alles schön einfach«, meinte Hawks gelassen. »Und es erklärt auch, warum ich immer wieder neue Freiwillige in das Gebilde schicke. Es befriedigt mein Ego, wenn ich andere Männer auf meinen Befehl hin sterben sehe. Jetzt sind Sie an der Reihe. Kommen Sie, Lancelot – Ihre Rüstung liegt bereit. Haben Sie die Trompeten nicht gehört?« Er berührte einen Lippenstiftfleck auf Barkers Hemdkragen. »Was ist das? Wessen Herz würde brechen, wenn Sie vom Pferd geworfen würden?«

Barker stieß seine Hand beiseite. »Ein Käferherz, Doktor.« Er entblößte seine Zähne zu einem hässlichen Grinsen. »Nur ein kleines Käferherz.«

Hawks war mit Barker allein, nachdem er alle weggeschickt hatte, die beim Anlegen des Anzugs geholfen hatten. »Sie werden sterben, Barker«, sagte er leise zu ihm. »Geben Sie alle Hoffnung auf. Sie haben keine mehr.«

»Das weiß ich, Doktor«, antwortete Barker ruhig.

»Ich habe Ihnen gesagt, dass Sie immer wieder sterben würden. Das werden Sie auch. Heute ist nur das erste

Mal. Wenn Sie den Verstand behalten, sind Sie wieder völlig in Ordnung – aber Sie werden sich an Ihren eigenen Tod erinnern können und daran denken, dass Sie am nächsten Tag wieder sterben müssen.«

»Auf irgendeine unbegreifliche Weise, das weiß ich bereits.« Barker seufzte. »Schön, Doktor – wie wollen Sie es anfangen? Was für ein Zauberkunststück haben Sie sich ausgedacht?« Er war bemerkenswert ruhig, sein Gesichtsausdruck war beinahe apathisch. Nur die schwarzen Augen, deren Pupillen unnatürlich erweitert waren, waren lebendig.

»Sie werden sich verdoppeln«, erklärte Hawks ihm. »Nachdem Sie gescannt worden sind, wird der Impuls nicht nur zum Mond übertragen, sondern auch von dem Empfänger hier im Labor aufgenommen. Der für den Laborempfänger bestimmte Impuls wird allerdings gespeichert, bis der zweite den Mond erreicht hat. Dann entsteht in beiden Empfängern gleichzeitig ein Barker. Wir haben dieses System eingeführt, als uns klar wurde, dass der Freiwillige auf dem Mond zum Tod verurteilt war. Was die Erde betrifft, ist er also nie gestorben. Bis jetzt hat diese Methode einwandfrei funktioniert.«

Barker sah geduldig zu ihm auf.

Hawks sprach umständlich weiter. »Dieses System sollte das Leben der Freiwilligen retten«, sagte er und zog die Augenbrauen zusammen. »Und es wird auch Ihres retten. Barker M wird auf dem Mond sterben. Aber Barker L wird hier im Empfänger erscheinen und wird, falls er nicht den Verstand verliert, heute Abend nach Hause gehen können, als sei nur ein ganz normaler Tag in seinem Leben vergangen. Und nur *Sie*«, fuhr er fort, wobei er Barker in die Augen starrte, »der auf dem Mond steht und sich an diesen Augenblick hier erinnert, werden wissen, dass Sie der Pechvogel Barker M sind und dass ein Fremder Ihren Platz auf der Erde eingenommen hat.«

Hawks fuhr sich mit dem Handrücken über die Stirn. »Ein anderer wird heute Nacht Claire in den Armen halten. Ein anderer wird Ihren Sportwagen fahren und Ihren Whisky trinken. Sie sind nicht mehr der Barker, den ich zusammen mit Connington besucht habe. Den Mann gibt es nicht mehr. Aber bis jetzt musste noch kein Barker sterben – kein Barker musste eine Reise ohne Wiederkehr antreten. Jetzt können Sie noch den Anzug ausziehen und einfach gehen, Barker. Ich würde es tun.« Er beobachtete ihn aufmerksam.

Barker dachte einen Augenblick nach und lachte dann lautlos. »Lassen Sie das, Doktor«, wehrte er ab. »Sie wissen genau, dass ich bereits Blut geleckt habe.«

Hawks verschränkte die Hände auf dem Rücken. »Ausgezeichnet. Noch etwas. Als wir mit dieser Methode zu arbeiten begannen, stellten wir fest, dass der Freiwillige L Anzeichen vorübergehender Verwirrung zeigte. Obwohl er sicher im Labor lag, benahm er sich, als sei er der Freiwillige M, der auf dem Mond stand. Diese Geistesverwirrung dauerte nur einige Sekunden und ging rasch in den Normalzustand über. Zunächst verschoben wir die Untersuchung dieses Phänomens auf einen späteren Zeitpunkt, an dem wir uns ausführlicher damit befassen wollten. Aber dann erhielten wir die ersten Berichte der Mannschaft des Mondstützpunkts, in denen beschrieben wurde, dass der Freiwillige M unerklärlicherweise Zeit verlor – dass er einige Sekunden brauchte, um sich nach Verlassen des Empfängers zu orientieren. Vielleicht ein Hirnschaden, vielleicht etwas anderes – den Grund dafür konnten wir uns damals nicht vorstellen, aber jedenfalls war es etwas Neues, und der Freiwillige verlor dadurch wertvolle Zeit.

Dieses Problem musste schnellstens gelöst werden. Wir fanden die Lösung, als wir in Betracht zogen, dass unsere Versuche ein unbeabsichtigtes Ergebnis gehabt hatten – zum ersten Mal existierten in dem uns bekannten Universum zwei *identische* Gehirne zur gleichen Zeit. Zu unserer Überraschung stellten wir fest, dass die riesige Entfernung zwischen ihnen für ihre Gedanken kein größeres Hindernis darstellte als ein Kreidestrich über den Pfad eines Wanderers, über den er achtlos hinwegschreitet. Von mir aus nennen Sie es sogar Telepathie ...« Hawks zog einen Augenblick verächtlich die Mundwinkel nach unten.

»Selbstverständlich bestand nie Aussicht auf einen echten Gedankenaustausch, denn die beiden Gehirne waren schon nach wenigen Augenblicken nicht mehr völlig identisch. Die beiden Freiwilligen nahmen verschiedene Sinneseindrücke wahr und speicherten diese Erfahrungen in ihren Gehirnzellen. Die Verbindung zwischen den beiden Gehirnen wurde schnell schwächer und riss schließlich völlig ab. M und L waren nicht mehr der gleiche Mensch. Verstehen Sie mich richtig, die beiden Freiwilligen konnten nie miteinander ›sprechen‹ – so etwas wird meiner Meinung nach nie möglich sein. Um die Gedanken eines Mannes lesen zu können, muss man dieser Mann *sein,* muss *sein* Leben führen und *seine* Arbeit tun. Selbst in unserem Ausnahmefall konnte es nur einen Augenblick so erscheinen, als seien die beiden Menschen ein Wesen.«

Hawks sah auf und nickte Gersten zu, der geduldig neben dem Empfänger stand und ihn beobachtete. Die Vorbereitungen waren abgeschlossen. Dann wandte er sich wieder an Barker.

»Dann erkannten wir, dass dies ein Erfolg versprechender Weg war, um einen Mann genau zu beobachten, der sich innerhalb des Gebildes befand, und veränderten die äußeren Umstände unserer Versuche dementsprechend. Barker M wird in dem Empfänger auf dem Mond erscheinen, wo er nicht mehr unter dem Einfluss von Betäubungsmitteln steht, die seiner Atemluft nur eine bestimmte Zeit beigemischt werden. Er wird wieder zu Bewusstsein kommen, sich normal bewegen und ungestört beobachten können. Aber Barker L steht nach wie vor unter unserer Kontrolle. Er bleibt in seinem Anzug isoliert und ist keinerlei Einflüssen von außerhalb ausgesetzt. Die einzigen Eindrücke, die sein Gehirn während dieser Zeit erhält, kommen aus Barker Ms Gehirn.

Barker L bildet sich also ein, sich ebenfalls auf dem Mond im Inneren des Gebildes zu befinden. Er weiß nicht, dass er in Wirklichkeit Barker L ist. Praktisch bedeutet das, dass sein Gehirn alle Eindrücke registriert, denen Barker M's Körper ausgesetzt ist. Dabei ist natürlich nicht zu verhindern, dass der Kontakt zwischen den beiden Gehirnen allmählich schwächer wird, weil der Metabolismus der beiden Körper im Lauf der Zeit voneinander abweicht. Aber theoretisch wäre eine Verbindung denkbar, die etwa zehn bis fünfzehn Minuten anhält – obwohl dieser Wert selbstverständlich noch nie erreicht wurde.

Wenn Sie Rogans Leiche erreichen, wissen Sie, dass Sie die Grenze des bisher erkundeten Gebietes erreicht haben.

Wir wissen nichts über die Todesursache. Es spielt auch keine große Rolle, Sie dürfen nur nicht das Gleiche tun. Vielleicht gibt Ihnen Lage oder Zustand der Leiche einen Hinweis. Wenn das zutrifft, haben wir wenigstens etwas durch seinen Tod dazugelernt. Als Rogan L fühlte, dass Rogan M dort oben den Tod fand, war er für sämtliche anderen Sinneseindrücke nicht mehr empfänglich. Ihnen wird es genauso gehen.

Barker Ms Geist wird mit seinem Körper sterben, wie auch immer dieser Körper zerstört werden wird. Hoffen wir, dass er es länger als zweihundertzweiunddreißig Sekunden aushält. Und Barker Ls Geist, der sich hier befindet, wird diesen Tod ebenfalls empfinden, weil sein Gehirn keinen anderen Eindrücken ausgesetzt sein wird. Barker L wird den Schmerz, den Schock und die unbeschreibliche Verzweiflung fühlen, die *sein* Tod mit sich bringt. Das hat bisher noch niemand ertragen können. Selbst die intelligentesten und emotional stabilsten Freiwilligen wurden dabei verrückt. Sie waren ohne Ausnahme nicht mehr in der Lage, zusammenhängend über ihre Erfahrungen zu berichten, und der Aufwand für unsere Versuche war vergebens.«

Barker sah zu Hawks auf. »Na, das ist aber wirklich schade, Doktor.«

»Wie soll ich denn Ihrer Meinung nach darüber sprechen?«, fuhr Hawks auf. Die Zornesader auf seiner Stirn trat auffallend stark hervor. »Soll ich Ihnen erzählen, was wir hier zu tun haben, oder wollen wir über etwas anderes sprechen? Wollen Sie mit mir einen Streit über moralische Grundsätze anfangen? Wollen Sie behaupten, dass ich ein Mörder bin, weil einer der beiden Menschen auf dem Mond sterben wird, Duplikate hin oder her? Wollen Sie mich vor ein Gericht zerren, damit ich auf den elektrischen Stuhl komme? Wollen Sie in Gesetzbüchern nachschlagen, um zu sehen, welche Strafen einen Mann erwarten, der wiederholt andere systematisch in den Wahnsinn getrieben hat? Hilft uns das hier? Wird unsere Aufgabe dadurch leichter? Erreichen wir unser Ziel deshalb eher?

Gehen Sie zum Mond, Barker. Sterben Sie dort. Und wenn Sie dann feststellen, dass Sie den Tod wirklich so lieben, wie Sie bisher geglaubt haben, sind Sie vielleicht der Erste, der normal genug zurückkehrt, um sich an mir rächen zu können!« Hawks griff nach der schweren Klappe, die das Oberteil von Barkers Anzug verschließen sollte, und knallte sie zu. Er stützte sich mit beiden Händen darauf, bis sein Gesicht sich ganz dicht an der Öffnung in Barkers Helm befand. »Aber bevor Sie das tun, werden Sie mir verraten, wie ich es beim nächsten Mal besser machen kann.«

3

Zwei Techniker schoben Barker in den Materietransmitter. Die Magneten ließen ihn frei schweben, und der Tisch wurde unter ihm herausgezogen. Die Stahltür schloss sich lautlos, dann wurden die restlichen Elektromagneten eingeschaltet, um ihn für den Abtaster zu fixieren. Hawks nickte Gersten zu, und Gersten drückte auf den Bereitschaftsknopf.

Auf dem Dach des Labors befand sich eine Radarantenne, deren Strahlungsbereich sich mit dem der Übertragungsantenne des Transmitters deckte. Der Parabolreflektor war jetzt genau auf den Mond ausgerichtet. Will Martin sah zu dem Radartechniker hinüber und machte eine kurze Handbewegung. Ein Hochfrequenzimpuls wurde zum Mond abgestrahlt und kehrte zurück. Die dazu benötigte Zeit, die Impulsleistung, die Impulsdauer und die Impulsfolgefrequenz wurden in eine Datenverarbeitungsanlage eingegeben, die daraus die Verzögerungszeit für den Laborempfänger errechnete. Der Materietransmitter sandte ein verschlüsseltes UKW-Signal aus, das die Sperre des Mondempfängers außer Betrieb setzte, die sonst verhindert hätte, dass der M-Impuls aufgenommen wurde.

Gersten sah auf das Schaltpult hinunter und wandte sich an Hawks. »Wir haben grünes Licht.«

»Los!«, kam Hawks' Kommando sofort.

Über der Tür der Transmitterkammer glühte ein rotes Licht auf, und ein neues Band raste von einer Spule zur anderen. Eineinviertel Sekunden später lief der erste Zentimeter dieses Bandes bereits wieder durch ein zweites Gerät, das die darauf gespeicherten Informationen an den Laborempfänger weiterleitete. Gleichzeitig damit erreichte der ausgestrahlte Impuls den Mond.

Die letzten Zentimeter des Bandes wanden sich um die zweite Spule. Über der Empfängerkammer flammte das grüne Licht auf. Barker L's schwere Atemzüge drangen aus dem Lautsprecher. »Ich bin da, Doktor«, sagte er heiser.

Hawks stand mitten im Raum, hatte die Hände in den Hosentaschen und starrte gedankenverloren vor sich hin.

Einige Sekunden später war Barkers wütende Stimme wieder zu hören. »Schon gut, schon gut, ihr verdammten Söldner, ich kann selbst gehen!« Er fluchte laut. »Keinen Ton geben sie von sich, aber dafür treiben sie mich umso mehr an.«

»Halten Sie den Mund, Barker«, flüsterte Hawks eindringlich.

»Ich gehe jetzt hinein, Doktor«, sagte Barker deutlich. Sein Atemrhythmus änderte sich schlagartig. Zweimal räusperte er sich, einmal stieß er einen überraschten Laut aus.

Gersten berührte Hawks' Arm und zeigte auf die Stoppuhr, die er in der Hand hielt. Sie zeigte zweihundertvierzig Sekunden an. So lange befand Barker sich bereits im Innern des Gebildes. Hawks nickte leicht. Gersten bemerkte, dass er weiter auf die Uhr starrte, und hielt sie deutlich sichtbar hoch.

Barker schrie entsetzt auf. Hawks machte eine Reflexbewegung und schlug dadurch Gersten die Stoppuhr aus der Hand.

Dr. Holiday schlug mit der geballten Faust auf den roten Knopf seines Schaltpults. Eine genau bemessene Dosis Adrenalin strömte in Barker L's Arterien, während die Narkose aufhörte.

»Holt ihn raus!«, rief Weston. »Holt ihn raus!«

»Jetzt brauchen wir uns nicht mehr zu beeilen«, sagte Hawks leise, als könne Weston ihn selbst aus dieser Entfernung deutlich hören. »Was mit ihm geschehen sollte, ist bereits geschehen.«

Gersten sah auf die zersplitterte Stoppuhr und dann zu Hawks hinüber. »Das habe ich mir auch gerade gedacht«, meinte er.

Hawks runzelte die Stirn und ging zu dem Empfänger hinüber, durch dessen geöffnete Tür gerade der Tisch herausgerollt wurde.

Barker saß vornübergebeugt auf der Tischkante, der offene Schutzanzug lag demontiert neben ihm. Er wischte sich über sein schweißbedecktes Gesicht. Holiday hörte sein Herz mit einem Stethoskop ab und maß in regelmäßigen Abständen seinen Blutdruck. Barker seufzte. »Fragen Sie mich doch einfach, ob ich noch am Leben bin, wenn Sie irgendwelche Zweifel daran haben. Wenn ich darauf antworte, wissen Sie es genau.« Er sah über die Schulter des Arztes, der seine Bemerkung ignorierte, hinweg und wandte sich an Hawks. »Nun, was sagen Sie jetzt, Doktor?«

Hawks warf Weston einen fragenden Blick zu. Der Psychologe nickte ungerührt. »Er hat es tatsächlich geschafft, Dr. Hawks. Das beweist wieder einmal, dass selbst Neurosen durchaus sinnvoll eingesetzt werden können – in diesem Fall sogar entscheidend.«

»Barker«, begann Hawks, »ich …«

»Danke, das können Sie sich sparen. Sie sind froh, dass alles geklappt hat.« Barker sah sich fragend um. »Ich übrigens auch. Hat einer vielleicht eine Zigarette für mich übrig?«

»Jetzt noch nicht«, widersprach Holiday scharf. »Vorläufig bin ich mit meiner Untersuchung noch nicht fertig.«

»Lauter kluge Männer«, murmelte Barker vor sich hin. »Jeder ein kleiner Sklaventreiber.« Er warf einen Blick auf die Techniker, die den Tisch umringten. »Könnten Sie mich nicht ein bisschen später anstarren?« Sie zogen sich unentschlossen zurück und gingen wieder an ihre Arbeit.

»Barker«, sagte Hawks vorsichtig, »wie fühlen Sie sich jetzt? Alles in Ordnung?«

Barker sah ihn ausdruckslos an. »Ich kletterte aus dem Empfänger und wollte mich ein bisschen in dem Stützpunkt umsehen, als diese Trottel in Navy-Schutzanzügen auftauchten. Sie behandelten mich wie einen ungebetenen Eindringling, den man auf dem schnellsten Weg loswerden will. Wenn einer überhaupt den Mund aufmachte, klang es, als müsse er jedes Wort bezahlen. Sie zeigten mir den getarnten Durchgang, der vom Stützpunkt zu dem Gebilde führt, und stießen mich fast hinein. Einer von diesen Leuten begleitete mich bis zum Eingang des Gebildes – und sah mich auf dem ganzen Weg nicht *einmal* an.«

»Diese Leute haben selbst genügend Probleme«, warf Hawks ein.

»Das glaube ich. Jedenfalls drang ich ohne Schwierigkeiten in das Innere ein und kam gut voran. Es …« Barkers Gesichtsausdruck zeigte jetzt keinen Ärger mehr, sondern tief greifende Verwirrung. »Es ist … ein bisschen wie ein Traum, wissen Sie? Kein Albtraum, nein – dort gibt es weder Schreckgespenster noch Angstschreie noch etwas Ähnliches – aber … einfach *Regeln* und diese verrückte Logik. *Alice im Wunderland* mit Reißzähnen.« Er machte eine rasche Handbewegung, als wolle er seine unbeholfenen Worte von einer Wandtafel abwischen. »Ich muss mir einen besseren Vergleich einfallen lassen. Das dürfte keine besonderen Schwierigkeiten bereiten. Ich muss mich nur erst beruhigen.«

Hawks nickte. »Machen Sie sich keine Sorgen. Jetzt haben wir genügend Zeit.«

Barker grinste ihn unbefangen an. »Ich bin ein gutes Stück weiter als Rogan M gekommen, ist Ihnen das klar? Was mich schließlich erwischt hat, war … war … war die … war …«

Barkers Gesicht rötete sich, und seine Augen traten hervor. Seine Lippen zitterten. »Die … der …« Er starrte Hawks an. »Ich kann nicht!«, rief er laut aus. »Ich kann nicht … Hawks …« Er wehrte sich heftig gegen Holiday und Weston, die ihn an den Schultern festhielten, und seine Hände verkrampften sich um die Tischkante. »Hawks!«, schrie er dabei laut, als stünde er hinter einer dicken Glaswand. »Hawks, das Ding hat sich nicht um mich gekümmert! Ich habe ihm *nichts* bedeutet! Ich … ich war …« Sein Mund blieb halb offen stehen. »… einfach n-n-n-… ni…

nichts!« Seine Augen suchten verzweifelt Hawks' Gesicht. Er atmete, als habe er eine schwere körperliche Anstrengung hinter sich.

Weston brachte Barker schließlich dazu, sich auf dem Tisch auszustrecken. Er musste ihn förmlich niederringen. Holiday fluchte leise vor sich hin, während er eine Injektionsspritze aufzog.

Hawks ballte die Fäuste. »Barker! Welche Farbe hatte Ihr erstes Schulbuch?«

»Ich ... ich kann mich nicht mehr daran erinnern, Dr. Hawks«, stotterte Barker verwirrt. »Grün – nein, nein, es war orange mit blauer Schrift auf dem Umschlag. Und es enthielt eine Geschichte von drei Goldfischen, die aus ihrem Aquarium herauskletterten und dann von einem Bücherregal aus wieder hineinsprangen. Ich ... ich habe das Bild noch ganz deutlich vor Augen: drei Fische, die gleichzeitig in das Wasser eintauchen – jeder von kleinen Spritzern umgeben. Der Text dazu lautete ›Platsch! Platsch! Platsch!‹, drei Absätze, drei Fische.«

»Hören Sie gut zu, Barker«, erklärte Hawks langsam und eindringlich. »So lange wie Sie zurückdenken können, sind Sie am Leben gewesen. Sie *sind* jemand. Sie haben etwas gesehen und können sich daran erinnern.«

Weston stieß ihn beiseite. »Um Himmels willen, Hawks! Halten Sie sich da raus!« Holiday sah Barker nachdenklich an und legte dann die gefüllte Spritze beiseite.

Hawks atmete langsam aus. »Er weiß wenigstens, dass er am Leben ist«, sagte er zu Weston.

Barker richtete sich mühsam auf und blieb zusammengekrümmt auf dem Tisch sitzen. Seine Gesichtsfarbe normalisierte sich langsam wieder. »Danke. Danke, Hawks«, flüsterte er vor sich hin. »Danke für alles …« Er schwankte leicht, hielt sich aber weiterhin aufrecht. »Schnell, ich brauche einen Eimer«, murmelte er dann undeutlich.

Gersten und Hawks standen neben dem Transmitter und beobachteten Barker, der, leicht unsicher auf den Beinen, aus dem Waschraum zurückkehrte, in dem er sich gewaschen und angezogen hatte.

»Was meinen Sie?«, fragte Gersten besorgt. »Was hat er wohl jetzt vor? Glauben Sie, dass er uns sitzen lässt?«

»Ich weiß es auch nicht«, meinte Hawks geistesabwesend, während er Barker anstarrte. »Ich war überzeugt, dass mit ihm alles klappen würde«, fuhr er leise fort, »aber jetzt weiß ich selbst nicht mehr, ob ich ihn richtig eingeschätzt habe.« Hawks zuckte mit den Schultern. »Wir müssen eben warten. Vielleicht fällt uns eine bessere Methode ein.«

»Wollen Sie einen anderen suchen?«

Hawks schüttelte den Kopf. »Unmöglich. Wir wissen noch nicht einmal genug über den hier.« Er machte eine nervöse Handbewegung. »Ich brauche Zeit zum Nachdenken. Warum kann man die Zeit nicht anhalten, während man denkt?«

Barker näherte sich ihnen.

Seine Augen lagen tief in ihren Höhlen, sein Gesicht schien eingefallen, sodass die Backenknochen noch deutlicher hervortraten. Er starrte Hawks durchdringend an. Seine Stimme klang schleppend.

»Holiday meint, dass ich jetzt wieder einigermaßen in Ordnung bin. Aber ich brauche jemand, der mich nach Hause fährt.« Er verzog den Mund. »Wollen Sie das übernehmen, Hawks?«

»Ja, natürlich.« Hawks zog seinen Arbeitskittel aus und hängte ihn zusammengefaltet über einen Stuhl. »Sie können sich schon darauf einrichten, dass wir morgen den nächsten Versuch starten, Ted«, meinte er zu Gersten.

»Na, hoffentlich rechnen Sie dabei nicht auf mich!«, zischte Barker.

»Bereiten Sie ruhig alles vor. Verschieben können wir ihn immer noch«, ordnete Hawks an. »Ich rufe Sie morgen früh an und sage Ihnen, wie die Sache steht.«

Barker ging wortlos, und Hawks folgte ihm. Sie durchquerten das Labor und verließen es Seite an Seite durch die doppelten Schwingtüren.

In der großen Eingangshalle wartete Connington auf die beiden. Er hockte in einem der orangeroten Sessel, die mit Plastik gepolstert waren, und hatte die Beine weit von sich gestreckt. Er setzte gerade eine dicke Zigarre in Brand und sah dem hellblauen Rauch nachdenklich mit zusammengekniffenen Augen nach. Connington warf zuerst einen kurzen Blick auf Barker, dann wandte er sich an Hawks. »Schwierigkeiten gehabt, was?«, fragte er, als die beiden Männer neben ihm standen. »Ich habe gehört, dass nicht alles hundertprozentig in Ordnung gewesen sein soll«, wiederholte er mit glitzernden Augen. »War reichlich anstrengend, was, Al?«

»Wenn ich den Kerl entdecke, der Ihnen die Informationen aus dem Labor zuträgt, werfe ich ihn auf der Stelle hinaus!«, drohte Hawks.

Connington streifte die Asche von seiner Zigarre ab. Sein protziger Ring berührte den Rand des Metallaschenbechers, der einen leisen Ton von sich gab. »Sie lassen nach,

Hawks«, stellte er fest. »Vor ein paar Tagen hätte Sie das noch völlig kaltgelassen.« Connington stand mühsam auf. »Es wäre unter Ihrer Würde gewesen, sich um meine kleinen Intrigen zu kümmern oder gar Drohungen auszustoßen.« Er wippte leicht auf den Absätzen hin und her und steckte dabei die Hände in die Hosentaschen. »Was spielt es schon für eine Rolle, welche Details ich erfahre und welche nicht? Glaubt ihr, dass ich darauf angewiesen bin? Ich kenne euch beide. Das genügt vollauf.«

»Verdammt, Connington ...«, begann Barker aufgebracht. »Ich habe ...«

Connington grinste höhnisch, und Barker schwieg unsicher. »Dann habe ich also recht gehabt.« Er zuckte mit den Schultern. »Fahren Sie jetzt zu Claire zurück?« Er stieß eine dichte Rauchwolke aus. »Beide?«

»So ähnlich«, antwortete Hawks.

Connington spielte mit seiner Krawatte. »Was haltet ihr davon, wenn ich mitfahre und mir den Spaß ansehe?« Er hielt den Kopf schief und lächelte Barker freundlich an. »Warum eigentlich nicht, Al? Dann haben Sie wenigstens *alle* Leute um sich, die Ihnen nach dem Leben trachten.«

Hawks beobachtete Barker, der krampfhaft seine Fäuste ballte, als wolle er dem anderen an die Kehle springen. Er starrte Connington wütend an, und der Personalchef trat unwillkürlich einen Schritt zurück.

Dann schien Barkers Zorn verflogen zu sein. »In dem Wagen ist nur Platz für zwei«, wandte er müde ein.

Connington kicherte. »Oh, das spielt keine Rolle. Ich fahre, und Sie können auf Hawks' Schoß sitzen.«

Hawks riss seinen Blick von Barker los und starrte Connington in die Augen. »Ich fahre«, stellte er mit scharfer Stimme fest.

Connington kicherte wieder. »Sam Latourette hat übrigens den Job bei Hughes Aircraft nicht bekommen. Es spielte gar keine Rolle, dass Waxted ihn ursprünglich wollte. Heute Morgen erschien er zwar zu dem vereinbarten Vorstellungsgespräch, war aber total besoffen. Ich fahre auf jeden Fall.« Er drehte sich um und ging auf die große Glastür zu. Dann blieb er kurz stehen und sah über die Schulter zurück. »Kommt, Freunde«, sagte er fröhlich.

4

Claire Pack beobachtete sie von den Stufen aus, die zu der Rasenfläche hinaufführten. Sie trug einen knappen einteiligen Badeanzug, der ihre schlanke Figur vorteilhaft betonte. Sie stützte die Hände in die Hüften und zog die Augenbrauen hoch, als Connington den Motor ausschaltete und die drei Männer aus dem Wagen kletterten. Die schmalen Träger des Badeanzuges hingen über ihre Schultern herunter.

»Das ist aber eine Überraschung, Doktor!«, rief sie aus. »Ich habe mich schon gefragt, wann Sie uns wieder einmal die Ehre erweisen würden«, fügte sie lächelnd hinzu.

Connington war unterdessen um das Auto herumgegangen und sah sie ernst an. »Er musste Al nach Hause fahren. Die Sache scheint nicht ganz glatt über die Bühne gegangen zu sein.«

Sie warf einen kurzen Seitenblick auf Barker, der die Garagentür hochschob und sich ganz auf diese Tätigkeit zu konzentrieren schien. Dann fuhr sie sich mit der Zungenspitze über die Lippen. »In welcher Beziehung?«

»Also, darüber kann ich dir wirklich keine Auskunft geben. Warum fragst du nicht Dr. Hawks?« Connington entnahm seinem Zigarrenetui eine Brasil. »Dein Badeanzug gefällt mir, Claire«, meinte er, als er an ihr vorbei die Stufen hinaufging. »Heute ist es eigentlich ziemlich heiß. Ich werde mir eine Badehose suchen und ein bisschen schwimmen. Du kannst dich ja in der Zwischenzeit mit den beiden Kameraden hier unterhalten.« Er grinste, zündete sich die Zigarre an, warf ihnen noch einen Blick zu und verschwand in dem Haus.

Barker setzte sich hinters Steuer, ließ den Motor an und fuhr in die Garage hinein. Er gab kurz Vollgas, dann herrschte wieder Stille.

»Er fängt sich bestimmt wieder«, sagte Hawks.

Claire sah auf ihn hinunter, dann lächelte sie unschuldig. »Oh? Meinen Sie, dass er wieder normal wird?«

Barker knallte die Garagentür zu und ging an Hawks vorbei, ohne den Kopf zu heben. Er stieg die Treppe hinauf und blieb neben Claire stehen. »Ich gehe in mein Zimmer. Vielleicht schlafe ich ein bisschen. Ich möchte nicht gestört werden.« Er drehte sich um und sah zu Hawks hinunter. »Sie müssen hierbleiben, wenn Sie nicht wieder zu Fuß gehen wollen. Haben Sie sich das schon überlegt, Doktor?«

»Habe ich. Sie auch? Ich bleibe nämlich hier, bis Sie wieder aufstehen. Ich habe noch etwas mit Ihnen zu besprechen.«

»Viel Vergnügen dabei, Doktor«, meinte Barker und ging auf das Haus zu. Claire sah ihm nach, dann wandte sie sich wieder an Hawks.

»Irgendetwas ist passiert«, erklärte ihr Hawks. »Aber ich habe keine Ahnung, was es bedeutet.«

»Darüber können *Sie* sich Gedanken machen«, sagte Claire leichthin und zeigte ihre schönen Zähne. »Wie steht es mit Ihnen, wollen Sie noch ewig dort unten stehen bleiben?«

Hawks seufzte. »Ich komme schon.«

Claire Pack lächelte vor sich hin.

»Sie können mir am Pool Gesellschaft leisten«, schlug sie vor. Sie drehte sich um, noch bevor er antworten konnte, und ging voraus. Dann ließ sie die linke Hand hängen und berührte damit seine rechte, als er aufgeholt hatte und neben ihr herging. »Das macht Ihnen doch nichts aus, oder?«, fragte sie leise, als sie seine Hand nahm.

Hawks sah einen Augenblick auf ihre Hände hinunter, und während er das tat, schob Claire ihre Finger in seine halb geschlossene Hand. »Nein – nein, ich denke nicht«, antwortete er langsam und schloss seine Finger um ihre Hand.

»Na also«, sagte sie sanft und lächelte zu ihm auf.

Sie gingen an den Rand des Schwimmbeckens und sahen ins Wasser.

»Hat Connington neulich lange gebraucht, um sich von seinem Rausch zu erholen?«, fragte Hawks.

Sie lachte lebhaft. »Was soll das, Doktor? Sie sind doch nur neugierig, warum ich ihn immer noch hier dulde, nachdem er sich so unmöglich aufgeführt hat? Antwort: Warum eigentlich nicht? Was kann er mir schon anhaben?« Sie legte den Kopf auf die Seite, sodass ihr Haar in der Sonne glänzte, und sah ihn aus halb geschlossenen Augen an. »Oder glauben Sie etwa, ich stünde völlig unter seinem Zauberbann?«, fragte sie mit gespielter Angst.

Hawks wandte seine Augen nicht von ihrem Gesicht ab. »Nein, das wohl kaum.«

Claire zog eine Augenbraue in die Höhe und lachte leise. Dabei beugte sie sich vor und griff mit der rechten

Hand nach seiner Schulter. »Soll ich das als ein Kompliment ansehen? Al hat mir erzählt, dass Sie sich nur selten zu etwas Small Talk herablassen.«

Hawks legte die Finger seiner rechten Hand um sein linkes Handgelenk, sodass seine Arme sich nun unbeholfen vor seinem Körper kreuzten. »Was hat Ihnen Al sonst noch über seine Arbeit erzählt?«, erkundigte er sich. Er trat einen halben Schritt zurück.

Sie warf ihm einen langen Blick zu. »Wissen Sie, wenn ich Ihnen zu nahe komme, können Sie immer noch ins Becken springen«, meinte sie vertraulich. Dann lächelte sie vor sich hin, ließ seine Hand los und legte sich an den Beckenrand, sodass sie ins Wasser sehen konnte. »Tut mir leid«, sagte sie, ohne dabei aufzublicken. »Ich war nur neugierig, ob Sie hineinspringen würden. Connies Urteil über mich ist richtig.«

Hawks setzte sich neben sie und sah sie von der Seite an. »In welcher Beziehung?«

Claire steckte eine Hand ins Wasser und bewegte sie langsam hin und her. Silberne Bläschen stiegen zwischen ihren Fingern auf. »Ich muss einfach jeden Mann herausfordern – selbst wenn ich ihn erst zehn Minuten kenne«, sagte sie nachdenklich. »Ich kann nicht anders. Man könnte es vielleicht Neugier nennen.« Sie sah plötzlich zu ihm auf. »Und Sie dürfen es als Komplex bezeichnen, wenn Sie wollen.« Claire sah wieder ins Wasser. Einige Tropfen trockneten auf dem glatten Rand des Beckens ein. »So bin ich eben.«

»Wirklich? Oder sind diese freimütigen Bekenntnisse Teil Ihrer altbewährten Methode? Reine Effekthascherei?«

Diesmal drehte sie nur langsam den Kopf und sah mit einem leicht zynischen Lächeln zu ihm auf. »Sie begreifen wirklich schnell, Doktor.« Claire zog eine Schnute. »Wissen Sie sicher, dass ich diese Geistesanstrengung überhaupt wert bin? Was nützt Ihnen das schließlich?« Sie zog die Augenbrauen in die Höhe und lächelte herausfordernd.

»Ich überlege mir nie vorher, was mich interessieren sollte«, antwortete Hawks kurz. »Zuerst erregt etwas meine Aufmerksamkeit. Dann studiere ich es.«

»Dann sind Sie wohl sehr neugierig, nehme ich an.« Claire wartete auf eine Antwort. Hawks schwieg. Schließlich nickte er. »In jeder Hinsicht?«, fügte sie hinzu. Hawks sah sie weiterhin ernst an, und ihr Gesichtsausdruck veränderte sich. Plötzlich rollte sie sich auf den Rücken, kreuzte die Arme und sah zum Himmel hinauf. »Ich gehöre Al«, stellte sie fest.

»Welchem Al?«, fragte Hawks.

»Was geschieht mit ihm?«, fragte sie langsam. »Was stellen Sie mit ihm an?«

»Ich weiß es selbst nicht sicher«, antwortete Hawks. »Aber ich versuche es herauszufinden.«

Sie richtete sich auf und lehnte sich zu ihm hinüber. Ihre Brüste hoben und senkten sich unter dem lockeren Oberteil des Badeanzugs. »Haben Sie eigentlich ein Gewissen?«, fragte sie. »Gibt es jemand, der Ihnen nicht wehrlos ausgeliefert ist?«

Hawks schüttelte heftig den Kopf. »Ihre Frage geht am Kern der Sache vorbei. Ich tue meine Pflicht. Sonst nichts.«

Claire schien von ihm geradezu hypnotisiert zu sein. Sie lehnte sich noch weiter zu ihm hinüber.

»Ich möchte nachsehen, ob Al in Ordnung ist«, sagte Hawks und erhob sich.

Claire hob den Kopf und sah zu ihm auf. »Hawks …«, flüsterte sie.

»Entschuldigen Sie mich, Claire.« Er ging um sie herum auf das Haus zu.

»Hawks …«, sagte sie heiser. Ihr Badeanzug war tief heruntergerutscht. »Sie müssen sich heute Nacht um mich kümmern.«

Er ging weiter.

»Hawks – ich warne Sie!«

Hawks riss die Haustür auf und verschwand im Dunkel dahinter. Dann fiel die Tür mit einem Knall ins Schloss.

5

»Na, wie ist es gelaufen?« Connington stand in einer Ecke des Wohnzimmers bei der Hausbar und lachte in sich hinein, als Hawks auf ihn zuging. Er trug bunt karierte Schwimmshorts, über deren Rand sein Bauch hervorquoll. Eine kanariengelbe Frotteejacke vervollständigte seine Aufmachung. In der linken Hand hielt er einen gefüllten Glaskrug, in der anderen zwei Keramikbecher. »Sah von hier fast wie ein Stummfilm aus«, bemerkte er spöttisch und nickte zu den riesigen Fenstern hinüber, die auf den Rasen und das Schwimmbecken hinausführten. »Kaum Dialoge, aber ein tolles Drehbuch!«

Hawks drehte sich um und sah ebenfalls hinaus. Claire saß immer noch an der gleichen Stelle und starrte nachdenklich zum Haus herüber. Alles, was sie sehen musste, war ihre Reflexion im Fensterglas.

»Ziemlich eindrucksvoll, was?« Connington grinste. »Nur schade, dass man ihr trotz aller Vorwarnung so hilflos ausgeliefert ist. Sie ist geradezu eine Naturgewalt – wie Ebbe und Flut, die Jahreszeiten oder eine Sonnenfinsternis.« Er sah nachdenklich auf den Krug hinunter, in dem das Eis bereits zu schmelzen begonnen hatte. »Solche Kreaturen kann man nicht mit den üblichen Maßstäben messen und sie als gut oder böse klassifizieren«, sagte er mit zusammengekniffenen Lippen. »Das dürfen wir normalen Sterblichen uns nicht anmaßen. Sie haben ihre eigenen Gesetze, die wir nicht begreifen.« Er zog hastig an seiner Zigarre. »Diese Frauen wachsen zwischen uns auf – Verkäuferinnen, Taxigirls, Lehrerinnen, Hausfrauen –, aber eines Tages erweisen sie sich doch als ihres Erbes würdig. Wehe uns, Hawks. Wehe uns, wenn wir ihrer Kometenbahn zu folgen versuchen!«

»Wo ist Barker?«

Connington wies mit dem Daumen nach oben. »In seinem Zimmer. Er hat geduscht, mich wüst beschimpft, als ich ihm nicht schnell genug aus dem Weg ging, und ist dann ins Bett gegangen. Sein Wecker ist auf acht Uhr gestellt. Vorher hat er sich noch einen anständigen Schluck Gin gegönnt. Jetzt ist er im Land der Träume – doch seine Träume möchte ich nicht haben ...«

Hawks sah auf seine Armbanduhr.

»Noch drei Stunden, Hawks«, sagte Connington. »Drei volle Stunden, und der Hausherr schläft!« Er ging an Hawks vorbei auf die Tür zu, stieß sie mit dem Fuß auf und warf einen Blick zurück. »Horrido!«, rief er und prostete Claire mit der Kanne zu.

Hawks öffnete die Tür der Hausbar und suchte darin herum, bis er eine Flasche Scotch gefunden hatte. Er goss ein Glas halb voll, fügte Sodawasser und Eis hinzu, probierte kurz und nickte zufrieden vor sich hin. Als er wieder zum Fenster hinaussah, hatte Connington Claire bereits erreicht und stand neben ihr. Sie lag auf dem Bauch und stützte das Kinn in die Hände. Connington füllte ungeschickt zwei Becher aus dem Krug.

Hawks ging zu einem der lederüberzogenen Sessel hinüber, von denen aus man das Schwimmbecken sehen konnte, und ließ sich hineinfallen. Er setzte das Glas an, das er mit beiden Händen hielt, und stützte dabei die Ellbogen auf die Oberschenkel. Er nippte nachdenklich. Seine untere Gesichtshälfte lag im rötlichen Licht der untergehenden Sonne. Bernsteingelbe Lichter, Spiegelungen des Glases, tanzten darüber hinweg. Seine Augen lagen bereits im Schatten.

Claire rollte sich auf die Seite und richtete sich halb auf, um den Drink entgegenzunehmen, den Connington ihr eingeschenkt hatte. Sie stießen miteinander an und tranken. Dann drehte Claire sich wieder um und sah weiter auf das Wasser.

Connington setzte sich neben sie auf den Rand des Beckens und ließ die Füße ins Wasser hängen. Claire wischte sich etwas von ihrem Arm ab. Connington hob wieder sein Glas und wartete, bis Claire ihren Drink wieder in die Hand nahm. Diesmal trank sie im Liegen, wobei sie das Oberteil ihres Badeanzuges mit der linken Hand gegen den Körper presste.

Die Sonne stand jetzt genau hinter Connington und Claire, ihre Profile zeichneten sich deutlich vor dem rötlich gefärbten Abendhimmel ab.

Connington schenkte wieder ein.

Claire trank wieder. Connington berührte ihre Schulter und beugte sich über sie. Claire lachte und bohrte ihren Zeigefinger in seinen Bauch, der über den Rand seiner Badehose quoll. Dann kniff sie in diese Speckrolle und lachte wieder. Connington umfasste ihr Handgelenk und stieß ihren Arm von sich. Er drehte sich weg, stellte schnell seinen Becher ab und sprang mit einem Satz ins Wasser. Seine Hand schoss nach vorne und packte Claires Arm. Er zog.

Die sinkende Sonne kam hinter einem Baum hervor, und plötzlich blendete ihr rotes Licht Hawks nahezu. Er blinzelte, bis er zwischen seinen halb geschlossenen Lidern wieder etwas erkennen konnte.

Connington, der Claires Arme inzwischen mit beiden Händen umklammert hatte, stemmte sich gegen die Beckenwand und zerrte mit aller Kraft. Claire rutschte auf dem Bauch über den Rand hinaus und ins Wasser. Beide verschwanden unter der Wasseroberfläche. Einen Augenblick später tauchte sie fast an der gleichen Stelle wieder auf, schwamm ruhig zu der Leiter hinüber, kletterte aus dem Becken und blieb stehen, um ihren Badeanzug wieder über ihre Brüste zu ziehen. Dann hob sie das Handtuch auf, warf es sich um die Schultern und ging rasch nach links auf den anderen Flügel des Hauses zu.

Connington stand am flachen Ende des Schwimmbeckens und sah ihr nach. Dann kletterte er hastig heraus und lief einige Schritte hinter ihr her. Sein Körper triefte vor Wasser. Plötzlich schien ihm etwas eingefallen zu sein, denn er blieb abrupt stehen, starrte zu dem Fenster hinüber, hinter dem Hawks saß, drehte sich auf dem Absatz um und lief zum Wasser zurück. Er sprang hinein und kraulte auf das Sprungbrett zu. Von dann ab bis zum Einbruch der Dunkelheit hörte Hawks in regelmäßigen Abständen das Federn des Bretts.

Zehn Minuten vor acht dröhnte eine Jazzmelodie aus dem Radio im ersten Stock. Zehn Minuten später schrillte der eingebaute Wecker und übertönte die Musik. Dann klirrte etwas und zersplitterte auf dem Fußboden. Einen Augenblick später waren Barkers Schritte zu hören.

Hawks ging zu der Hausbar hinüber, wusch sein leeres Glas aus und stellte es ins Regal zurück. Er sah sich um. Draußen herrschte bereits Nacht, und der Raum wurde nur durch den schwachen Lichtschein erhellt, der aus dem Treppenhaus kam. Hawks streckte den Arm aus und schaltete eine Stehlampe ein. Sein Schatten zeichnete sich scharf an der Wand ab.

6

Barker kam die Treppe herab und trug eine halb leere Flasche in der Hand. Er sah Hawks, zuckte mit den Schultern und hielt den Gin hoch. »Wie ich das Zeug hasse, Doktor«, sagte er dazu. »Es schmeckt miserabel, macht mich besoffen, es stinkt und brennt im Hals. Aber man bekommt es überall vorgesetzt, die Leute sagen immer wieder ›Prost!‹ zueinander, und ›Was ist denn mit dir, Al? Du machst doch nicht etwa schlapp?‹ – bis man sich wie ein Außenseiter und Spielverderber vorkommt, wenn man endgültig ablehnt. Und dann singen sie einen Haufen blöde Lieder darüber, bis jeder der Überzeugung ist, man könne sich nicht amüsieren, ohne so viel von dem verdammten Zeug zu trinken, dass man noch drei Tage hinterher Kopfschmerzen hat. Dann gibt es sogenannte Kenner, die einen den ganzen Abend langweilen, weil sie nur von Alter und Lage und Marken und Herstellern schwatzen, als ob das Gesöff anstatt aus Äthylalkohol aus irgendwelchen geheimnisvollen Zutaten bestünde. Haben Sie schon einmal zwei alten Säufern zugehört, die sich an der Bar unterhalten? Man könnte meinen, es seien zwei Schamanen, die sich ihre besten Zaubertricks verraten!« Barker ließ sich lachend in einen Sessel fallen. »Ich besinne mich auf mein

Erbe. Wenn ich zwei Säufer in der Bar sehe, kommt meine indianische Würde sofort über mich. Wahrscheinlich ist das ein Sakrileg.« Er zündete sich eine Zigarette an, dann wurde sein Gesichtsausdruck plötzlich ernst. »Aber etwas anderes kann ich nicht tun. Mein Vater ist tot, und früher dachte ich, dass etwas Gutes dabei herauskommen würde, wenn ich mein Volk verlassen würde. Was das jedoch genau sein sollte, habe ich schon längst vergessen. Ich brauche diesen Schmerz manchmal.«

Hawks ließ sich neben ihm nieder und beobachtete Barker nachdenklich.

»Und das Gerede«, fuhr Barker fort. »Man gehört einfach nicht dazu und wird schief angesehen, wenn man nicht ›fein‹ genug spricht. In dieser Gesellschaft hat man keinen Vater, nein, man hat einen ›Alten Herrn‹. Niemand isst, alle ›speisen‹, keiner ist mehr ehrlich besoffen, sondern höchstens ›animiert‹. Oh, damit bin ich oft hereingefallen, Hawks! Ich wollte so gern dazugehören – und was habe ich jetzt davon? Wissen Sie, eigentlich hat Claire doch recht – was habe ich jetzt davon? Können Sie es mir sagen?

Schon gut, Sie brauchen mich nicht so komisch anzustarren. Ich weiß, was Claire ist. Sie wissen, dass ich mir darüber keine Illusionen mache. Ich habe es Ihnen gleich gesagt, als wir uns zum ersten Mal begegnet sind. Aber haben Sie sich jemals überlegt, dass ich nichts dagegen haben könnte? Jedes Mal, wenn sie sich um einen anderen Mann bemüht, vergleicht sie ihn mit mir. Sie sieht sich nach anderen um, sie wirbt und wird umworben. Ich habe sie nicht an die Kette gelegt. Sie ist nicht gezähmt und abgerichtet. Sie hat sich nicht an mich gewöhnt. Sie ist durch nichts an mich gebunden. Aber sie kommt immer wieder zu mir zurück – und wissen Sie, was das beweist? Das zeigt deutlich, dass ich immer noch der stärkste Wolf im Rudel bin. Sonst würde sie nämlich nicht bei mir bleiben. Machen Sie sich nichts vor – ich habe keine Ahnung, was Sie von sich und ihr denken, aber machen Sie sich keine falschen Hoffnungen.«

Hawks sah ihn neugierig an, aber Barker hielt den Kopf gesenkt.

»Wenn sie mich sehen könnte, Hawks – wenn sie mich nur dort oben *sehen* könnte!« Barkers Gesicht glühte vor Erregung. »Sie würde nicht mit Connington und Ihnen herumschäkern – nein, nicht wenn sie sehen könnte, was ich dort oben tue ... Wie ich ausweiche und mich ducke und mich winde und schleiche und springe ... Und die ganze Zeit warte ich auf den ... den ...«

»Ruhig, Barker!«

»Ja, natürlich. Ruhig. Nicht aufregen. Vorsichtig, es beißt.« Barker keuchte. »Was wollen Sie eigentlich noch hier, Hawks? Warum marschieren Sie nicht schon längst wieder mit hocherhobener Nase die Straße entlang? Glauben Sie, dass es etwas nützt, wenn Sie noch länger hier herumhocken? Worauf warten Sie? Dass ich Ihnen erzähle, wie gut es mir schon wieder geht, und frage, wann ich morgen früh wiederkommen darf? Oder lauern Sie nur darauf, dass ich zusammenklappe, damit Sie sich ungestört an Claire heranmachen können? Was haben Sie eigentlich getan, während ich geschlafen habe? Claire angegrapscht? Oder war Connington doch schneller?« Barker sah sich um. »Anscheinend schon.«

»Ich habe nachgedacht«, antwortete Hawks ruhig.

»Worüber?«

»Warum Sie mich hierhergelotst haben. Warum Sie gleich zu mir gekommen sind, als Sie jemand suchten, der Sie nach Hause fahren konnte. Ich habe mich gefragt, ob Sie hoffen, dass ich Sie dazu überreden könnte, sich wieder zur Verfügung zu stellen.«

Barker hob die Flasche an den Mund und sah Hawks darüber hinweg an, während er trank. »Wie kommt man sich eigentlich vor, wenn man ist wie Sie, Doktor?«, wollte er wissen, als er die Flasche absetzte. »Alles muss einfach anders sein, damit es in Ihre Pläne passt. Sie akzeptieren nie eine Tatsache, sondern verdrehen sie, bis Sie mit dem Ergebnis zufrieden sind.«

»Das trifft schließlich auf alle Menschen zu. Keiner sieht die Welt so, wie sie die anderen sehen. Wie sollte ich Ihrer Meinung nach sein – wie Edelstahl? Innen hohl und widerstandsfähiger als Gewebe und Knochen? Wäre das Ihr Ideal eines Mannes?« Hawks lehnte sich nach vorn. Tiefe Falten auf seinen eingefallenen Wangen füllten sich mit Schatten. »Eine Maschine, die immer noch funktioniert, wenn die Sterne bereits erloschen sind und das Universum zu existieren aufgehört hat? Die noch da ist, wenn alle Lebewesen längst verwest sind? Ist das Ihre Vorstellung von einem wirklichen Mann?«

»Ein Mann muss zu kämpfen wissen, Hawks«, sagte Barker und starrte gedankenverloren aus dem Fenster. »Ein Mann muss zeigen, dass er den Tod nicht fürchtet. Er muss in die Reihen seiner Feinde einbrechen und seinen Todesgesang singen, er muss töten oder getötet werden, er darf keine Furcht kennen, er darf nie zögern, wenn es gilt, seine Männlichkeit und seinen Mut zu beweisen. Aber ein Mann, der dem Feind den Rücken zukehrt, der am Rande des Schlachtfeldes bleibt und andere vor die Waffen der Feinde stößt …« Barker drehte den Kopf und sah Hawks gerade in die Augen. »Das ist kein Mann. Das ist ein Reptil, eine feige Natter.«

Hawks sprang förmlich auf, sodass seine Unterschenkel den Sessel nach hinten gegen die Wand schoben. Seine Hände öffneten und schlossen sich zuckend. Sein Gesicht war über der Lampe nur undeutlich zu erkennen. »Sollte ich deshalb unbedingt mitkommen? Damit niemand behaupten kann, Sie hätten Angst davor, die Schlange an Ihren Busen zu pressen?« Hawks beugte sich zu Barker hinab und sah ihm ins Gesicht. »War das der Grund, Krieger?«, fragte er herausfordernd. »Einer der Mannbarkeitsriten? Sie haben nie gezögert, Ihren Feinden Obdach und Schutz zu gewähren, nicht wahr? Ein tapferer Mann beherbergt jederzeit seine Mörder und lässt sie an seinem Tisch mitessen, stimmt's? Sollen sie nur kommen – Connington, der heimtückische Schuft, und Hawks, der blutrünstige Mörder! Und warum sollte Claire Sie nicht von einem todesmutigen Unternehmen in das andere hetzen? Hier ein Bein verloren, dort ein Stück Fleisch – was macht das Ihnen schon aus? Sie sind schließlich Barker, der Mimbreño-Krieger.

Ist das der wahre Grund? Aber jetzt wollen Sie nicht mehr kämpfen. Plötzlich wollen Sie nicht mehr in das Gebilde auf dem Mond zurück. Der Tod war zu unpersönlich für Sie. Er hat sich nicht darum gekümmert, wie tapfer Sie waren, was Sie vorher getan hatten. Das wollten Sie doch sagen? Sie waren wütend, Barker. Sie sind es jetzt noch. Wie kommt der Tod dazu, einen Krieger vom Stamme der Mimbreños zu ignorieren?

Sind Sie *wirklich* ein Krieger?«, fragte Hawks weiter. »Das müssen Sie mir erst beweisen, Barker! Wann haben Sie je einem von uns etwas angetan? Wann haben Sie einen Finger gerührt, um sich zu verteidigen? Sie kennen unsere Pläne, aber Sie tun nichts dagegen. Sie möchten um nichts in der Welt in den Ruf eines Feiglings geraten, aber wann kämpfen Sie eigentlich? Und wogegen? Ihre schlimmste Drohung mir gegenüber bestand nur daraus, dass Sie den Kram hinschmeißen und nach Hause gehen wollten. Nein – Rennwagen und Skisprungschanzen, Motorboote und Flugzeuge: das sind die Gegner, gegen die Sie antreten. Auf diese Weise sind Sie immer Herr der Lage, und wenn Sie umkommen sollten, wird es heißen, dass menschliches Versagen daran schuld gewesen sei. Der Killer in Ihnen hat einmal über den Krieger die Oberhand behalten. Und was haben Sie während des Krieges getan – unzählige Nahkämpfe bestanden und dabei das Weiße im Auge des Gegners gesehen? Nein, Sie haben immer nur aus dem Hinterhalt gemordet, und wenn Sie geschnappt worden sind, war das Ihr eigener Fehler. Haben Sie sich jemals mit einem ebenbürtigen Gegner gemessen – außer Ihnen selbst?

Sie haben Angst, Barker – Angst davor, dass Ihr Mörder nicht erkennen könnte, wie tapfer Sie gekämpft haben. Wie können Sie erwarten, dass andere Ihre Tapferkeit würdigen? Aber ein Krieger kennt keine Angst. Nicht einmal ganz tief drinnen. Ist das Ihre Erklärung für alles, Barker? Ist das Ihr Dilemma? Denken Sie einmal nach – glauben Sie wirklich, dass Sie unter Ihren Feinden leben müssen, um Ihre Tapferkeit zu beweisen, wenn Sie es nicht einmal wagen, ihnen in offener Schlacht entgegenzutreten, weil

Sie darin umkommen könnten, ohne Ihren Namen unsterblich gemacht zu haben? Ist das der Grund dafür, dass ein Fremder Ihnen nur zu drohen braucht, um in Ihr Leben einbezogen zu werden? Und dafür, dass Sie sich von anderen langsam zu Tode quälen lassen, sich ihnen aber nie entgegenstellen und zugeben, dass Sie in einen Kampf auf Leben und Tod verwickelt sind? Wenn Sie es zulassen, sterben Sie jahrzehntelang, und jederzeit könnte etwas passieren, das den Tod aufhält. Aber wenn Sie kämpfen, könnten Sie auf einen Schlag und ruhmlos sterben.« Hawks sah Barker fragend an. »Ich frage mich«, meinte er nachdenklich, »ob das nicht einiges erklärt, was mir bisher an Ihnen rätselhaft war.«

Barker stand langsam aus seinem Sessel auf. »Wie kommen Sie eigentlich dazu, mir das zu sagen, Hawks?«, sagte er ruhig. Er stellte die Flasche auf den Tisch neben sich, ohne dabei die Augen von Hawks zu lassen.

Hawks rieb sich die Hände an der Jacke ab. »Denken Sie über diesen Vormittag nach, Barker. Sie hatten sich das Ding auf dem Mond wie eine besonders schwierig zu meisternde Skipiste vorgestellt, nicht wahr? Ein paar gefährliche Stellen, aber schließlich nicht die erste, die Sie bezwungen haben.

Aber dann starben Sie – und niemand konnte Ihnen erklären, gegen welche Regeln Sie verstoßen hatten. Sie hatten die Grenzen des bekannten Gebiets überschritten. Sie konnten sich nicht damit über Ihren Tod hinwegtrösten, dass Sie die Regeln nicht gekannt oder nicht beachtet hätten, denn dort oben gab es keine Regeln – beziehungsweise hatte noch niemand die Regeln herausgefunden. Sie fanden den Tod, ohne zu erkennen, was ihn verursachte. Und

Sie hatten keine Zuschauer, die Ihre Geschicklichkeit beklatscht und Ihr tragisches Ende beklagt hätten. Eine unsichtbare Hand griff nach Ihnen und nahm Sie vom Spielfeld – und niemand weiß, warum. Plötzlich erkannten Sie, dass Sie nicht auf einer Skipiste waren und dass Ihre Kunst hier versagen musste. In diesem Augenblick standen Sie den unbekannten Mächten des Universums schutzlos gegenüber. Die Menschheit hat einige von ihnen teilweise zu beherrschen gelernt, Barker, und jetzt bildet sie sich ein, sie sei allen gewachsen. Aber ein Mann, der eine Sprungschanze hinunterrast, beherrscht deshalb noch lange nicht die Erdanziehung oder die Reibungskräfte, die dabei eine Rolle spielen. Er kann sich ihnen nur in gewisser Weise anpassen und damit etwas vollbringen, was für andere tödlich wäre. Aber alle Ihre Erfahrung als Skispringer hilft Ihnen nichts, wenn Sie ohne Fallschirm aus einem Flugzeug fallen. Die Schwerkraft lässt sich selbst durch tausend gelungene Sprünge von einer Schanze nicht beeinflussen. Das Universum verfügt über unendlich viele Todesarten, die wir erst jetzt allmählich kennenlernen. Und das haben Sie am eigenen Leibe erlebt.

Der Tod gehört zu den Eigenschaften des Universums, Barker. Er ist nur ein Vorgang innerhalb einer komplexen Maschinerie. Das Universum stirbt seit seiner Entstehung. Haben Sie etwa erwartet, diese Maschine würde sich darum kümmern, *wer* zwischen ihre Räder gerät? Der Tod gleicht einem fallenden Stern – er ist ein Naturereignis, das weder auf bunte Wimpel an der Lanze noch auf den Siegeskranz in der Hand des Sterbenden achtet. Flaggen und Blumen sind eine Erfindung der Lebenden, Barker. Wenn ein Mann stirbt, fällt er in die Hände eines Feindes, der nicht einfach nur auf die Flaggen spuckt – er weiß nicht einmal, was eine Flagge *ist*. Kein Durchschnittsmensch könnte diese Erfahrung machen, ohne daran zu zerbrechen. Sie haben sie heute gemacht. Sie saßen im Labor auf dem Tisch und waren über die Ungerechtigkeit des Schicksals sprachlos – weil Sie sich nie überlegt hatten, dass Gerechtigkeit ebenfalls nur eine Erfindung der Menschen ist. Und trotzdem geht es Ihnen jetzt, nach ein paar Stunden Schlaf und etwas Gin, schon wieder besser. Der Schock ist abgeklungen. Jeder Schock verliert allmählich an Wirkung – jeder, nur einer nie. Doch Sie sind kein hilflos vor sich hin murmelnder Idiot wie Rogan und die anderen. Sie haben es überlebt und sind dabei nicht verrückt geworden. Warum, Barker?

Wissen Sie, warum Sie noch bei Verstand sind? Ich glaube, dass ich Ihnen diese Frage beantworten kann. Sie sind es, weil Sie Claire, Connington und mich haben. Weil Sie zu uns zurückkommen wollten. Sie suchen nicht den Tod, sondern nur das Abenteuer, das in einer tödlichen Bedrohung liegt. Nicht den Tod, sondern Mörder ... Solange wir bei Ihnen sind, sind Sie dagegen gefeit.«

Barker ballte die Fäuste und trat einen Schritt vor.

»Es hat keinen Sinn, Barker«, sagte Hawks schnell. »Sie können mir nichts antun. Wenn Sie mich jetzt umbringen, beweisen Sie damit nur, dass Sie Angst vor mir haben.«

»Das ist nicht wahr!«, widersprach Barker aufgeregt. »Ein Krieger tötet seine Feinde.«

Hawks starrte ihm in die Augen. »Sie sind kein Krieger, Al«, stellte er fest. In seiner Stimme schwang ein leichtes Bedauern mit. »Jedenfalls nicht der Krieger, der Sie sein möchten. Sie sind ein Mann, das ist alles. Und Sie möchten ein echter Mann sein – ein Mann, der seinen selbst gestellten Anforderungen genügt, der seinem eigenen Ideal entspricht. Das ist alles. Das ist genug.«

Barkers Arme begannen zu zittern. Er sah Hawks mit schief gelegtem Kopf verwirrt an. »Sie sind so verdammt schlau, Doktor«, keuchte er. »Sie wissen einfach alles! Sie kennen mich besser, als ich mich selbst kenne. Wie kommt das, Hawks?«

»Ich bin auch ein Mann, Al.«

»Ach ja?« Barkers Arme sanken herab. »Wirklich? Das ist mir völlig gleichgültig, deswegen kann ich Sie auch nicht besser leiden! Verschwinden Sie, Mann, solange Sie noch können!« Barker wirbelte herum, ging rasch auf die Tür zu und riss sie auf. »Gehen Sie schon! Lassen Sie mich mit meinen alten Feinden allein – bei denen weiß ich wenigstens, *wie* sie mich umbringen möchten!«

Hawks sah ihn schweigend an. Sein Gesichtsausdruck war besorgt. Dann ging er zur Tür, blieb aber noch einmal stehen und starrte Barker ins Gesicht.

»Sie müssen unbedingt kommen«, sagte er langsam. »Ich brauche morgen früh Ihren Bericht. Und dann muss ich Sie wieder hinaufschicken.«

»Verschwinden Sie, Hawks!«

»Ich habe es Ihnen von vornherein gesagt«, antwortete Hawks und ging an ihm vorbei in die Nacht hinaus.

Barker knallte die Tür hinter Hawks ins Schloss. Dann drehte er sich um und öffnete den Mund zu einem Schrei, der nur undeutlich ins Freie drang. »Claire? Claire!«

7

Hawks folgte dem Lichtschein, der aus den Wohnzimmerfenstern über den Rasen fiel, bis er den Rand der Klippe erreicht hatte. Dort stand er lange Zeit unbeweglich und starrte auf die Wellen hinab, die sich weit unter ihm an den Felsen brachen und als weißer Schaum zurückfluteten. Nebel war aufgestiegen.

»Und dunkel …«, sagte er laut. »Und dunkel und nirgendwo Sterne …« Dann ging er mit gesenktem Kopf weiter am Rand der Klippen entlang, bis er die Terrasse erreichte, die zwischen Haus und Meer lag. Er stolperte unsicher zwischen den Stühlen und Tischen hindurch, die in der Dunkelheit kaum zu erkennen waren.

»Hallo, Ed«, sagte Claire mit trauriger Stimme. Sie saß auf einem Stuhl an der Wand. »Wollen Sie mir Gesellschaft leisten?«

Hawks drehte sich überrascht zu ihr um, dann setzte er sich. »So kann man es auch nennen.«

Claire hatte ihren Badeanzug gegen ein Kleid getauscht und trank eine Tasse Kaffee. »Möchten Sie auch einen Schluck?«, fragte sie leise. Ihre Stimme klang unsicher. »Hier draußen ist es schon ziemlich kühl.«

»Danke schön.« Er nahm die angebotene Tasse entgegen

und trank neben der Stelle, an der ihr Lippenstift deutliche Abdrücke hinterlassen hatte. »Ich wusste nicht, dass Sie hier zu finden sein würden.«

Claire lachte spöttisch. »Ich hatte es einfach satt, Connie hinter jeder Tür lauern zu finden. Ich wollte hier warten, bis Al aufgestanden ist.«

»Er ist wieder wach.«

»Ich weiß.«

Hawks gab ihr die Tasse zurück. »Haben Sie alles gehört?«

»Ich war in der Küche. Es ... war eine ziemliche Überraschung, als ich hörte, wie andere über mich denken und sprechen.« Sie setzte die Tasse heftig ab und starrte an Hawks vorbei, die Arme eng um den Körper geschlungen.

Hawks schwieg. Es war fast zu dunkel, um ihren Gesichtsausdruck über den Tisch hinweg erkennen zu können. Er schloss einen Moment die Augen, presste die Lider fest aufeinander. Dann öffnete er sie wieder und drehte sich zu ihr, leicht über den Tisch gebeugt.

»Warum tue ich das nur, Hawks?«, klagte sie. »Ich weiß es nicht. Aber ich behandle ihn, als ob ich ihn hasste. So geht es mir bei jedem. Ich kann niemanden kennenlernen, ohne mich unmöglich zu benehmen.«

»Frauen gegenüber auch?«

Sie wandte ihm ihr Gesicht zu. »Welche Frau würde schon lange genug in meiner Gesellschaft bleiben, um mir Gelegenheit dazu zu geben? Und welcher Mann brächte es fertig, die Frau in mir zu ignorieren? Aber ich bin schließlich auch ein Mensch, ich bestehe nicht nur aus einem Körper. Aber niemand mag mich, Hawks – niemand zeigt jemals Interesse dafür, dass ich auch ein *Mensch* bin!«

»Nun, Claire …«

»Es macht keinen Spaß, Hawks, wenn man hört, wie andere so über einen reden. ›Ich kenne sie – bei Gott, ich kenne sie genau.‹ *Wie* sollte er mich kennen? Wann hat er mich je kennenzulernen versucht? Hat er sich je die Mühe gemacht, sich nach meinen Gedanken oder Wünschen zu erkundigen? Und Connington – er versucht mich zu beeinflussen, er gibt sich alle Mühe, die Dinge so zu verändern, dass ich ihm nachgebe. Deswegen hat er Al auch dazu gebracht, bei dieser Sache mitzumachen. Er hofft darauf, dass Al im Laufe der Zeit zu einem solchen Wrack wird, dass ich ihn nicht mehr will. Aber warum muss es ausgerechnet Connington sein, wenn ich mich eines Tages von Al trenne? Nur weil Connie immer hier herumlungert – weil er nicht genügend Grips hat, um seine Niederlage einzusehen? Bin ich daran schuld, dass er sich hier herumtreibt? Er bekommt keine Belohnung dafür. Damit erreicht er nur, dass Al ab und zu einen Wutanfall hat.«

»Macht ihn das nicht nützlich für Sie?«, fragte Hawks.

»Und Sie …«, brach es aus Claire hervor. »So verdammt selbstsicher! So überzeugt davon, dass niemand Ihnen etwas anhaben kann! Immer diese sarkastischen Bemerkungen. Ich soll Al angeblich ›aufstacheln‹! Hören Sie, kann ich etwa aus einem Ziegelstein einen Vogel machen? Kann ich einen Raben in einen Schwan verwandeln? Wozu könnte ich ihn bringen, was er nicht selbst wollte? Ich zwinge ihn nicht zu diesen wahnsinnigen Unternehmen. Und ich habe ihn von Ihnen fernzuhalten versucht – als Sie damals gegangen waren, wollte ich ihn zum Aufgeben überreden! Aber er wurde nur eifersüchtig. Und das wollte ich wirklich nicht! Ich habe mich heute zum ersten Mal ernsthaft um Sie bemüht. Vorher habe ich höchstens ein bisschen mit Ihnen zu flirten versucht – das wissen Sie doch selbst auch!«

Sie streckte den Arm über den Tisch zwischen ihnen und nahm seine Hand. »Können Sie sich vorstellen, wie einsam ich manchmal bin? Wie sehr ich mir wünsche, ich wäre anders?« Ihre Hand schloss sich fester. »Aber was kann ich dagegen tun? Wie soll ich jetzt noch etwas daran ändern?«

»Ich weiß es nicht, Claire«, antwortete Hawks langsam. »Ein Mensch ändert sich nicht leicht.«

»Aber ich *will* mich nicht selbst hassen, Hawks! Nicht mein ganzes Leben lang! Was glaubt ihr eigentlich alle von mir – dass ich blind, taub und dumm bin? Ich weiß genau, wie anständige Leute sich benehmen, ich kenne den Unterschied zwischen untadelig und liederlich. Ich war auch einmal ein Kind, das in der Schule saß und Unterricht über Religion, Moral und gute Sitten erhielt. Ich komme schließlich nicht vom Mars – oder glaubt ihr, dass ich mich nur deshalb so aufführe, weil ich es nicht besser weiß?«

»Wir alle wissen es besser, glaube ich«, meinte Hawks zögernd. »Aber trotzdem vergessen wir es von Zeit zu Zeit. Manchmal vergessen wir es absichtlich, weil wir uns einbilden, es ginge nicht anders.« Er lächelte unsicher. »Tut mir leid, wenn ich mich unklar ausgedrückt haben sollte. Aber ich wüsste nicht, was ich Ihnen sonst noch sagen sollte, Claire.«

Sie sprang auf, ohne seine Hand loszulassen, und ging um den Tisch herum, bis sie dicht vor ihm stand. »Sie könnten mir sagen, dass Sie mich mögen, Ed«, flüsterte sie. »Sie sind der Einzige von allen, der in mich hineinsehen und mich trotzdem *mögen* könnte.«

Hawks stand auf, als Claire an seiner Hand zog. »Claire …«, begann er unsicher.

»Nein, nein, nein, Ed!«, unterbrach sie ihn und legte ihre Arme um seinen Hals. »Ich möchte jetzt nicht reden. Ich möchte mich von jemand umarmen lassen, der in mir nicht nur eine begehrenswerte Frau sieht. Ich möchte mich einmal in meinem Leben warm und geborgen fühlen!« Sie legte eine Hand in seinen Nacken. Die Finger der anderen vergrub sie in seinen Haaren. Sie wandte ihm ihr tränenfeuchtes Gesicht zu. »Bitte, Ed«, flüsterte sie dann und lehnte sich an ihn. In ihren Tränen glitzerten die Sterne. »Bitte, gib mir das, wenn du kannst …«

»Ich weiß nicht, Claire«, sagte er verlegen. »Vielleicht ist das …«

Sie begann, seine Wangen zu küssen, und fuhr ihm mit den Fingern durchs Haar. »Hawks«, keuchte sie, »Ich bin verloren …«

Sie zog seinen Kopf zu sich herab, so kräftig, dass die Sehnen auf ihren Handrücken hervortraten. Ihre Lippen öffneten sich. »Denk an nichts anderes mehr«, sagte sie leise und küsste ihn. »Denk nur noch an mich.« Ihre Ledersandalen schabten leise über die Terrasse.

Dann löste sie sich plötzlich von ihm, wich einige Schritte zurück und starrte ihn an, eine Hand über den Mund gelegt. Sie seufzte tief, ihre Augen glänzten. »Nein … nein, ich kann mich nicht beherrschen … nicht bei dir. Du bist einfach zu viel für mich, Ed.« Sie machte einen Schritt auf ihn zu und sah ihm in die Augen. »Vergiss, dass du mich mögen sollst«, sagte sie heiser, als sie die Arme nach ihm ausstreckte. »Komm mit mir. Ich kann mir immer noch einen anderen suchen, der mich mag.«

Hawks bewegte sich nicht. Claire starrte ihn an. Dann ließ sie langsam die ausgestreckten Arme sinken. »Ich kann Ihnen keinen Vorwurf machen«, rief sie schluchzend aus. »Ich kann nichts dafür, aber ich verstehe es, wenn Sie jetzt schlecht über mich denken. Sie halten mich wahrscheinlich für eine Nymphomanin, die auf jeden Mann fliegt. Sie glauben, dass ich mich immer so benehme. Sie glauben, dass alles, was ich gerade gesagt habe, gelogen ist, weil Sie alles mit mir hätten tun können. Sie …«

»Nein«, unterbrach Hawks sie. »Aber Sie sind selbst nicht davon überzeugt. Sie benutzen es nur als plausible Ausrede. Aber das ist es nicht. Es ist wahr. Und wenn Sie befürchten müssen, dass ein Mann hinter Ihr Geheimnis kommen könnte, versuchen Sie ihn auf diese Weise abzulenken – mit dem Einzigen, von dem Sie annehmen, dass es ihn interessieren könnte. Ich glaube, Sie haben Angst vor einer Welt, in der nur Männer leben. Selbst wenn Sie immer wieder das Gegenteil beteuern – Sie wollen sich die Männer nur deshalb gefügig machen, weil sie Ihnen dann nicht mehr gefährlich werden können.«

Hawks wischte sich mit einem Taschentuch über den Mund. »Tut mir leid«, sagte er dann, »aber so sehe ich die ganze Sache. Connington geht von der Voraussetzung aus, dass jeder eine schwache Stelle hat, die er für seine Ziele nutzbar machen kann. Vielleicht hat er sogar recht damit. Ihr schwacher Punkt ist jedenfalls die Tatsache, dass Sie sich nur Männern an den Hals werfen, die Ihre Schwäche erkennen könnten. Wissen Sie das eigentlich?«

Claire strich ihr Kleid glatt. »Sie haben Angst, Hawks«, warf sie ihm vor. »Sie haben Angst vor Frauen wie fast alle Männer.«

»Kann man mir daraus einen Vorwurf machen? Ich habe vor vielen Dingen Angst. Besonders vor Menschen, die keine Menschen sein wollen.«

»Warum halten Sie nicht endlich die Klappe, Hawks? Können Sie immer nur schwatzen? Wissen Sie, was Sie für mich sind, Hawks? Ein Feigling! Ein Schwätzer und ein Feigling. Ein Trottel. Ich habe Sie endgültig satt. Ich will Sie nie wiedersehen!«

»Schade für Sie, dass Sie nicht anders sein wollen, Claire. Ich möchte Sie nur noch etwas fragen. Vorher hätten Sie beinahe Erfolg bei mir gehabt. Sie waren sehr nahe daran, das muss ich zugeben. Wäre ich auch dann noch ein Feigling, wenn alles nach Ihren Wünschen gegangen wäre? Und was halten Sie von einer Frau, die mit einem Mann schläft, den sie verachtet – nur um ihre Schwäche zu verbergen?«

»Verschwinden Sie endlich, Hawks!«

»Kann selbst ein Feigling nicht manchmal die Wahrheit erkennen?«

»Hören Sie auf damit! Ich brauche Ihre verdammte Hilfe nicht!«

»Das glaube ich auch nicht. Ich habe es Ihnen nur gesagt. Im Grunde genommen habe ich nichts anderes gesagt.« Er wandte sich ab. »Hoffentlich lässt Al mich jetzt kurz telefonieren. Ich möchte mich abholen lassen. Langsam werde ich für größere Spaziergänge zu alt.« Es wandte sich um und ging auf das Haus zu, aber Claire folgte ihm. Hawks ging steifbeinig schneller.

»Scheren Sie sich zum Teufel, Hawks!«, rief Claire aufgebracht hinter ihm her. »Haben Sie nicht gehört? Zur Hölle mit Ihnen, Hawks!«

Hawks erreichte die Küchentür und öffnete sie langsam. Connington lehnte hilflos an einem Schrank. Seine Frotteejacke und die Badehose waren blutbefleckt. Barkers linke Hand, die in sein Haar gekrampft war, hinderte ihn am Zusammensinken. Barkers rechte Hand war blutbeschmiert und zeigte tiefe Spuren von Conningtons Zähnen. Barker holte wieder aus.

»Bin nur ein bisschen müde gewesen …«, murmelte Connington verzweifelt. »… in ihrem Bett eingeschlafen – sie war gar nicht in ihrem Zimmer …«

Barkers blutende Faust schoss nach vorn und landete in Conningtons Gesicht. »Und das ist für deine schmutzigen Absichten, Connie!«, zischte Barker dabei wütend. »Ich lasse mir einfach nicht bieten, dass du in ihrem Bett herumliegst! Du siehst doch ein, dass ich mir das nicht bieten lassen kann!«

Connington griff unsicher nach einer Stütze. Er wehrte sich nicht. »… eingeschlafen … sonst hätte mich kein Mensch in ihrem Bett …« Er weinte, schien es aber nicht zu merken. »Heute hätte es vielleicht endlich geklappt. Vorher nie eine Chance gehabt … Ich werde sonst mit jedem fertig. Jeder hat eine schwache Stelle. Jeder. Niemand ist vollkommen … das ist mein Geheimnis. Alle – nur sie nicht. Sie macht bestimmt Fehler, aber ich habe nie … ich … der Personalabteilungsleiter …«

»Lass ihn in Ruhe!«, kreischte Claire hinter Hawks' Rücken. Sie stieß ihn zur Seite, drängte sich an ihm vorbei und stürzte sich auf Barker. Der Mann wich zurück und sah erstaunt auf die tiefen Kratzspuren an seinem Arm, die ihre Fingernägel zurückgelassen hatten. »Rühr ihn nicht an!«, schrie sie Barker ins Gesicht. Sie stand

breitbeinig vor ihm, ihr Gesicht war gerötet, ihre erhobenen Hände zitterten. Dann riss sie ein Handtuch vom Haken, feuchtete es an und ging zu Connington hinüber, der auf einen Hocker niedergesunken war und sie aus blutunterlaufenen Augen anstierte.

Claire beugte sich über Connington und wischte ihm das Blut vom Gesicht. »Es wird schon wieder gut, Liebling«, flüsterte sie ihm dabei zu. »Da, jetzt ist es gleich besser. Nicht aufregen.« Connington streckte eine Hand nach ihr aus, und sie griff nach ihr, drückte sie gegen ihren Hals, während sie seine geschwollenen Lippen abtupfte. »Ich bringe dich wieder in Ordnung, Liebling – mach dir keine Sorgen.«

Connington warf den Kopf von einer Seite auf die andere, starrte sie unsicher an und wimmerte, wenn sie mit dem Handtuch über sein zerschlagenes Gesicht fuhr.

»Nein, nein, mein Schatz«, schalt sie zärtlich. »Du musst jetzt ganz still halten, Liebling. Mach dir keine Sorgen. Ich brauche dich, Connie. Bitte.« Sie knöpfte seine Jacke auf und wischte seine Brust ab.

»Schön, Claire«, warf Barker mit kalter Verachtung in der Stimme ein, »dann sind wir also geschiedene Leute. Sieh zu, dass du deinen Kram bis morgen wegbringen lässt.« Er zog angewidert die Mundwinkel herab. »Ich hätte nie gedacht, dass du eines Tages zu einem Aasfresser werden könntest.«

Hawks wandte sich ab und ging an das Telefon neben der Tür. Er wählte hastig eine Nummer. »Hier – spricht Ed«, sagte er gepresst. »Könnten Sie mich bei dem kleinen Laden abholen, wo wir uns neulich getroffen haben? Ja, ich – ich müsste sonst wieder zu Fuß gehen. Danke. Vielen Dank. Ich warte dort auf Sie.«

Er hing auf und sah wieder zu Barker hinüber. »Wie haben Sie das bloß fertiggebracht, Hawks?«, fragte der andere verwirrt. Er war dem Weinen nahe. »Wie kommt das alles?«

»Kommen Sie morgen früh ins Labor?«, fragte Hawks müde.

Barker starrte ihn mit blitzenden Augen an, dann streckte er den Arm aus und zeigte auf Claire, die sich immer noch um Connington bemühte. »Was bliebe mir denn, Hawks, wenn ich Sie jetzt auch noch verlöre?«

SECHSTER TEIL

»Sie sehen abgespannt aus«, meinte Elizabeth, als Hawks sich auf der Couch in ihrem Atelier niederließ.

Er schüttelte den Kopf. »Ich habe keineswegs zu viel gearbeitet. Es ist immer die gleiche Geschichte – als ich während meiner Schulzeit auf der Farm arbeiten musste, war ich abends hundemüde und schlief ohne Weiteres ein. Am nächsten Morgen war ich dann wunderbar ausgeruht, ich freute mich auf die Arbeit und wusste genau, was ich vor mir hatte – und dass ich es schaffen würde. Ich war zufrieden, selbst wenn ich müde war, denn ich wusste, dass ich meinen Teil geleistet hatte. Selbst wenn ich nach dem Abendessen kaum noch die Augen offen halten konnte, war ich entspannt und glücklich.

Aber jetzt sitze ich nur noch hinter meinem Schreibtisch und denke nach. Ich kann nachts nicht mehr schlafen und fühle mich morgens schlechter als am Tag vorher. Ich brauche einige Stunden, bevor ich das Gefühl habe, dass mein Körper mir wieder gehorcht. Ich fühle mich nie ganz wohl. Ich sehe in einen Spiegel, und ein kranker Mann starrt zurück – ein Kranker, dem man keine Aufgabe übertragen möchte, wenn man mit ihm zusammenarbeiten müsste.«

Elizabeth zog eine Augenbraue in die Höhe. »Sie könnten eine Tasse Kaffee vertragen, glaube ich.«

Hawks verzog das Gesicht. »Eigentlich lieber Tee, wenn Sie welchen haben.«

»Vielleicht, ich muss erst nachsehen.« Sie ging zu der Kochnische hinüber und zog den Vorhang beiseite.

»Oder – hören Sie«, rief er hinter ihr her, »ich bin wirklich nicht wählerisch. Eine Tasse Kaffee genügt völlig. Wenn Sie keinen Tee haben.«

Sie saßen nebeneinander auf der Couch und tranken Tee. Elizabeth stellte ihre Tasse auf den niedrigen Tisch vor sich. »Was war heute Abend los?«, erkundigte sie sich.

Hawks schüttelte den Kopf. »Ich weiß es selbst nicht recht. Unter anderem Schwierigkeiten wegen einer Frau.«

»Oh«, meinte Elizabeth.

»Nicht die übliche Sache«, sagte Hawks.

»Das habe ich nicht angenommen.«

»Warum nicht?«

»Sie sind kein gewöhnlicher Mann.«

Hawks runzelte die Stirn. »Anscheinend nicht. Jedenfalls reagieren die Leute mir gegenüber nicht auf die gewöhnliche Art. Ich kann mir nicht vorstellen, warum.«

»Soll ich Ihnen sagen, warum Frauen in Ihrer Gegenwart außergewöhnlich reagieren?«

Hawks sah sie erstaunt an. »Ja. Bitte, verraten Sie es mir.«

»Sie behandeln sie wie menschliche Wesen.«

»Tue ich das?« Er schüttelte wieder den Kopf. »Glaube ich nicht. Ich bin kein Frauenkenner. Ich begreife ihre Motive nur selten. Tatsächlich habe ich immer Schwierigkeiten mit Frauen gehabt.«

Elizabeth berührte seine Hand. »Das überrascht mich keineswegs. Aber es spielt jetzt auch keine Rolle. Sie denken gerade darüber nach, dass ich wesentlich jünger als Sie bin.«

Hawks nickte überrascht. »Wie haben Sie das erraten?«

Elizabeth zuckte mit den Schultern. »Sie sollten sich aber auch über Folgendes Gedanken machen: Sie sind weder charmant noch schön noch elegant. Tatsächlich wirken Sie sogar ein bisschen komisch. Sie haben nur wenig Zeit für mich, und wenn wir zusammen ausgehen würden, wären Sie so fehl am Platz, dass ich den ganzen Abend keinen Spaß hätte.

Aber Sie tun etwas: Sie lassen mich spüren, dass meine Regeln für mich genauso richtig sind wie Ihre für Sie. Wenn Sie mich um etwas bitten, weiß ich genau, dass Sie nicht böse sind, wenn ich es nicht tue. Und wenn ich es tue, betrachten Sie das nicht als Sieg in einem komplizierten Spiel. Sie versuchen nicht, mich auszunützen, mich zu belehren oder mich zu ändern. In Ihrer Welt nehme ich genauso viel oder wenig Platz ein wie Sie selbst. Wissen Sie eigentlich, wie selten man diese Auffassung findet?«

Hawks war völlig verwirrt. »Ich freue mich, dass Sie das denken«, begann er langsam, »aber ich bezweifle, dass Sie damit recht haben. Hören Sie zu …« Er stand auf und ging mit großen Schritten auf und ab, während Elizabeth sich zurücklehnte und ihn lächelnd beobachtete.

»Frauen …«, sagte Hawks ernsthaft, »Frauen waren mir immer ein Rätsel. Als Jugendlicher habe ich natürlich die einschlägigen Erfahrungen gemacht. Ich brauchte nicht sehr lange, um herauszubekommen, dass das Leben nicht so ist, wie es in gewissen Magazinen dargestellt wird, die an der Highschool kursierten. Nein, da gab es noch etwas anderes – was, weiß ich heute noch nicht, aber jedenfalls haben Frauen ein gewisses Etwas. Damit meine ich allerdings nicht die rein physische Seite des Problems, sondern eine speziell weibliche Eigenart, die ich nie erfassen konnte. Ich konnte nicht begreifen, welchen Zweck diese vernunftbegabten Wesen erfüllten, die neben den Männern existierten. Wenn Frauen nur dazu da waren, um die Fortpflanzung der menschlichen Spezies sicherzustellen, wozu brauchten sie dann Intellekt? Dazu genügen schließlich Instinkte. Dabei besaßen sie diese Instinkte, wozu also die Intelligenz? Es gab genug Männer, die dafür sorgen konnten, dass das Leben immer angenehmer wurde. Dafür mussten die Frauen also auch nicht intelligent sein. Und trotzdem waren sie es. Ich habe dieses Problem nicht lösen können. Es ist mir immer noch ein Rätsel.«

Elizabeth lächelte. »Ihr Männer wisst nicht, dass wir Frauen uns dieselbe Frage über euch stellen.«

»Vielleicht tun sie das«, seufzte Hawks, »aber das beantwortet meine Frage nicht.«

»Vielleicht finden Sie die Lösung eines Tages«, sagte sie leise. »Warum haben Sie eigentlich noch nicht versucht, mich ins Bett zu kriegen?«

Hawks starrte sie an. »Um Himmels willen, Elizabeth, ich kenne Sie doch kaum!«

»Genau das meinte ich vorhin«, antwortete sie und sah zu Boden. »Nun, Doktor, wie wäre es mit einer zweiten Tasse Tee?«

Elizabeth saß wieder an ihrem Zeichentisch und arbeitete. Neben ihr stand ein Aschenbecher, in dem eine Zigarette verglimmte. Ab und zu trieb ihr der Rauch in die Augen, sodass sie die Augen zusammenkneifen musste. Dabei schimpfte sie leise vor sich hin und lächelte Hawks zu, der neben ihrem Tisch auf einem Sitzkissen hockte und seine spitzen Knie mit den Händen umklammerte.

»Auf dem College war ich in ein Mädchen verliebt«, erzählte er. »Ein wirklich hübsches Mädchen aus Chicago. Sie war intelligent, sie war vor allem taktvoll. Und sie hatte schon so viel erlebt und gesehen, wovon ich nur träumen konnte: Konzerte, Opernaufführungen, Theatervorstellungen – alles Vorteile des Großstadtlebens. Ich beneidete sie sehr darum und verehrte sie glühend. Aber ich versuchte nie, diese Dinge mit ihr zu teilen, weil ich mir einbildete, sie ihr dadurch zu rauben, dass ich daran teilhaben wollte. Dass ich ihr etwas wegnehmen würde, das sie sich verdient hatte. Andererseits suchte ich ständig ihre Gesellschaft und bemühte mich sehr um sie. Ich dachte, dass eine Frau wie sie sicher erkennen würde, ob ich etwas wert war oder nicht. Zumindest bilde ich mir ein, das damals gedacht zu haben. Ich versuchte im Gegenzug, mein Leben mit ihr zu teilen. Heute weiß ich, dass mein dauerndes Geschwätz ihr auf die Nerven gegangen sein muss.«

Elizabeth legte ihren Bleistift auf den Tisch und hob den Kopf, um Hawks ins Gesicht zu sehen.

»Manchmal verstanden wir uns ausgezeichnet, dann wieder weniger. Ich hatte ständig Angst, dass ich sie eines Tages verlieren würde. Dann kam der Augenblick kurz vor unserem Abschlussexamen, in dem sie mich taktvoll und freundlich fragte, ob wir nicht einfach irgendwohin ausgehen könnten, wo man sich nicht dauernd unterhalten musste – in eine kleine Bar, zum Tanzen, auf einen Mondscheinspaziergang.« Hawks lächelte traurig. »In dieser Sekunde verlor ich jegliches Interesse an ihr«, berichtete er weiter. »Und ich habe sie nie wiedergesehen.

Warum eigentlich? Ich weiß es nicht. Nur weil ich mich für so brillant hielt, dass ich mir nicht vorstellen konnte, wie jemand meine Unterhaltung nicht genießen könnte? Wohl kaum. Ich wusste genau, dass ich zu viel redete. Ich wusste auch, dass mein Gerede weder übermäßig originell noch interessant war. Aber ich unterhielt mich immer nur mit ihr. In Gesellschaft anderer war ich schüchtern und wortkarg. Aber ich *liebte* sie, Elizabeth, und sie erklärte mir, dass sie mir nicht länger zuhören wolle, deshalb erlosch meine Liebe zu ihr. Es war, als ob sie sich plötzlich in eine giftige Schlange verwandelt hätte. Ich begann am ganzen Leib zu zittern und verschwand so schnell wie möglich auf mein Zimmer, wo ich bestimmt eine Stunde lang auf dem Bett saß und weiter zitterte.

In den darauffolgenden Wochen versuchte sie mehrmals, mit mir in Verbindung zu treten. Und manchmal war ich nahe daran, sie zu besuchen. Aber es klappte einfach nicht. Ich war nicht mehr in sie verliebt. Und ich hatte Angst. Während des Krieges erlebte ich einmal einen Großbrand, bei dem mein Labor vollständig eingeäschert wurde. Damals war ich einen Augenblick lang überzeugt, dass ich in den Flammen umkommen würde. Und damals habe ich die gleiche Angst empfunden … O ja«, schloss er, »ich habe Schwierigkeiten mit Frauen.«

»Vielleicht haben Sie nur Schwierigkeiten mit dem Sterben?«

Hawks schien in weite Fernen zu blicken. Sein Gesichtsausdruck und seine Körperhaltung erschlafften. »Ja«, flüsterte er, »das stimmt.«

Schließlich stand er auf und steckte die Hände in die Hosentaschen, nachdem er lange Zeit schweigend neben ihr gesessen hatte. »Es wird langsam spät. Ich muss jetzt gehen«, sagte er.

Elizabeth sah von ihrer Arbeit auf. »Arbeiten Sie immer noch an dem gleichen Projekt?«

Hawks lächelte verkniffen. »Höchstwahrscheinlich. Ich nehme an, dass alle an den Versuchen beteiligten Personen morgen früh rechtzeitig erscheinen.«

»Arbeiten manche von ihnen nicht an Samstagen?«

»Oh? Ist morgen Samstag?«

»Wollten Sie denn nicht darauf hinaus?«

»Nein. Nein, daran habe ich im Augenblick nicht gedacht. Und dann kommt Sonntag.«

Elizabeth zog die Augenbrauen in die Höhe. »Ja, so war es jedenfalls letzte Woche«, meinte sie mit einem leichten Lächeln.

»Cobey wird sich ärgern«, murmelte Hawks gedankenverloren vor sich hin, »wenn er den Technikern die Überstunden bezahlen muss.«

»Wer ist Cobey?«

»Ein Mann, Elizabeth. Ein Mann, den ich kenne.«

Sie fuhr ihn nach Hause. Nach einer endlosen Fahrt quer durch die ganze Stadt hielten sie schließlich vor dem riesigen Wohnblock, in dem Hawks sein Junggesellenapartment hatte.

»Ich habe Ihre Wohnung noch nie gesehen«, sagte Elizabeth, während sie die Handbremse anzog.

»Nein«, stimmte er ihr zu. Sein Gesicht war vor Erschöpfung eingefallen. Er hielt das Kinn auf die Brust gesenkt und stemmte die Knie gegen das Armaturenbrett. »Es ist …« Er machte eine vage Handbewegung und wies auf das ungastlich und düster wirkende Gebäude. »Man kann zur Not darin leben.«

»Haben Sie nie Sehnsucht nach dem Leben auf der Farm? Nach weiten Feldern unter dem Sommerhimmel? Nach Seen und dichten Wäldern?«

»In unserer Gegend gab es kaum weite Felder«, antwortete Hawks. »Die Farmer züchteten fast ausschließlich Geflügel. Überall standen flache Geflügelhäuser, in denen die Hühner in Käfigen gehalten wurden.« Er sah aus dem Fenster. »In engen Drahtkäfigen.« Hawks wandte sich wieder an Elizabeth. »Wissen Sie, Hühner sind sehr anfällig gegen Erkrankungen der Atemwege. Dann röcheln und schnarchen sie die ganze Nacht hindurch – dieses Geräusch hängt förmlich über der Gegend und klingt wie das Jammern und Klagen einer entrechteten Sklavenhorde. Hühner. Damals fragte ich mich manchmal, ob sie wussten, wer wir waren – warum wir sie in Gehege einsperrten, ihnen Futter vorwarfen und ihnen Wasser gaben. Warum wir sie vor Regen schützten und uns abrackerten, um sie ausreichend zu versorgen. Warum wir jede Woche einmal den Mist aus den Geflügelhäusern karrten und ihre Käfige desinfizierten. Ich fragte mich, ob sie es wussten – und ob sie deshalb im Schlaf stöhnten und seufzten. Andererseits sind Hühner geradezu abgrundtief dumm. Von allen Lebewesen auf dieser Welt denkt nur der Mensch wie ein Mensch.«

Hawks öffnete die Autotür, drehte sich halb um, wollte schon aussteigen und blieb dann doch sitzen. »Wissen Sie ... Wissen Sie, ich rede wirklich sehr viel, wenn ich mit Ihnen zusammen bin.« Er zuckte mit den Schultern und sah sie verlegen an. »Sie langweilen sich wahrscheinlich schrecklich.«

»Es stört mich nicht.«

Er schüttelte den Kopf. »Ich verstehe Sie nicht.« Er lächelte leise.

»Möchten Sie es denn gern?«

»Ja. Sehr gern.« Hawks sah auf seine Hände hinab.

»Vielleicht geht es mir genau wie Ihnen?«

Er sah sie überrascht an. »Nun«, meinte er schließlich, »das habe ich wohl unbewusst die ganze Zeit über angenommen, nicht wahr? Ich habe aber nie darüber nachgedacht. Wirklich nicht.« Hawks schüttelte den Kopf. »Nur der Mann denkt wie ein Mann«, sagte er verlegen, als wolle er sich damit entschuldigen. Er stieg aus und blieb noch einen Augenblick neben dem Wagen stehen. »Sie haben mir heute Abend sehr geholfen, Elizabeth. Danke schön.«

»Rufen Sie mich doch bitte an, wenn Sie wieder Zeit haben.«

Hawks runzelte plötzlich die Stirn. »Ja. Sobald ich wieder kann«, antwortete er bedrückt. Er klopfte leicht gegen das Blech der Motorhaube. »Ja«, wiederholte er, dann verzog er das Gesicht. »Es wird schon spät«, meinte er leise. »Ich rufe an – ganz bestimmt«, versprach er nochmals, bevor er sich abwandte und mit gesenktem Kopf und hängenden Schultern auf den Eingang zuging. Seine Hände öffneten und schlossen sich im Rhythmus seiner Schritte, und er war so abgelenkt, dass er Schlangenlinien lief. Vor der Tür blieb er stehen und suchte nach seinem Schlüssel.

Endlich hatte er sie offen. Er drehte sich um und sah zurück, als sei er nicht ganz sicher, ob ihre Unterhaltung beendet sei, und winkte Elizabeth ungeschickt zu. Dann stieß er die Tür auf und verschwand im Innern des Hauses.

SIEBTER TEIL

Am nächsten Morgen erschien Barker unausgeschlafen und mit rotgeränderten Augen im Labor. Seine Hände zitterten heftig, als er sich in die Unterbekleidung zwängte.

Hawks ging zu ihm hinüber. »Ich freue mich, Sie hier zu sehen, Barker«, sagte er verlegen.

Barker sah kurz zu ihm auf und schwieg verbissen.

»Fehlt Ihnen wirklich nichts?«, fragte Hawks. »Wir können den Versuch ohne Weiteres auf morgen verschieben.«

»Machen Sie sich meinetwegen keine Sorgen, Hawks«, antwortete Barker grob.

Hawks steckte die Hände in die Hosentaschen. »Ausgezeichnet. Waren Sie schon bei den Kartenspezialisten?«

Barker nickte.

»Konnten Sie ihnen die Vorgänge bei unserem letzten Versuch klar schildern?«

»Sie waren anscheinend sehr zufrieden. Warum warten Sie nicht einfach, bis der Bericht auf Ihren Schreibtisch flattert? Was brauchen meine Entdeckungen Sie zu kümmern? Hauptsache ist, ich komme gut voran und bleibe bei Verstand. Oder etwa nicht? Mein persönliches Befinden kann Ihnen gleichgültig sein, ich erkunde schließlich nur einen sicheren Weg für Ihre superschlauen Techniker, die das Ding einmal auseinandernehmen sollen, stimmt's? Es braucht Sie also nicht zu interessieren, es sei denn, ich gehe Ihnen dort oben verloren, und Sie müssen sich einen anderen suchen. Und wie wollen Sie das anstellen? Für wie viele Menschen dürfte Connington wohl bereits Pläne geschmiedet haben? Jedenfalls keine, die sie auf den Mond bringen würden, stimmt's? Warum lassen Sie mich also nicht in Ruhe?«

»Barker ...«, begann Hawks, dann schüttelte er den Kopf. »Nein, lassen wir das lieber. Es hat keinen Sinn.«

»Hoffentlich bleiben Sie Ihren edlen Prinzipien auch weiterhin treu.«

Hawks seufzte. »Schön. Noch etwas – die Versuche werden jetzt Tag für Tag fortgesetzt, falls die astronomischen Bedingungen es erlauben. Sie werden nicht aufhören, bis Sie die andere Seite des Gebildes erreicht haben. Wenn wir erst einmal in Schwung sind, lassen wir uns nur noch schwer aufhalten. Aber wenn Sie jemals das Gefühl haben, Sie möchten eine Pause einlegen – um sich zu erholen, um an Ihren Autos herumzubasteln, irgendetwas –, sagen Sie es mir, damit ich alles veranlassen kann. Wir ...«

Barker verzog den Mund. »Hawks, ich bin hier, um etwas zu tun. Ich habe vor, es zu tun. Sonst will ich nichts. In Ordnung?«

Hawks nickte. »In Ordnung, Barker.« Er nahm die Hände aus den Taschen. »Hoffentlich dauert es nicht allzu lange.«

Hawks ging den Flur entlang, bis er den Kartenraum erreicht hatte. Er klopfte kurz und trat ein. Die in dem Raum beschäftigten Männer sahen auf, dann beugten sie sich wieder über die Karte des Gebildes, die den zwanzig Quadratmeter großen Tisch in der Mitte des Raums fast völlig bedeckte. Nur der verantwortliche Offizier – ein Oberleutnant der Küstenwache – kam Hawks entgegen, während die anderen an der Karte weiterarbeiteten. Sie bedeckten die plastikbeschichtete Oberfläche mit verschiedenfarbigen Markierungen. Einer der Männer stand neben dem Tonbandgerät und ließ das Band ablaufen, das Barkers Angaben enthielt.

Barkers Stimme klang leise und gequält aus dem Lautsprecher. »Das *habe* ich doch bereits erklärt!«, sagte er gerade. »Es war ein wolkenähnliches Gebilde … blau … und im Innern schien sich etwas zu bewegen. Kein Lebewesen …«

»Ja, das wissen wir«, antwortete die Stimme einer der Männer geduldig. »Aber wie weit war es von dem weißen Sandhügel entfernt, auf dem Sie standen? Wie viele Schritte?«

»Schwer zu sagen. Sechs, höchstens sieben.«

»Aha. Und es befand sich genau rechts von Ihnen, wenn Sie geradeaus sahen? Schön, was taten Sie dann?«

»Ich ging ungefähr drei Meter auf diesem Grat entlang und bog dann nach links ab, weil er an dieser Stelle um die rote Felsnadel herumführte. Dann …«

»Können Sie sich noch erinnern, wo sich die blaue Wolke von Ihnen aus gesehen befand, als Sie diese Änderung Ihrer bisherigen Bewegungsrichtung durchführten?«

»Ich konnte sie undeutlich erkennen, wenn ich über meine rechte Schulter zurücksah.«

»Ausgezeichnet. Würden Sie Ihren Kopf jetzt bitte in die gleiche Richtung drehen, damit ich mir die Sache vorstellen kann? Danke. Also etwa in einem Winkel von zwölf Grad von der Verlängerung der Schulterlinie aus gemessen.

Und immer noch sechs oder sieben Schritte in gerader Linie von Ihnen entfernt?«

Der Mann am Tonbandgerät stoppte das Band, spulte es zurück und ließ es noch einmal ablaufen. Dabei machte er sich Notizen auf einem Block.

»Kann ich Ihnen behilflich sein, Doktor?«, erkundigte sich der Oberleutnant bei Hawks. »In spätestens zwei Stunden ist der Bericht fertig. Ich werde ihn sofort zu Ihnen hinaufbringen lassen.«

Hawks lächelte. »Keine Angst, ich will Sie und Ihre Leute keineswegs hetzen oder bei der Arbeit stören. Ich wollte nur hören, wie sich die Sache anlässt. Können Sie mit Barkers Angaben etwas anfangen?«

»Es geht gut voran, Sir. Seine Beschreibung der Einzelheiten innerhalb des Gebildes weichen zwar beträchtlich von denen der anderen ab, aber andererseits waren sie bisher alle verschieden. Die Gefahrenpunkte befinden sich jedenfalls auch bei ihm an den bereits bekannten Stellen. Wir wissen also, dass sich dort irgendetwas befindet – und das genügt völlig.« Der Offizier lächelte zuversichtlich. »Und das ist jedenfalls viel besser, als wenn man nur ein wüstes Gekritzel auf einer Tafel hat und danach arbeiten soll. Der letzte Versuch hat uns bereits mehr Informationen eingebracht als alle anderen vorher zusammengerechnet.« Der Oberleutnant rieb sich den Nacken. »Es ist wirklich eine Erleichterung. Vor einigen Tagen waren wir alle noch überzeugt, dass wir längst pensioniert sein würden, bevor die Karte fertiggestellt sei.«

Hawks lächelte grimmig. »Wir können froh sein, dass ich ein gutes Ergebnis nach Washington melden kann, sonst wäre unser gesamtes Programm bereits geplatzt.«

»Oh? Dann müssen wir gut auf ihn aufpassen.« Der Offizier schüttelte den Kopf. »Hoffentlich bleibt er uns noch länger erhalten. Er ist so eine Art Blümlein Rührmichnichtan – jedenfalls uns gegenüber. Aber man kann nicht alles haben. Entscheidend ist schließlich, dass er für Ihre Zwecke brauchbar ist, selbst wenn er hier den wilden Mann herauskehrt.«

»Ja«, antwortete Hawks. Der Mann an dem Tonbandgerät schaltete es aus, ging an die Karte und zeichnete mit Fettstift einen roten Kreis auf das weiße Plastikmaterial. Dann trat er einen Schritt zurück, sah prüfend auf die Karte und nickte befriedigt.

Hawks nickte ebenfalls. »Danke, Oberleutnant.« Er ging in sein Büro hinauf, ließ sich in den Sessel hinter dem Schreibtisch fallen und meldete ein Ferngespräch nach Washington an.

Am Nachmittag des gleichen Tages blieb Barker vier Minuten und achtunddreißig Sekunden im Innern des Gebildes am Leben.

An dem Tag, an dem die Verweildauer auf sechs Minuten zwölf Sekunden gesteigert wurde, betrat Connington Hawks' Arbeitszimmer.

Hawks sah neugierig von seinem Schreibtisch auf. Connington näherte sich langsam. »Wollte mit Ihnen sprechen«, murmelte er, als er sich setzte. »Es schien mir nötig.« Seine Augen wanderten unruhig durch den Raum.

»Warum?«, fragte Hawks.

»Nun – ich weiß es selbst nicht so genau. Es erschien mir nicht ganz richtig, die Angelegenheit im Sand verlaufen zu lassen. Schließlich gibt es – ich weiß nicht, wie Sie darüber denken, aber meiner Meinung nach gibt es ein gewisses System im Leben der Menschen ... Jedenfalls sollte ein System dahinterstecken: Anfang, Mitte und Ende. Eine Art Einteilung in Kapitel.«

»Ich sehe ein, dass manche Menschen dieses System für notwendig halten müssen«, meinte Hawks geduldig.

»Sie geben immer noch keinen Zentimeter nach, nicht wahr?«, sagte Connington.

Hawks schwieg. Connington wartete einen Augenblick, dann wechselte er den Gesprächsgegenstand. »Na, ist ja auch egal«, fuhr er fort, »ich wollte Ihnen nur sagen, dass ich gekündigt habe.«

Hawks lehnte sich in seinen Sessel zurück und sah ihn ausdruckslos an. »Wo wollen Sie hin?«

Connington machte eine ausholende Handbewegung. »An die Ostküste. Ich habe schon einen Job in Aussicht.«

»Kommt Claire mit?«

Connington nickte und sah zu Boden. »Ja, sie fährt mit.« Er sah auf und lächelte angestrengt. »Die Geschichte hat ein merkwürdiges Ende, finden Sie nicht auch?«

»Nein, keineswegs. Schließlich entspricht dieses Ende genau Ihren Plänen«, stellte Hawks fest. »Bis auf eine Ausnahme – Präsident von Continental Electronics sind Sie leider nicht geworden.«

Connington lächelte verlegen. »Oh, daran habe ich eigentlich selbst nicht so recht geglaubt. Das habe ich nur gesagt, um Sie ein bisschen anzuspornen.« Er stand rasch auf. »Na, das war dann wohl alles. Ich wollte Ihnen nur berichten, welches Ende die ganze Sache genommen hat.«

»Ende?«, fragte Hawks erstaunt. »Barker und ich sind noch längst nicht fertig.«

»*Ich* schon«, antwortete Connington. »Von heute ab bin ich aus der ganzen Sache heraus. Was jetzt noch geschieht, kann mir piepegal sein.«

»Dann sind Sie als Sieger aus dem Wettbewerb hervorgegangen.«

»Genau«, sagte Connington.

»Es ist immer wieder die gleiche Geschichte. Ein Wettbewerb. Und dann stellt sich ein Sieger heraus, und damit ist wieder ein Abschnitt im Leben der anderen Teilnehmer beendet. Nun gut. Auf Wiedersehen, Connington.«

»Auf Wiedersehen, Hawks.« Connington wandte sich zur Tür und blieb dann zögernd stehen. Er sah über seine Schulter. »Das war wohl alles, was ich sagen wollte …«

Hawks schwieg.

»Ich hätte Ihnen auch schreiben oder Sie anrufen können.« Connington ging auf die Tür zu. »Ich hatte gar keinen Grund, persönlich herzukommen.« Er schüttelte den Kopf und sah fragend zu Hawks hinüber, als erwarte er von ihm eine Antwort auf die unausgesprochene Frage, die ihn beschäftigte.

»Sie wollten nur sicherstellen, dass ich weiß, wer der Sieger ist, Connington«, meinte Hawks mit unbeweglichem Gesicht. »Sonst nichts.«

»Vielleicht haben Sie recht«, antwortete Connington unsicher und verließ den Raum.

Am nächsten Tag, an dem Barker sechs Minuten und neununddreißig Sekunden innerhalb des Gebildes am Leben geblieben war, kam Hawks in das Labor. »Ich habe eben erfahren, dass Sie in die Stadt ziehen wollen, Barker.«

»Wer hat Ihnen das gesagt?«

»Winchell«, antwortete Hawks kurz. »Der neue Personalchef.«

Barker runzelte die Stirn. »Connington hat sich an die Ostküste abgesetzt.« Er zuckte mit den Schultern. »Vorher holte er noch zusammen mit Claire ihre Sachen ab, während ich hier im Labor war. Dann schlugen sie sämtliche Fenster ein, die vom Wohnzimmer auf den Rasen hinausführen. Ich muss alle neu verglasen lassen, bevor ich das Haus zum Verkauf anbieten kann. Das hätte ich von ihm nie erwartet.«

»Warum wollen Sie das Haus nicht behalten? Ich beneide Sie darum, Barker.«

»Das geht Sie nichts an. Kümmern Sie sich gefälligst um Ihren eigenen Kram.«

Aber trotzdem war Barker sechs Minuten neununddreißig Sekunden innerhalb des Gebildes am Leben geblieben.

An dem Tag, an dem Barker sieben Minuten und zwölf Sekunden lang am Leben geblieben war, saß Hawks in seinem Büro und starrte nachdenklich auf eine zerknitterte Karte, als das Telefon klingelte.

Er warf einen kurzen Blick auf den Apparat, zog dann die Schultern hoch und fuhr mit seiner bisherigen Beschäftigung fort. Sein rechter Zeigefinger wanderte langsam über die Karte, folgte einer blauen Linie, die sich zwischen schraffiert dargestellten Gebieten hindurchwand, und erreichte schließlich das nächste rote X. Es sah aus, als habe jemand den taumelnden Pfad der ersten Kreatur aufgezeichnet, die das Meer verlassen hatte, um an Land zu leben, und die sich dann zwischen angespülten Algen und Treibgut einen Weg hatte suchen müssen. Neben jedem roten X befanden sich eine kurze Anweisung, wie der Gefahrenpunkt am besten zu umgehen sei, und ein Vermerk zur relativen Zeit. Hawks las sie langsam, wobei er lautlos die Lippen bewegte, schloss dann die Augen, runzelte die Stirn und wiederholte die Anleitung. Dann öffnete er die Augen und lehnte sich wieder nach vorn.

Das Telefon klingelte immer noch – leise, aber trotzdem drängend. Hawks sah unwirsch auf, dann schob er seinen Stuhl zurück und griff nach dem Hörer. »Ja, Vivian«, sagte er.

Er hörte einige Sekunden zu, bevor er wieder sprach. »In Ordnung. Rufen Sie bei der Wache an, und lassen Sie Dr. Latourette einen Besucherausweis ausstellen. Ich erwarte ihn hier.« Er legte auf und starrte an die nackte Wand seines Arbeitszimmers.

Sam Latourette klopfte leise an der Tür und kam dann herein. Er lächelte scheu, als er mit zaghaften Schritten durch den Raum ging. Sein Anzug war ungebügelt, dazu trug er ein Sporthemd ohne Krawatte. Er hatte sich beim Rasieren geschnitten, und die kleinen Schnitte waren so frisch, als habe er sich erst vor einer halben Stunde rasiert. Sein Haar, noch nass, war sorgfältig gekämmt, ließ aber hier und da die Kopfhaut durchscheinen. Es sah aus, als habe jemand einen Skalp mehr schlecht als recht auf eine alte Pappmascheebüste geklebt.

»Hallo, Ed«, sagte er leise und streckte seine Hand aus, als Hawks aufstand. »Wir haben uns schon lange nicht mehr gesehen.«

»Ja, das stimmt. Setz dich doch, Sam. Hier, in diesen Sessel. Bitte.«

»Hoffentlich störe ich dich nicht allzu sehr«, sagte Latourette, als er sich in den Sessel sinken ließ. Er sah entschuldigend zu Hawks auf. »Die Versuche gehen jetzt bestimmt ziemlich rasch voran.«

»Ja«, antwortete Hawks, während er auf seinem Stuhl Platz nahm. »Ja, das kann man wohl sagen.«

Latourette warf einen Blick auf die Karte, die Hawks zusammengefaltet und an das andere Ende des Schreibtisches geschoben hatte. »Sieht so aus, als hätte ich Barker falsch eingeschätzt.«

»Nicht unbedingt.« Hawks wollte nach der Karte greifen, tat es aber doch nicht, sondern legte die Hände in den Schoß. »Er macht gute Fortschritte. Das ist für uns die Hauptsache.« Er beobachtete Latourette.

»Weißt du«, begann Latourette unsicher, »ich wollte den Job bei Hughes Aircraft eigentlich gar nicht. Ich habe es mir nur eingebildet. Du weißt schon – jeder richtige Mann … jeder Mann möchte arbeiten, wenn es sich irgendwie machen lässt.«

»Ja.«

»Weißt du, eigentlich trinke ich nie. Oh, vielleicht auf einer Party. Früher bestimmt manchmal. Aber nie … weil ich wütend bin oder alles zertrümmern will. So war ich nie.«

»Nein.«

Latourette grinste verlegen. »Ich wollte mir wohl nur selbst einreden, dass ich auf dich wütend sei. Du weißt schon – bis ich mir am Ende selbst wie eine tragische Gestalt vorkomme. Ich wollte nicht mehr arbeiten. Das war der einzige Grund, vermute ich. Ich wollte eigentlich viel lieber in der Sonne sitzen und nichts tun. Ich meine, hier hatte ich ohnehin nichts mehr verloren, und du musstest

Ted Gersten allmählich anlernen. Früher oder später wäre es sowieso nötig gewesen.«

Hawks legte die Hände auf den Tisch. »Sam«, sagte er langsam, »ich weiß heute noch nicht, ob ich damals die richtige Entscheidung getroffen habe.« Er zuckte mit den Schultern. »Es war eine Art Panik, Sam. Ich hatte Angst, weil Barker mir auf die Nerven ging.«

»Das heißt aber noch lange nicht, dass du unrecht hattest«, warf Latourette schnell ein. »Wir wären nie so weit gekommen im Leben, wenn wir nicht ab und zu einen Sprung gemacht hätten. Manchmal muss man sich eben schnell entscheiden. Wir verlassen uns auf diese plötzlichen Eingebungen und stellen dann später überrascht fest, dass es genau das Richtige war. Unser Unterbewusstsein ist in dieser Hinsicht schlauer als wir.« Latourette nahm eine Packung Zigaretten aus der Tasche und fingerte geistesabwesend daran herum. Sein Blick ging ins Leere, als wäre bereits festgeschrieben, was er als Nächstes sagen müsste – und als wäre er sich nicht sicher, ob er schon bereit dazu wäre.

»Morgen gehe ich ins Krankenhaus«, fuhr er schließlich fort. »Es wird allmählich Zeit. Ich meine, ich könnte noch eine Weile draußen bleiben, aber auf diese Weise habe ich es hinter mir. Außerdem hätte ich nichts mehr gegen eine tägliche Dosis Morphium einzuwenden. Die ganze Sache wird ziemlich haarig. Neulich tauchte so ein Kerl aus Washington bei mir auf. Er drückte sich nicht sehr genau aus, aber ich weiß, dass die Regierung froh darüber wäre, wenn ich mich an einem Platz befände, an dem es keine Rolle spielt, was ich nachts im Schlaf erzähle. Big Brother und so.« Er grinste schief.

Hawks hörte ihm schweigend zu.

»Jedenfalls werde ich demnächst aus dem Verkehr gezogen«, stellte Latourette fest. Er blickte auf seine Finger, die immer noch die Zigarette hielten, machte erstaunt »Oh!«, zündete sie sich mit Streichhölzern, die er aus seiner Manteltasche fischte, an und zog. Das Streichholz blies er aus und warf es in den Mülleimer neben Hawks' Schreibtisch, wobei sein Gesicht einen konzentrierten Ausdruck annahm. »Deshalb habe ich mich gefragt, ob du nicht Interesse an der Idee finden könntest, mithilfe des Kontrollbandes einen Doppelgänger von mir herzustellen. Auf diese Art und Weise hättest du mich, also meinen Doppelgänger, im Labor und könntest ihn überall einsetzen, wo eine zusätzliche Arbeitskraft erforderlich scheint. Ich wollte sagen, jetzt nähert sich die Versuchsreihe doch ihrem Höhepunkt, deshalb wäre es bestimmt gut, wenn du mich ...« Seine Stimme sank zu einem undeutlichen Murmeln herab. Er sah unsicher zu Hawks hinüber.

Hawks stand schnell auf und begann, an den Einstellungen der Klimaanlage, die am Fenster hinter seinem Schreibtisch angebracht war, herumzuspielen. Die Knöpfe ließen sich kaum bewegen und rasteten mit einem deutlich hörbaren Klicken in ihren neuen Positionen ein.

»Sam, du weißt genau, dass das letzte Kontrollband von dir sechs Monate alt ist. Wenn wir es jetzt dazu benutzen würden, einen Doppelgänger von dir herzustellen, dann wüsste dieser Doppelgänger überhaupt nichts von unseren in der Zwischenzeit entwickelten Verfahren. Er würde glauben, wir hätten immer noch April.«

»Das weiß ich auch, Ed«, antwortete Latourette leise. »Ich habe dich ja auch nicht um meinen alten Job gebeten. Aber ich wusste ja, dass ich eines Tages kopiert werden würde, also weiß es der Doppelgänger auch. Er wäre nicht überrascht, wenn er etwas anderes zugewiesen bekäme. Ich habe schon darüber nachgedacht. Der Doppelgänger wäre ein wissenschaftlich geschulter Mann, der sich der veränderten Lage in kurzer Zeit anpassen würde.«

»Würde er sich auch an die Arbeit unter Gerstens Aufsicht anpassen?«, fragte Hawks und lehnte sich mit dem Rücken an die Klimaanlage. »Nein, Sam, ganz so einfach ist es nicht. Betrachte es doch einmal von seinem Standpunkt aus. Aus seiner Sicht ging er als stellvertretender Projektleiter in den Scan, und in der nächsten Sekunde kommt er wieder aus dem Empfänger, aber nichts ist mehr, wie es einmal war. Sechs Monate sind vergangen, Gersten hat plötzlich das Sagen, und ein halbes Dutzend Männer sind für ihn plötzlich in Positionen, in denen sie sehr viel mehr Einfluss haben als er. Schön, der Doppelgänger wäre du, er würde das verstehen – aber was würde er *fühlen?* Wie hättest du dich denn damals im April gefühlt, wenn du nach dem Scan die Kammer verlassen und festgestellt hättest, dass alles, aber auch wirklich alles, plötzlich ganz anders ist? Der Doppelgänger hätte mit einer Unzahl von Schwierigkeiten zu kämpfen – gestern noch mein Stellvertreter, heute nur ein einfacher Ingenieur unter vielen, die alten Freunde wissen nicht, was sie zu ihm sagen sollen, wie sie sich ihm gegenüber benehmen sollen, Ted Gersten fühlt sich in seiner Gegenwart unsicher und verlegen, und schließlich läuft hier noch ein Wildfremder namens Barker herum, der es besonders auf ihn abgesehen zu haben scheint. Denk darüber nach, Sam. Ist das nicht genau das, was du gefühlt hättest? Und das stärkste Gefühl von allem wäre die Ungerechtigkeit des Ganzen. Willst du dir das wirklich antun?«

Latourette starrte betroffen zu Boden. »Ganz zu schweigen von der Frage, was in der Zwischenzeit wohl mit Ed Hawks geschehen ist«, sagte er langsam. »Er wüsste nur, dass er ihm das Leben irgendwie schwer macht, aber mehr auch nicht.« Er sah auf. »Mein Gott, Ed, was ist in mich gefahren? Warum tue ich uns das an? Ich wollte dir immer nur helfen, aber trotzdem sieht jetzt alles anders aus. Ich hätte nicht noch einmal zu dir kommen dürfen, Ed. Das hätte ich dir nicht antun dürfen.«

»Warum eigentlich nicht?«, wollte Hawks wissen. »Besitzt du denn nicht einen moralischen Anspruch darauf, dass du an einer Sache weiterarbeiten darfst, für die du dich aufgeopfert hast? Hat ein Todkranker keine Rechte mehr? Und wenn es nur das Recht wäre, noch einmal ein halbes Jahr mit Krebs im Endstadium durchzumachen?« Er sah Latourette an. »Du musst darüber nachgedacht haben, Sam. Du bist der Einzige, von dem ich eine Antwort auf meine Frage erwarten könnte: ›Warum bekommt Sam Latourette nicht das, was ihm eigentlich zusteht?‹ Du hast dich bestimmt damit beschäftigt, nicht wahr?«

Latourette warf ihm einen verzweifelten Blick zu. »Ed, ich hätte nie kommen dürfen.«

»Warum nicht? Du bist in Panik geraten, weil du das Ende nahen siehst. Du hattest das Gefühl, als sei es bald so weit, deshalb musstest du etwas dagegen tun. Ein Mann muss etwas unternehmen – er kann nicht einfach warten, bis er untergegangen ist.«

»Ich hätte nie kommen dürfen!«

»Warum denn nicht? Warum sollte ein Mann sich nicht zu einem Protest aufraffen dürfen, wenn das Leben ihn zu überrollen droht? Warum sollte ein Mann Dingen hilflos ausgeliefert sein, die ihm keinerlei Beachtung schenken?«

Latourette erhob sich mühsam. »Ich habe alles nur schlimmer gemacht«, murmelte er verzweifelt. »Ich habe dir noch eine Last aufgebürdet. Das wollte ich nicht. Jetzt kann ich nur noch auf dem schnellsten Weg verschwinden. Bitte, Ed – vergiss unsere Unterhaltung einfach.« Er ging schnell zur Tür und sah Hawks von dort aus verständnislos an. »Früher wollte ich immer nur das Beste für dich. Und als ich heute zu dir kam, dachte ich nicht anders. Aber ich wollte außerdem noch etwas für mich, und das hat die gute Absicht zunichtegemacht. Irgendwie ist jetzt alles zerstört. Wie konnte das geschehen?«, fragte er hilflos.

»Warum kannst du nicht das bekommen, was dir zusteht?«, fragte Hawks und zuckte mit den Schultern.

»Ed, ich hätte dir das nie antun dürfen – es ist schlimmer als alles andere, was ich je getan habe.«

»Vielleicht verdiene ich es nicht anders, Sam. Ich wünschte, ich …«

»Auf Wiedersehen, Ed«, sagte Latourette und ging rasch hinaus. Hawks ließ sich in einen Sessel fallen und bedeckte das Gesicht mit den Händen.

Hawks ging durch das Labor auf den Transmitter zu, als Gersten unvermutet vor ihm stand. »Ich habe Sie vor einiger Zeit zu erreichen versucht«, sagte er. »Ihre Sekretärin sagte mir, dass Sam Latourette in Ihrem Arbeitszimmer sei, und fragte, ob ich nicht warten könnte.«

Hawks sah ihm ins Gesicht. Gerstens Lippen zitterten, seine Augen waren übermäßig geweitet.

»Tut mir leid«, murmelte Hawks unsicher. »Vivian vergisst manchmal, dass unsere Arbeit immer wichtiger als jeder Besucher ist.« Er sah Gersten fragend an. »War sie unhöflich zu Ihnen?«

»Nein – eigentlich sogar recht freundlich. Und schließlich war die Sache nicht besonders wichtig.« Gersten wollte wieder gehen.

»Bleiben Sie noch einen Augenblick hier«, sagte Hawks. »Was ist los?«

Gersten drehte sich um. Er holte tief Luft, als wolle er etwas sagen, überlegte es sich dann aber doch anders. Nach einem Moment fragte er ruhig: »Bin ich immer noch Ihr Stellvertreter?«

»Warum denn nicht?«, wollte Hawks wissen. »Warum sollte ich Sam zurückgeholt haben? Ich habe Sie immer für einen Mann mit Selbstvertrauen gehalten. Sie leisten gute Arbeit.« Hawks begann, sich mit einer Hand die verkrampften Nackenmuskeln zu massieren. »Ich sehe ein, dass ich Ihnen schon früher größere Verantwortung hätte geben können. Ich – äh – es tut mir leid, dass ich mir nicht eher die Zeit genommen habe, Sie näher kennenzulernen.« Hawks ließ die Hand sinken und zuckte mit den Schultern. »So ist es nun einmal im Leben. Schade, wenn es einem guten Mann passiert. Sonst kann ich nichts dazu sagen.«

Gersten biss sich auf die Lippe. »Meinen Sie das auch wirklich? Ich weiß nie, was in Ihnen vorgeht.«

Hawks zog die Augenbrauen in die Höhe. »Seltsam, dass Sie das ausgerechnet mir sagen.«

Gersten schüttelte irritiert den Kopf. »Damit kann ich schon wieder nichts anfangen, Hawks.« Er sah ihm in die Augen. »Das hier ist der beste Job, den ich bisher gehabt habe. Es ist auch der wichtigste. Ich bin fast fünf Jahre jünger als Sie. Ob ich allerdings genauso gut bin, ist eine andere Frage. Nehmen wir einmal an, ich wäre es – was für Chancen hätte ich dann Ihrer Meinung nach, innerhalb der nächsten fünf Jahre ebenso weit zu kommen wie Sie?«

Hawks runzelte die Stirn. »Nun, das weiß ich nicht genau«, meinte er nachdenklich. »Das hängt von einigen anderen Dingen ab. Vor fünf Jahren beschäftigte ich mich gerade mit diesem Ding da ...« Er wies auf den Transmitter. »Zufällig interessierte sich die Navy dafür, sonst befände es sich wohl noch im Experimentierstadium. Aber das ist an und für sich kein Kriterium. Was ankommt, ist nicht notwendigerweise das Beste ... wenn es das überhaupt gibt.« Hawks zuckte mit den Schultern. »Ich kann es Ihnen nicht sagen, Ted. Wenn Sie eine grundsätzliche Erfindung haben, an der Sie in Ihrer Freizeit arbeiten wollen, wie ich es getan habe, als ich noch bei RCA war, können Sie es weit bringen – die Möglichkeiten dazu sind praktisch unbegrenzt.« Er zuckte wieder mit den Schultern. »Es hängt natürlich vor allem von Ihnen ab, Ted.«

Gersten runzelte die Stirn. »Ich weiß nicht. Ich weiß einfach nicht recht. Tut mir leid, dass ich vorher wegen dieser Kleinigkeit eingeschnappt bin. Sie haben bestimmt wichtigere Probleme als mimosenhaft veranlagte Ingenieure ...« Er grinste Hawks verlegen an. »Als ich während des Krieges zur Armee eingezogen wurde«, fuhr er etwas selbstbewusster fort, »bewarb ich mich um Aufnahme in die Offiziersakademie. Vorher wurde ich zur Vorstellung bei einem Prüfungsoffizier befohlen. Dieser Mann, ein ehemaliger Sergeant, der zum Leutnant befördert worden war, stellte mir einige Fragen, füllte meinen Fragebogen aus, dann drehte er ihn um, leckte die Spitze seines Bleistiftes nass und schrieb: ›Der Kandidat scheint Sprachschwierigkeiten zu haben. Diese könnten ihn unter Umständen in der Erfüllung seiner Aufgaben als Truppenführer behindern.‹ Dann zeigte er mir die Beurteilung – und das war es.« Gersten beobachtete Hawks' Gesichtsausdruck. »Was halten Sie davon?«

Hawks zog die Augenbrauen hoch. »Was fing die Armee dann mit Ihnen an?«

»Ich wurde auf die Fernmeldeschule in Fort Monmouth geschickt.«

»Das heißt also, dass Sie diesem Zufall Ihre jetzige Position verdanken?«

Gersten runzelte die Stirn. »Kann sein«, gab er schließlich zu. »So habe ich die ganze Sache bisher noch nie gesehen.«

»Nun, ich kenne Sie zu wenig, Ted, aber ich persönlich hätte einen miserablen Karriereoffizier in der Navy abgegeben. Und in der Armee wäre es mir vermutlich nicht besser gegangen.« Hawks verzog das Gesicht. »Überlassen Sie mir ruhig das Problem Sam Latourette.« Er sah Gersten entschuldigend an. »Vielleicht können wir uns ein bisschen besser kennenlernen, wenn wir mit der Versuchsreihe erst einmal über den Berg sind.«

Gersten schwieg. Er starrte Hawks an, als überlege er noch, welches Gesicht er aufsetzen solle. Dann zuckte er gleichgültig mit den Schultern. »Worüber ich mich übrigens mit Ihnen unterhalten wollte, war die Sache mit der

Verstärkung der ausgesendeten Impulse. Meiner Meinung nach müssten wir das Verfahren so …«

Die beiden Männer gingen nebeneinander weiter und fachsimpelten dabei eifrig.

Einen Tag, nachdem Barker sieben Minuten und neunundvierzig Sekunden lang innerhalb des Gebildes am Leben geblieben war, mussten die Versuche für einige Zeit eingestellt werden, weil der Übertragungswinkel so klein geworden war, dass die Ionosphäre der Erde den Transmitter störte. Die Anlage wurde in der Wartezeit von Grund auf überholt, und Hawks beaufsichtigte die nötigen Arbeiten selbst.

An dem Tag, an dem die Versuche fortgesetzt werden konnten, erschien Barker pünktlich im Labor.

»Sie haben abgenommen«, stellte Hawks fest.

»Sie sehen selbst nicht so blühend aus.«

An dem Tag, an dem Barker acht Minuten einunddreißig Sekunden lang innerhalb des Gebildes am Leben geblieben war, rief Benton Cobey bei Hawks an und bat ihn zu einer Besprechung in sein Büro.

Hawks betrat den Raum und versenkte die Hände in den Taschen seines frisch gewaschenen Laborkittels, bevor er sich die anderen ansah, die um den Konferenztisch saßen. Cobey erhob sich von seinem Stuhl.

»Dr. Hawks, Sie kennen doch Carl Reed, unseren Wirtschaftsprüfer«, sagte er und zeigte auf den zurückhaltend wirkenden großen Mann mit Halbglatze, der neben ihm saß. Reeds große Hände lagen auf einem Stapel Papier, offenbar Auszüge aus der Buchhaltung.

»Wie geht es Ihnen?«, fragte Hawks.

»Danke, ausgezeichnet. Und Ihnen?«

»Und das hier ist Commander Hodge«, sagte Cobey und nickte dem Verbindungsoffizier der Navy zu. Hodge hatte seine Mütze abgenommen und vor sich auf den Tisch gelegt. Die goldenen Abzeichen darauf glänzten im Licht der Deckenlampe.

»Ja, natürlich«, meinte Hawks mit einem schwachen Lächeln, das ebenso erwidert wurde. Er setzte sich Cobey gegenüber an das andere Ende des Tisches. »Weshalb sind wir hier zusammengekommen?«, fragte Hawks.

Cobey warf Reed einen Blick zu. »Am besten fangen wir gleich damit an ...«

Reed nickte. Er lehnte sich leicht nach vorn und schob Hawks ein Blatt Papier zu.

»Das hier ist eine Aufstellung der Beträge, die wir bis jetzt für Ihr Labor investiert haben«, erklärte er dazu.

Hawks nickte.

»Die Aufstellung umfasst sowohl die Kosten für die ursprüngliche Ausrüstung als auch die Gelder, die im vergangenen Geschäftsjahr für Neuanschaffungen und Ersatzteile ausgegeben werden mussten.«

Hawks nickte wieder. Er sah zu Cobey hinüber, der das Kinn in die Hände stützte und auf den Zettel vor Hawks starrte. Dann warf er einen Blick auf Hodge, der sich in seinen Sessel zurücklehnte und sich mit leeren Augen gedankenverloren mit dem Zeigefinger über die Wange strich.

»Dr. Hawks«, begann Reed, »als ich diese Zahlen überprüfte, kam ich auf den Gedanken, dass wir nach einer Möglichkeit suchen müssten, die ganze Sache etwas – äh – etwas rentabler anzupacken. Und ich glaube, dass wir diese Möglichkeit gefunden haben.«

Hawks sah ihn neugierig an.

»Ich habe Mr. Cobey meinen Vorschlag bereits ausführlich erklärt«, fuhr Reed fort. »Er stimmt mit mir überein, dass ich ihn Ihnen ebenfalls unterbreiten sollte.«

Cobeys Mundwinkel zuckten nervös.

»Deshalb haben wir uns zunächst mit Commander Hodge in Verbindung gesetzt«, schloss Reed, »um sicherzustellen, dass die Navy nichts gegen eine Änderung des Versuchsablaufs hat – vorausgesetzt, dass dadurch die Effizienz des Verfahrens nicht beeinträchtigt wird.«

Hodge schien immer noch verhältnismäßig desinteressiert zu sein. »Wir sparen natürlich gern Geld. Besonders dann, wenn wir die Kosten ohnehin aus unserem Sonderbudget bestreiten müssen, weil wir dem Kongress nichts davon erzählen dürfen.«

Hawks nickte.

Die anderen schwiegen, dann starrte Cobey Hawks an. »Nun, was ist, wollen Sie es sich anhören, Doktor?«

»Selbstverständlich«, antwortete Hawks. Er sah sich um. »Tut mir leid – ich wusste wirklich nicht, dass Sie alle auf mich warteten.« Er sah zu Reed hinüber. »Bitte, fahren Sie fort.«

»Schön«, meinte Reed und sah auf die Zahlen hinunter, »mir fiel auf, dass offensichtlich eine Menge Geräte benötigt werden, die völlig gleich sind. Hier ist zum Beispiel eine Anforderung über hundert Voltmeter desselben Typs. Und hier ist eine Bestellung von …«

»Stimmt. Ein großer Teil unserer Laborausstattung besteht aus Geräten, die mit anderen Geräten des gleichen Typs gekoppelt werden.« Hawks sah einen nach dem anderen aufmerksam an. »Wir müssen eine Vielzahl von Arbeitsgängen gleichzeitig ablaufen lassen. Wir hatten nie genügend Zeit, Geräte zu entwickeln, die diese verhältnismäßig große Anzahl von Funktionen gleichzeitig erfüllen können. Wir mussten handelsübliche Geräte benutzen und die mangelnde Kapazität durch Einsatz größerer Stückzahlen kompensieren.« Er machte eine kurze Pause. »Tausende von Ameisen sind nötig, um ein Pfund Zucker fortzuschaffen«, sagte er schließlich noch.

»Ein hübscher Vergleich, Hawks«, warf Cobey ein.

»Ich wollte nur erklären, dass ...«

»Machen Sie bitte weiter, Reed.«

»Nun ...« Reed lehnte sich über den Tisch. »Dr. Hawks, ich möchte nicht, dass Sie mich für eine Art Menschenfresser halten. Aber schließlich haben wir eine Menge Geld in Ihr Labor investiert, und soweit ich die Sache beurteilen kann, gibt es keinen Grund, warum wir nicht Ihre Maschine benutzen sollten, um Kopien sämtlicher Geräte in jeder benötigten Menge herzustellen. Ich kann nicht verstehen, warum Continental Electronics diese Geräte selbst herstellen oder von anderen Firmen kaufen muss. Allmählich haben wir den Punkt erreicht, an dem sich nicht einmal die festen Betriebskosten berechnen lassen. Und ...«

»Mr. Reed«, unterbrach ihn Hawks.

Reed sah auf. »Ja?«

Hawks rieb sich das Kinn. »Ich sehe ein, dass Sie sich in einer schwierigen Lage befinden. Und ich verstehe, dass Ihr Vorschlag von Ihrem Standpunkt aus gesehen völlig vernünftig ist. Aber ...«

»Schon gut, Hawks«, sagte Cobey. »Los, bringen Sie Ihre Einwände vor.«

»Nun, Mr. Reed«, fuhr Hawks fort, »kennen Sie das Prinzip, nach dem meine Maschine arbeitet?«

»Nicht sehr genau, fürchte ich«, antwortete Reed geduldig.

»Also, ich will es Ihnen so einfach wie möglich erklären. Die Maschine macht aus einem Gegenstand eine Anzahl von systematisch aufeinanderfolgenden Stromstößen. Elektrizität. Ein Signal, wie bei einem Sendemast. Diese Impulse werden nun in andere Gerätekomponenten geleitet, wie bei einem Radio, dessen Schaltkreisen Impulse aus dem Sendemast zugeleitet werden. Wenn sie nun am anderen Ende dieser Geräteteile wieder herauskommen, werden die Impulse nicht durch einen Lautsprecher hörbar gemacht, sondern auf den Mond übertragen, nachdem sie mehrmals auf Genauigkeit kontrolliert worden sind. Dazu dienen diese Komponenten vor allem – sie kontrollieren die Beständigkeit der Impulse. Das ist der springende Punkt. Die Reproduktionsgenauigkeit hängt nämlich von der Beständigkeit ab, mit der die Impulse in den Transmitter gelangen. Wenn wir also für Kontrollzwecke Geräte verwenden würden, die selbst reproduziert worden sind, während wir höchst komplizierte Versuchsobjekte übertragen, wie zum Beispiel einen Menschen, würden wir damit nur erreichen, dass der Unsicherheitsfaktor größer wird, als wir in diesem speziellen Fall verantworten können. Habe ich mich deutlich genug ausgedrückt?«

Reed runzelte die Stirn.

Cobey hob die Augenbrauen und sah Hawks über den Tisch hinweg an.

Hodge nahm seine Uniformmütze vom Tisch auf und polierte nachdenklich den Schirm.

»Ist das alles, Dr. Hawks?«

Hawks nickte.

Reed zuckte verlegen mit den Schultern. »Hören Sie zu«, sagte er dann, »ich sehe Ihre Begründung nicht ganz ein. Ich verstehe, dass die Originalteile Ihrer Maschine nicht reproduziert sein dürfen, weil der Abtaster dadurch nicht richtig arbeiten würde, aber ...«

»Oh, die Maschine würde tadellos funktionieren«, unterbrach ihn Hawks. »Wie gesagt, es handelt sich dabei nur um einen Kontrollkreis, der durchaus nicht entscheidend ist.« Hawks sah Reed an. »Die Arbeitsweise der Maschine wird dadurch nicht beeinflusst – doch die Ergebnisse.«

Reed schlug mit der flachen Hand auf den Tisch und schüttelte den Kopf.

Cobey wandte sich an den Offizier. »Was halten Sie davon?«

Hodge legte seine Mütze wieder auf den Tisch. »Ich habe Dr. Hawks' Ausführungen so verstanden: Wenn man eine automatische Drehbank automatische Drehbänke herstellen lässt, genügt der kleinste Fehler in einer dieser Maschinen, um Milliarden anderer Maschinen herzustellen, die völliger Ausschuss sind.«

»Der Teufel soll Sie holen, Hawks, warum haben Sie es nicht gleich so erklärt?«, fragte Cobey wütend.

An dem Tag, an dem Barker neun Minuten dreißig Sekunden innerhalb des Gebildes am Leben geblieben war, sprach Hawks mit ihm. »Ich mache mir allmählich Sorgen. Wenn Ihre Zeit innerhalb des Gebildes noch wesentlich länger wird, besteht die Gefahr, dass der Kontakt zwischen M und

L zu schwach wird. Die Leute in dem Kartenraum berichten bereits, dass Ihre Angaben immer unzuverlässiger werden.«

»Dann sollen sie es doch selbst einmal versuchen! Vielleicht können sie es besser.« Barker fuhr sich mit der Hand über die Stirn. Seine Augen lagen tief in den Höhlen.

»Das wollte ich damit nicht sagen.«

»Ich weiß. Sie brauchen sich keine Sorgen zu machen, ich bin fast am anderen Ende angelangt.«

»Das haben sie mir nicht gesagt«, meinte Hawks überrascht.

»Sie wissen es auch gar nicht. Aber ich habe da so ein Gefühl.«

»Ein Gefühl?«

»Doktor, auf der Karte erscheint schließlich nur das, was ich jeden Tag berichte. Es hat weder Anfang noch Ende – wenn ich nicht ein Ende setze.« Barker zeigte auf die Maschinen. »So ein Haufen Zeug, Doktor, und am Ende hängt doch alles von einem einzigen Menschen ab.« Er sah Hawks an. »Von einem Menschen und seinem Geist. Oder vielleicht von zwei Männern? Ich weiß es nicht. Was halten Sie davon, Hawks?«

Hawks warf ihm einen Blick zu. »Ich interessiere mich nicht für Ihre Gedanken, Barker. Lassen Sie mir also meine. Ich muss telefonieren.«

Hawks ging in die Telefonzelle und wählte eine externe Nummer. Während er wartete, starrte er die alte vertraute nackte Wand an. Plötzlich durchzuckte ihn eine heftige Regung, und er schlug mit der flachen Hand heftig gegen den Beton. Dann klickte es im Hörer, als abgenommen wurde. »Hallo? Elizabeth? Hier … spricht Ed. Hören Sie zu … Elizabeth … Oh, bei mir ist alles in Ordnung. Viel zu tun. Hören Sie, haben Sie heute etwas Zeit für mich? Ich bin noch nie mit Ihnen ausgegangen … Einverstanden? Gut …« Hawks lächelte die Wand an. »Danke schön, Elizabeth.« Er legte auf und ging. Ein Blick über die Schulter verriet ihm, dass Barker ihn beobachtet hatte.

ACHTER TEIL

»Elizabeth …«, begann er, dann machte er eine ungeduldige Handbewegung. »Nein. Jetzt wollte ich wieder einmal alles auf einmal sagen. Das passiert mir in letzter Zeit öfter.«

Sie standen auf einem Felsvorsprung hoch über der Brandung und sahen auf die Wogen hinunter, die sich an den Felsen brachen. Hawks hatte den Kragen seiner Tweedjacke hochgeschlagen und hielt sie mit einer Hand zu. Elizabeth trug einen leichten Mantel und ein dazu passendes Kopftuch. Sie lächelte zu ihm auf und zeigte auf den Mond, der hinter den Wolken erschien und die dahinziehenden Wolken sanft schimmern ließ. »Sie haben wirklich ein romantisches Fleckchen Erde für uns ausgesucht, Hawks.«

»Ich … ich bin nur so herumgefahren. Ich bin nicht absichtlich hergekommen.« Hawks sah sich um. »Ich bin kein eiskalter Plänemacher, Elizabeth. Ich kann mich zwar für Vernunft und Logik begeistern, aber …« Er zuckte mit den Schultern. »Nein, ich möchte Ihnen so viel sagen. Heute Abend. Gleich jetzt.« Er drehte sich zu ihr um, blickte ihr aber starr über die Schulter auf die leere Straße, an der er sein Auto geparkt hatte, und auf den weiten Osthimmel darüber. »Ich weiß selbst noch nicht, was ich sagen möchte. Aber es muss einfach heraus. Wenn Sie zuhören wollen.«

Hawks schüttelte den Kopf, dann steckte er die Hände in die Taschen und richtete sich auf.

»Bitte.«

»Wissen Sie ... während des Zweiten Weltkrieges wollten die Deutschen nicht einsehen, dass Mikrowellen-Radar für militärische Zwecke verwendbar sei. Ihre Unterseeboote waren mit Empfängern ausgerüstet, die ein Warnsignal gaben, wenn das Boot mit Radar geortet wurde. Aber diese Geräte arbeiteten nur auf verhältnismäßig großen Wellenlängen. Wir installierten damals Mikrowellen-Radar auf Flugzeugen und Zerstörern und erwischten damit die deutschen U-Boote, wenn sie nachts auftauchten, um ihre Batterien aufzuladen. Aber bevor wir das tun konnten, mussten wir einen dieser Empfänger in die Hände bekommen, um ihre Leistungsgrenzen ermitteln zu können. Zufällig erhielt ich einen. Ein Unterseeboot war mit Wasserbomben zum Auftauchen gezwungen worden, und unsere Leute hatten das Gerät noch ausbauen können, bevor das Boot sank. Der Empfänger wurde mit einem Kurierflieger von einem Flugzeugträger aus und dann mit einem Auto in das Labor gebracht, in dem ich arbeitete. Keine zwölf Stunden, nachdem das U-Boot versenkt worden war, lag er auf meinem Tisch.

Ich sah es mir an. Das Gehäuse war durch Bombensplitter beschädigt, es wies Salzwasserflecken auf, überall waren Ölspritzer und chemische Rückstände und so. Es war einfach kaputt. Aber ich war ein enthusiastischer kluger Kopf mit ausgezeichneten Empfehlungen, dem es gefiel, als Wunderkind angesehen zu werden.« Hawks verzog das Gesicht. »Ich sagte mir so etwas wie ›Hmm, es sollte nicht allzu schwer sein, hinter die Funktionsweise zu kommen. Ich beseitige erst einmal den ganzen Schmutz hier, und dann …‹, und so weiter. Um ein besonders großes Loch herum war Blut angetrocknet, aber für mich war das nur Teil der Verschmutzung. Offensichtlich muss ein Matrose direkt danebengestanden haben, dachte ich ganz professionell – ich bin ja selbst nie zur See gefahren. Aber dann bog ich das Gehäuse auseinander, Elizabeth, und fand ein menschliches Herz im Innern, mitten zwischen den Drähten und Röhren!«

»Und was taten Sie dann?«, fragte Elizabeth nach einer Weile.

»Ich wurde meinem Ruf als Wunderknabe gerecht und rekonstruierte das Gerät. Von dann ab benutzten wir Mikrowellen-Radar und gewannen den Krieg.

Wissen Sie – wenn ein Mann stirbt, sagen die Leute meistens: ›Nun, er hatte ein erfülltes Leben und ist friedlich eingeschlafen.‹ Oder: ›Armer Kerl – noch so jung, er hat ja kaum etwas vom Leben gehabt.‹ Aber der Tod ist nicht einfach ein unberechenbarer Zufall, der früher oder später dem Leben der Menschen ein Ende setzt. Er löscht einen *ganzen* Menschen aus – den Jungen, der in die Schule ging, den jungen Mann, der sein Mädchen küsste, seine fröhlichen Launen, seine traurigen Augenblicke, sein Lachen und sein Lächeln. Ob er nun früher oder später stirbt, wie könnte der Sterbende jemals auf den Gedanken kommen, er habe *genug* vom Leben gehabt – oder nicht genug? Wer sollte das ermessen? Wie kann jemand *erkennen*, dass seine Zeit gekommen ist? Nur der Körper des Menschen erreicht ein Stadium, in dem er sich nicht mehr bewegen kann. Aber sein Geist, selbst wenn er schon lange senil ist und von den absterbenden Zellen des Gehirns erstickt wird, funktioniert immer noch, solange elektrische Ströme von Zelle zu Zelle fließen. Wie kann dieser Geist jemals zu sich selbst sagen: ›So, dieses Leben hat sein logisches Ende erreicht‹, und sich einfach abschalten? Wer kann sagen: ›Ich habe genug gesehen‹? Sogar ein Selbstmörder muss sich eine Kugel in den Kopf jagen, um diese Eigenschaft seines Geistes zu zerstören, die ihn nicht zur Ruhe kommen lässt. Der menschliche Geist, Elizabeth – Intelligenz, die Fähigkeit, das Universum zu sehen, das Nachdenken vor jedem Schritt, vor jedem Griff – wie könnte das alles anders als weiterleben und das Leben in sich aufnehmen?«

Hawks machte eine weit ausholende Handbewegung und wies auf das Meer vor ihnen. »Sehen Sie sich das an! Ihr ganzes Leben lang werden Sie sich daran erinnern! Und ich ebenfalls. Wenn wir sterben, werden wir uns immer noch hierher zurückversetzen können, werden wir wieder hier *sein*. Zeit, Raum, Entropie – keine Kraft des Universums kann uns das nehmen, außer es bringt uns um, außer es vernichtet uns mit einem Schlag.

Aber das Universum *stirbt*! Die Sterne verzehren ihre Substanz. Die Bewegungen der Planeten werden langsamer. Die Planeten fallen auf ihre Sonnen zu. Die Atome, aus denen alles zusammengesetzt ist, werden ebenfalls langsamer. Dieser Prozess dauert schon Milliarden von Jahren und geht unaufhaltsam weiter. Alles wird langsamer. Eines Tages werden alle Bewegungen aufhören. Nur eine Sache in diesem zerfallenden Universum wächst, dehnt sich aus und *erkämpft* sich den Weg nach oben. Der menschliche Geist ist als einziger diesem alles beherrschenden Gesetz nicht unterworfen. Das Universum zerstört unsere Körper, es drückt sie mit der Schwerkraft nieder, es drückt und drückt, bis unser Herz schließlich ermüdet, bis die Adern brüchig werden, bis das Gewebe erschlafft und die Knochen nachgeben. Unsere Lunge kann nicht mehr genug Luft in uns hineinpumpen, die anderen Organe erfüllen ihre Funktionen allmählich immer schlechter. Vom ersten Tag unseres Lebens an zerstört das Universum unseren Körper Stück für Stück, bis wir nicht mehr lebensfähig sind. Und auf diese Weise zerstört es schließlich auch das Gehirn.

Aber unser *Geist* ... Das ist die Kostbarkeit, das ist das Phänomen, das nichts mit Raum und Zeit zu tun hat, das sie sich nur zunutze macht, um sich ein Bild von dem Leben zu machen, das unser Körper in dem physikalischen Universum führt.

Ich erinnere mich noch an einen Abend, als ich zusammen mit meinem Vater einen späten Spaziergang machte. Es hatte frisch geschneit, und wir gingen eine dunkle Straße entlang, die eben erst frisch geräumt worden war. Die Nacht war kalt und klar, Mond und Sterne leuchteten am Himmel, der Schnee knirschte unter unseren Schritten und glitzerte im Sternenlicht. Und an einer Straßenecke stand eine Laterne. Dort machte ich eine Entdeckung. Die Kälte hatte mir das Wasser in die Augen getrieben, und wenn ich sie zusammenkniff, zerstreuten die Tränen das Licht, sodass alles – der Mond, die Sterne, die Straßenlaterne – einen Lichthof um sich herum hatte. Der Schnee glitzerte wie gesponnenes Glas, und die Sterne waren zu einem durchsichtigen Netz verwoben. Ich ging durch ein wunderbares Universum und hätte am liebsten vor Freude geweint.

Dieses Bild habe ich jahrelang in meinem Herzen mit mir herumgetragen. Es ist immer noch dort. Aber der entscheidende Punkt ist für mich immer noch, dass das Universum es nicht geschaffen hatte. Ich hatte es geschaffen. Ich sah es nur, weil ich es sehen wollte. Ich nahm die Sterne, die nur ferne Sonnen sind, die Nacht, den Schatten der Erde, den Schnee, einen Aggregatzustand des Wassers, und die Tränen in meinen Augen – und daraus schuf ich mir ein Zauberreich. Niemand hat es jemals gesehen. Niemand hat es jemals betreten. Nicht einmal ich selbst kann dorthin zurückkehren, es liegt achtunddreißig Jahre weit von hier in der Vergangenheit zurück und verdankt seine Existenz nur der Fantasie eines Kindes. Nur an einem Ort ist es noch erhalten. In mir, Elizabeth – in *meinem* Leben. Aber ich werde eines Tages sterben, und wo bleibt es dann?«

Elizabeth sah zu ihm auf. »Vielleicht ein bisschen in mir – in meinem Leben? Zusammen mit den anderen Erinnerungen an dich?«

Hawks sah sie an. Dann streckte er die Arme nach ihr aus und vorsichtig, wie ein Kind, das eine Schneeflocke halten will, umarmte er sie. »Elizabeth, meine Elizabeth«, flüsterte er. »Jetzt sehe ich erst, was du mir ermöglichst.«

»Ich liebe dich.«

Sie gingen am Strand entlang zu ihrem Wagen. »Als ich ein kleines Mädchen war«, erzählte sie, »bemühte meine Mutter sich um eine Filmrolle für mich. Ich erinnere mich noch deutlich an den Tag, als ein Mädchen gesucht wurde, das die Tochter eines mexikanischen Schafhirten spielen sollte. Meine Mutter zog mich also entsprechend an und kaufte mir sogar einen Rosenkranz, den ich in der Hand halten musste. Sie flocht mir zwei dicke Zöpfe, zog meine Augenbrauen schwarz nach und fuhr mit mir in das Studio der Filmgesellschaft. Als wir wieder zu Hause angelangt waren, kam eine alte Tante von mir auf Besuch. ›Hat es wohl nicht gekriegt, was?‹, fragte sie in ihrer direkten Art. Meine Mutter schüttelte wütend den Kopf. ›Der reinste Betrug!‹, antwortete sie heftig. ›Es war einfach schrecklich! Dabei hatte Elizabeth den Vertrag praktisch bereits in der Tasche. Aber dann tauchte eine Frau mit einem Mexikanerbalg an der Hand auf – und die Filmfritzen haben ihr die Rolle gegeben!‹ Meine Mutter weinte damals beinahe vor Wut.«

Hawks legte ihr den Arm um die Schultern und zog sie an sich. Er sah auf das Meer hinaus, dann hob er den Kopf zu den Sternen. »Hier ist es wunderschön!«, sagte er leise. »Wirklich wunderschön.«

NEUNTER TEIL

1

Barker lehnte sich gegen einen Stahlschrank, als Hawks morgens ins Labor kam und zu ihm hinüberging.

»Wie fühlen Sie sich?«, fragte Hawks und sah ihn scharf an. »Alles in Ordnung?«

Barker lächelte leicht. »Was wollen Sie denn, Doktor? Mit mir die Säbel kreuzen, bevor der letzte Kampf beginnt?«

»Ich habe Sie etwas gefragt.«

»Mir geht es ausgezeichnet. Voller Schwung und Begeisterung. Okay, Hawks? Was möchten Sie denn von mir hören? Dass ich vor Stolz kaum noch laufen kann? Dass ich mich zutiefst geehrt fühle, weil ich meine bescheidene Kraft in den Dienst der Wissenschaft und des Fortschritts stellen darf? Dass ich dem heutigen Tag entgegengefiebert habe, weil er die Entscheidung bringen wird? Ich habe bereits genügend Orden, Doktor – geben Sie mir lieber ein paar Aspirin.«

Hawks sah ihn ernst an. »Barker, sind Sie ganz sicher, dass Sie es heute schaffen werden?«

»Wie kann ich das sicher wissen? Vielleicht ist das Gebilde so konstruiert, dass ich einfach nicht kann. Vielleicht bringt es mich aus purem Mutwillen um. Diese Frage kann ich Ihnen nicht beantworten. Ich kann Ihnen nur versprechen, dass ich das Ende des einzigen sicheren Weges fast erreicht habe. Wenn die nächsten Schritte mich nicht nach draußen bringen, gibt es keinen anderen Weg. Dann ist es doch eine Konservendose, und ich habe den Boden erreicht. Aber wenn es etwas anderes ist – dann werde ich es heute schaffen.«

Hawks nickte. »Mehr kann ich nicht von Ihnen verlangen. Danke.« Er sah sich um. »Ist Gersten bei dem Transmitter?«

Barker nickte. »Er sagte, dass wir in einer halben Stunde anfangen könnten.«

»Schön«, meinte Hawks. »Sie können sich schon einmal das Unterzeug anziehen. Aber es wird etwas länger dauern. Ich muss zuerst noch in den Abtaster, weil ich Sie heute begleite.«

Barker trat seine Zigarette aus, dann sah er auf. »Ich könnte jetzt eine sarkastische Bemerkung über Leute machen, die triumphierend auf die feindliche Küste zuwaten, nachdem die Insel bereits genommen ist. Aber der Teufel soll mich holen, wenn ich Ihnen das jemals zugetraut hätte.«

Hawks schwieg und ging quer durch das Labor auf den Transmitter zu.

»Sie wussten schließlich genau, dass wir einige Anzüge in Reserve hatten«, sagte Hawks zu Gersten, als er den Schutzanzug anlegte.

»Ja, aber nur für den Fall, dass einer plötzlich unbrauchbar würde«, widersprach Gersten hartnäckig.

»Wir haben immer alle Größen auf Lager gehabt.«

»Hawks, es besteht doch ein Unterschied zwischen der Fähigkeit, etwas zu tun, und es dann tatsächlich zu tun! Ich …«

»Hören Sie, ich werde es Ihnen noch einmal erklären. Wenn wir erst einmal einen sicheren Weg durch das Gebilde gefunden haben, können wir es studieren, auseinandernehmen und wie eine Bombe entschärfen. Und ich bin für das Projekt verantwortlich. Bisher wäre das Risiko zu groß gewesen, aber jetzt ist es durchaus vertretbar, dass ich mir das Ding selbst ansehe. Ich möchte wissen, wie es aussieht, damit ich in Zukunft genaue Anweisungen geben kann. Ist das so schwer zu begreifen?«

»Hawks, wir haben immer noch keine Garantie dafür, dass heute alles klappt!«

»Nehmen wir einmal an, dass doch alles klappt. Dass Barker es heute schafft. Was dann? Dann steht er dort oben und ich hier unten. Glauben Sie denn, dass ich mir das nicht vom ersten Tag an überlegt habe?«

»Auch bevor Sie Barker kennenlernten?«

»Ich wünschte, dass ich ihn nie kennengelernt hätte. Treten Sie einen Schritt zurück, damit die Männer den Anzug schließen können.« Hawks streckte die Arme in die Ärmel des Schutzanzugs.

Er wurde in die Kammer gefahren, die Magneten erfassten ihn, und der Tisch wurde herausgezogen. Die Tür schloss sich und wurde verriegelt. Hawks schwebte mit ausgestreckten Armen und Beinen im Raum, umgeben von den glitzernden Augen der Abtaster. Er schaute durch das gläserne Visier an die Decke. »Legen Sie los, Ted«, murmelte er schläfrig ins Mikrofon, und das Licht ging aus.

Die Lampe in der Empfängerkammer leuchtete wieder auf. Hawks öffnete die Augen und blinzelte. Dann wurde die Tür aufgerissen, und die Männer schoben den Tisch unter ihn. Das Magnetfeld wurde schwächer, Hawks sank langsam tiefer und lag schließlich ausgestreckt auf dem Tisch. »Ich fühle mich ausgezeichnet«, sagte er über das Helmmikrofon. »Wie hat es mit der Aufzeichnung geklappt?«

»Einwandfrei«, klang Gerstens Stimme in seinem Kopfhörer. »Jedenfalls konnten wir keine Fehler bei der Übertragung innerhalb des Labors feststellen.«

»Na, mehr können wir schließlich nicht verlangen«, meinte Hawks. »Schön – bringen Sie mich in den Transmitter und schieben Sie Barker unter mir hinein. Heute vollbringen wir eine neue Großtat, die in die Geschichte eingehen wird«, fügte er gut gelaunt hinzu. »Heute schicken wir zum ersten Mal ein Sandwich auf den Mond.«

Fidanzato, der den Tisch durch das Labor schob, lachte nervös auf. Gersten warf den Kopf herum und starrte ihn an.

2

Hawks und Barker wachten im Empfänger auf dem Mond auf und erhoben sich mühsam. Die Männer außerhalb der Kammer öffneten jetzt die Tür und traten beiseite, um sie herausklettern zu lassen. Die große Halle der Mondstation machte einen düsteren Eindruck. In dem Gewirr von Deckenträgern hingen in regelmäßigen Abständen riesige Leuchtstoffröhren, die von unten aus gesehen weißen Stalaktiten glichen. Der Boden der Halle war mit Isoliermaterial ausgelegt, die Wände mit Platten aus dem gleichen Material verkleidet. Als Hawks sich neugierig umsah und einige Schritte ging, gab sein Anzug ein klirrendes Geräusch von sich, das als Echo von der Decke und den Wänden der Halle zurückgeworfen wurde. Innerhalb des Gebäudes herrschte nie völlige Stille. Die Halle zitterte und ächzte beständig, sodass die Leuchten in ihren Aufhängungen pendelten. Die Männer – vier Navy-Offiziere, Hawks und Barker – befanden sich abwechselnd in Licht und Schatten, als ob sie sich auf dem Meeresgrund aufhielten, während über ihnen ein Sturm wütete. Wenige Minuten später hatten sie die Luftschleuse erreicht, die Offiziere legten ihre Schutzanzüge an, dann betraten sie nacheinander die Mondoberfläche.

Die Sterne schienen kalt, aber intensiver, als sie es in einer mondlosen Nacht auf der Erde getan hätten. Scharfe Schatten lagen auf jedem Hügel und in jeder Senke. Selbst, wenn man direkt davor stand, war es wegen ihrer graugrünen Tarnung kaum möglich, die Umrisse der Station auszumachen, die wie ein abgestürzter Zeppelin rechts von Hawks lag.

Hawks holte tief Luft. »Schön, ich danke Ihnen, meine Herren«, sagte er dann. Seine Stimme klang dünn und blechern in den Kopfhörern der anderen. »Ist das Beobachterteam bereits an Ort und Stelle?«

Einer der Männer nickte und zeigte nach links. Hawks wandte zögernd den Kopf und sah zu dem Bunker hinüber, der sich hundert Meter von dem schwarz-silbernen Gebilde entfernt erhob.

»Der Tunnel ist dort drüben«, erklärte ihm Barker. Er berührte Hawks' Arm mit den Greifwerkzeugen seines rechten Ärmels. »Los, kommen Sie – unsere Luft reicht nicht ewig. Hier können Sie nicht erst vorsichtig die große Zehe ins Wasser stecken, hier müssen Sie es gleich mit einem Kopfsprung versuchen, Doktor.«

»In Ordnung.« Hawks folgte Barker durch den engen Gang, der mit Tarnmaterial überdacht war. In dem staubbedeckten Boden waren zahlreiche Stiefelabdrücke zu erkennen. Der Navy-Offizier grüßte und kehrte mit seinen Männern in die Station zurück.

»Alle Mann an Deck?«, fragte Barker, als sie den Eingang des Gebildes erreicht hatten. »Schwenken Sie Ihre Lampe, damit die Beobachter wissen, dass wir hineingehen.«

Hawks hob den Arm und tat wie ihm geheißen. Über dem Beobachtungsbunker blinkte ein grünes Licht auf.

»Mehr ist nicht nötig, Hawks. Worauf warten Sie denn noch? Folgen Sie mir, und machen Sie mir jede Bewegung genau nach. Hoffentlich hat das Ding nichts dagegen, dass ich diesmal nicht allein bin.«

»Das ist ein durchaus annehmbares Risiko«, meinte Hawks ruhig.

»Wenn Sie meinen, Doktor …« Barker streckte die Arme aus und berührte die glänzende Wand, die sich am Ende des Tunnels erhob. Er trat einen Schritt vor, dann erzitterte der Boden unter Hawks' Füßen, als die Mauer Barker in sich aufnahm.

Hawks senkte den Kopf und warf einen nachdenklichen Blick auf die unzähligen Fußstapfen im Regolith – als ob hier eine Armee vorbeimarschiert sei. Dann trat er an die Barriere heran und hob die Arme. Der Schweiß lief ihm in Strömen über das Gesicht.

3

Barker kletterte eine blauschwarze schiefe Ebene hinauf und erreichte den Punkt, an dem zwei braune Flächen immer wieder gegeneinanderknallten. Hawks war von grünen und gelben Nebelschwaden umgeben. Er setzte sich in einen leichten Trab, als die grünen und weißen Schleier durchsichtig wurden und ein rötliches Flimmern jenseits der blauen, grünen und gelben Dämpfe sichtbar wurde.

Hawks rannte und hielt dabei die Arme an den Körper gepresst. Er kam an die Stelle, an der sich Barker nach vorn geschnellt hatte, um sich mitten zwischen die beiden nachgiebigen braunen Flächen zu werfen. Hawks sprang ebenfalls und landete jenseits des veralteten Schutzanzugs, der dort in Stücke zerrissen lag.

Barkers weißer Anzug war plötzlich dick mit Eis bedeckt, das wieder absplitterte, als er weiterrannte. Die Eisbrocken bildeten die Umrisse des Schutzanzugs nach und blieben in Hawks' Weg liegen – wie eine Ansammlung von ehemaligen Armen, Beinen und Körpern, die noch durch Hawks' vermehrt wurde, als er an der gleichen Stelle vorbeiging.

Hawks folgte Barker durch einen gewundenen Gang, von dessen Wänden ein hellgraues Pulver rieselte, das an ihren Anzügen haften blieb und erst wieder spurlos verschwand, als sie einen Bogen um Rogans Körper machten, der halb durch Haufen glasierten Materials verdeckt war, das zerbrochenen Untertassen ähnelte.

Barker hob den Arm, und sie blieben nebeneinander stehen. Sie sahen sich an. Vor ihnen lag eine wild zerklüftete Ebene, über ihnen ragte ein Überhang aus poliertem blauem Metall, das an einer Stelle rostrot verfärbt war. Dort lag auch ein früherer Barker, sein weißer Schutzanzug war unversehrt, aber völlig in sich verdreht. Einer der Greifer umklammerte immer noch ein Stück grünen Felsen. Barker sah hinauf, dann wieder zu Hawks und zwinkerte ihm zu. Er nickte aufmunternd, fasste nach einem der durchsichtigen Griffe in der roten Wand, schwang sich von einem zum anderen und war schon nach wenigen Sekunden hinter der Biegung verschwunden, die zu den geisterhaft flackernden grünen, blauen und gelben Lichtern führte.

Hawks' Schutzstiefel knirschten auf dem Material, als er Barker langsam folgte. Er bewegte sich sehr vorsichtig und zog seinen Körper an den Griffen hoch, sodass seine Schultern immer höher waren als seine Hände. Vorsichtig kroch er an der geriffelten hellgelben Wand entlang. Hinter jeder Biegung wurde das Material härter, sodass die Greifer nur noch schlecht Halt fanden. Sobald er einen Griff erreicht hatte, begann dieser, sich zu senken, und Hawks musste weiter, ehe er den Boden berührte. Ließ er ihn los, federte er zurück. Unter sich sah Hawks völlig zerstörte Rüstungen.

Endlich hatte er die Stelle erreicht, an der Barker sich ausgestreckt hatte, um seine Kräfte zu sammeln. Hawks wollte sich neben ihm niederlassen und warf dabei zufällig einen Blick auf den winzigen Gyrokompass an seinem Handgelenk. Die Nadel zeigte genau nach Norden. Er hielt mitten in der Bewegung inne und richtete sich unsicher auf, während Barker ihn am Arm festhielt. Über ihm verdichtete sich ein orangefarbenes Geflecht zu etwas, das wie ein gigantischer Rattenkopf aussah. Nur widerwillig gab es seine Form wieder auf.

Sie überquerten eine von tiefen Gräben durchzogene Fläche, die sich endlos und grau vor ihnen erstreckte, und folgten dabei den Fußstapfen, die sich tief in den nachgiebigen Untergrund eingedrückt hatten. Rechts und links neben dieser Linie liefen andere Spuren, die jeweils bei einem zertrümmerten weißen Schutzanzug endeten. Ab und zu blieb Barker in der Nähe seiner eigenen toten Doppelgänger stehen, trat einen Schritt zur Seite oder wartete einige Sekunden bewegungslos oder ging geradeaus weiter. Wenn er das tat, schien es Hawks jedes Mal, als kehre plötzlich die Farbe in die Ebene zurück, und gingen sie weiter, kam es ihm so vor, als ob sein Anzug wie eine hölzerne Glocke dumpf von einem Schlag widerhallte.

Am Ende der Ebene stand eine Mauer. Hawks sah auf seine Armbanduhr. Sie befanden sich bereits fünf Minuten und einundfünfzig Sekunden innerhalb des Gebildes. Die Mauer schimmerte und glänzte jetzt dicht vor ihnen. Sie bestand aus einer blasigen Masse, die nach oben hin immer dunkler wurde. Frostblumen wuchsen aus den Schatten, die sie in ihren Anzügen warfen. Am Kopfende der Schatten, dort, wo die Ebene am längsten ohne Licht gewesen war, standen die Blumen ziemlich hoch. Sie zeichneten die Körperumrisse der beiden Männer unscharf nach, und als Barker und Hawks direkt auf die Wand zutraten, verschwanden die Schatten und die Eisblumenfelder lagen plötzlich im ultravioletten Licht des Himmels über ihnen. Der Frost hielt nur eine Sekunde lang stand, dann zerbarsten die Formationen. Jeder noch so kleine Eissplitter zog einen Schweif aus Dampf nach sich, während er sich im Flug selbst verzehrte.

Barker holte mit einem kleinen Geologenhammer aus. Der Schlag brach ein großes Stück aus der schimmernden Oberfläche heraus, unter der schwarzer, spiegelglatter Fels sichtbar wurde. Barker schlug wieder zu, und die Farbe des Gesteins änderte sich plötzlich. Jetzt war es weiß mit dunkelgrünen Adern, die es nach allen Richtungen durchzogen. Die Mauer wurde durchsichtig und löste sich in Dunst auf. Sie standen am Auslass eines Sees, von dem purpurrote Flammenzungen nach ihnen griffen. Wenige Meter von ihnen entfernt lag Barkers verkohlter und ausgeglühter Schutzanzug. Jetzt befanden sie sich bereits sechs Minuten und achtunddreißig Sekunden innerhalb des Gebildes.

Hawks drehte sich um und sah zurück. Einige Schritte hinter Barker lag ein stahlblauer Metallwürfel. Barker hob ihn auf und warf ihn mit aller Kraft vor sich auf den Boden. Eine orangerote Mauer wuchs zwischen ihnen und der Ebene aus dem felsigen Untergrund, und die Flammen im See erloschen. Wo vorher Barkers verbrannter Anzug gelegen hatte, erstreckte sich jetzt eine gewaltige quadratische Fläche aus Lapislazuli.

Barker betrat sie vorsichtig. Ein Teil der Fläche neigte sich, und Barker machte einen Sprung auf die höherstehende Seite zu, um sie mit seinem Gewicht in die Waagerechte zurückzudrücken. Hawks folgte ihm. Sie standen nebeneinander, als Barker plötzlich nach unten wies. Durch einen winzigen Spalt waren die Männer des Beobachterteams zu erkennen, die blindlings in ihre Richtung starrten. Hawks warf einen Blick auf seine Armbanduhr. Sie befanden sich sechs Minuten neununddreißig Sekunden innerhalb des Gebildes. Am anderen Ende der Lapislazuli-Platte, kurz vor den Beobachtern, lag Barkers Leichnam. Der Stein bröckelte ab und begrub ihn langsam unter sich.

Barker stapfte weiter. Hawks folgte ihm, und der Teil, auf dem sie gestanden hatten, richtete sich senkrecht auf. Sie legten noch einige Meter zurück, dann blieb Barker plötzlich stehen. Sein Gesicht war vor Anstrengung verzerrt. Seine Augen glänzten vor Erregung. Er warf Hawks einen kurzen Blick zu und schloss dann für einen Augenblick erschöpft die Augen.

Hawks zeigte auf seine Uhr. Barker fuhr sich mit der Zunge über die Lippen, nickte und drehte sich um. Er rannte weiter und beschrieb dabei immer größere Spiralen. Unter seinen Stiefeln wirbelte blauer Staub auf, den rote, grüne und lila Entladungen durchzuckten. Barker wich ihnen geschickt aus. Als Hawks ihm folgte, verzog sich der Staub, und unter der Oberfläche bildete sich ein Netz aus feinen Linien.

Dann wechselte die Farbe zu einem dumpfen Grauton, wurde durchsichtig und verschwand schließlich völlig, sodass nur noch die Risse blieben, auf denen Barker und Hawks weiterrannten. Unter den beiden Männern lag der Schutzanzug, der jetzt mit einer dicken Eisschicht bedeckt war; das Beobachterteam starrte zu ihnen hinauf, ohne sie zu sehen; die Sterne standen unbeweglich jenseits der schroffen Felsabstürze, die den Horizont begrenzten.

Barker und Hawks befanden sich jetzt neun Minuten und neunzehn Sekunden innerhalb des Gebildes. Barker ließ sich plötzlich fallen und klammerte sich in dem Netz fest. Hawks folgte seinem Beispiel. Keine Sekunde zu spät, denn die Fläche, auf der sie eben noch gestanden hatten, zerbrach entlang der Risskanten zu einem Feld aus messerscharfen Gesteinsspitzen, zwischen denen tiefe Löcher gähnten. Aus jedem davon strömte ein silbergrauer Nebel, der feine Partikel mit sich führte, die sich jetzt langsam zu einem gewaltigen kristallinen Spinnennetz verbanden, in dem sie jetzt wie gefangene Insekten hingen.

Barker warf Hawks einen verzweifelten Blick zu. Er atmete schwer. Hawks kletterte mühsam zu ihm hin. Barker schloss die Augen, schüttelte heftig den Kopf, riss die Augen wieder weit auf und begann zu klettern. Er hakte seine Greifer in das Netz und zog sich daran hoch, achtete aber gleichzeitig darauf, dass seine Hände niemals höher als seine Schultern ausgestreckt waren.

Als die beiden Männer den oberen Rand des Netzes erreicht hatten, blieben sie einen Augenblick neben dem Schutzanzug stehen, der ohne Helm über die Kante hing. Sie befanden sich bereits neun Minuten zweiundvierzig Sekunden innerhalb des Gebildes. Barker stand direkt vor dem Beobachterteam. Er schritt durch die Außenwand des Gebildes und stand auf der Oberfläche des Mondes. Hawks folgte ihm. Sie sahen einander einen Moment lang an, das drohende Gebilde direkt hinter ihnen. Dann nickten sie sich zu.

»Es scheint nicht zu wissen, was wir vollbracht haben«, klang Barkers Stimme aus Hawks' Kopfhörern.

Hawks zuckte mit den Schultern. »Haben Sie das etwa erwartet?« Er wandte sich an die Beobachter, die geduldig wartend in ihren Schutzanzügen neben ihnen standen. »Haben Sie etwas Außergewöhnliches bemerkt, während wir dort drinnen waren, meine Herren?«

Der ranghöchste Offizier, ein grauhaariger, schlanker Mann mit einer starken Brille, schüttelte den Kopf. »Nein.« Seine Stimme wurde durch das Kehlkopfmikrofon verzerrt. »Von außen war nicht zu erkennen, dass das Gebilde auf die Gegenwart von mehr als einer Versuchsperson unterschiedlich reagiert. Das dürfte allerdings nur dann der Fall sein, wenn die Regeln genau eingehalten werden.«

Hawks nickte. »Den Eindruck hatte ich auch.« Er wandte sich an Barker. »Das heißt also, dass wir jetzt unsere Techniker hineinschicken können. Sie haben ganze Arbeit geleistet, Al. Kommen Sie, wir erstatten am besten gleich mündlichen Bericht, falls der Kontakt zu Barker L und Hawks L abgerissen sein sollte, bevor wir das Gebilde verlassen haben.« Er ging auf den Bunker zu, und die anderen folgten langsam.

4

Gersten kniete nieder und beugte sich über den geöffneten Helm. »Bei Ihnen alles in Ordnung, Hawks?«, fragte er besorgt.

Hawks L verzog das Gesicht. Aus seinem linken Mundwinkel rann ein Blutfaden. Er fuhr sich mit der Zungenspitze über die zerbissene Stelle an seiner Unterlippe. »Ich muss doch mehr Angst gehabt haben, als ich dachte. Kritisch wurde es allerdings erst, als die Verbindung zwischen mir und M abriss und ich feststellte, dass ich mich hier im Anzug befand.« Er warf unruhig den Kopf hin und her. Dann sah er vom Fußboden des Labors zu Gersten auf. »Wie geht es Barker? Gut?«

»Er wird eben aus dem Empfänger geholt. Scheint in guter Verfassung zu sein. Hat alles geklappt?«

Hawks L nickte. »O ja – wir haben es geschafft. Bevor der Kontakt zu M abriss, spürte ich noch, wie er den Beobachtern mündlich Bericht erstattete.« Hawks blinzelte. »Was für ein außergewöhnlicher Ort! Hören Sie, Gersten …« Er verzog angewidert das Gesicht, als er Gersten ansah. Als Hawks noch ein Kind gewesen war, hatte er sich einmal eine starke Erkältung zugezogen. Sein Vater hatte den kleinen Eddie zu kurieren versucht, indem er ihn heiß baden ließ und ihn anschließend in nasse Handtücher hüllte, die er ganz fest um den Körper des Kindes gewickelt hatte. Hawks hatte sich nicht mehr bewegen können. »Ich … ich bitte Sie ungern darum«, sagte er, »aber könnten die Leute mir nicht zuerst aus meinem Anzug heraushelfen, bevor sie Barker ausziehen?«

Gersten, der Hawks zunächst interessiert und besorgt angesehen hatte, schien jetzt gekränkt zu sein. »Ja, selbstverständlich«, antwortete er knapp und ging weg. Hawks L lag einige Zeit allein auf dem Fußboden, bewegungslos wie damals als Kind, bevor einer der Techniker, die ihn umringten, auf die Idee kam, dass der Mann in dem weißen Schutzanzug Gesellschaft brauchen könnte, und sich neben ihm auf die Knie niederließ, sodass er in Hawks' Gesichtskreis auftauchte.

5

Hawks M beobachtete, wie der leitende Offizier sein Notizbuch zuklappte. »Das dürfte eigentlich genügen«, sagte er dazu. Barker, der neben ihm auf dem Stahltisch hockte, nickte zögernd.

»Ich habe keinen Flammensee bemerkt«, sagte er zu Hawks.

Hawks zuckte mit den Schultern. »Und ich habe dafür keinen Torbogen aus flaschengrünem Material an der gleichen Stelle gesehen«, stellte er fest. Er drehte sich zu den Beobachtern um. »Würden Sie bitte unsere Helme schließen, damit wir gehen können?«

Die Männer in den leichten Navy-Mondanzügen nickten und traten auf sie zu. Als sie mit ihrer Arbeit fertig waren, stapften sie wortlos durch die Luftschleuse ins Innere des Bunkers und überließen es Hawks und Barker, sich mit der nach außen führenden Luftschleuse zurechtzufinden. Hawks machte eine ungeduldige Handbewegung, als das Einlassventil sich öffnete und seinem Helm Luft aus den Tanks zuführte. »Kommen Sie, Al«, sagte er. »Wir haben nicht sehr viel Zeit.«

Barker sah ihn enttäuscht an, als sie die Schleuse verließen. »Es macht wirklich Spaß, wenn man einen anerkennenden Schlag auf die Schulter bekommt, nachdem man etwas geleistet hat.«

Hawks schüttelte den Kopf. »Diese Leute hier sehen uns nicht als Menschen an. Vielleicht hätten sie es heute einmal tun sollen, aber im Grunde wäre es nur eine leere Geste gewesen. Vergessen Sie nicht, Al – für sie sind wir nur Versuchspersonen. In ihren Augen sind wir nur zwei von vielen, die sich freiwillig gemeldet haben. Nur die letzten einer langen Reihe von Schatten. Und andere werden hier sterben ... Die Techniker des Projekts Luna werden manchmal Fehler machen. Vielleicht müssen Sie oder ich sogar noch einmal hinein. Diese Männer werden in diesem Bunker sitzen, um von hier aus zu beobachten, niederzuschreiben, was sie sehen, und möglichst genaue Informationen über das Gebilde zu sammeln.« Er zeigte auf die ungeheure Masse, die jetzt düster und drohend vor ihnen aufragte, bebte, einstürzte, sich wieder aufrichtete, ihren Standort leicht veränderte, mal das Licht der Sterne reflektierte, mal schwärzer als die ewige Nacht auf der dunklen Seite des Mondes erschien. »Dieser gigantische Irrgarten. Sie und ich, Al, sind für diese Männer nur Werkzeuge – Mittel zu einem bestimmten Zweck. So muss es auch sein. Sie müssen es hier aushalten, bis eines Tages der letzte Techniker das letzte Teil des Gebildes auseinandergenommen hat. Und dann werden diese Männer dem gegenüberstehen, woran sie die ganze Zeit krampfhaft nicht zu denken versucht haben.«

Hawks und Barker gingen nebeneinander weiter.

»Wissen Sie, Hawks«, meinte Barker beunruhigt, »ich wäre am liebsten drinnen geblieben.«

»Das habe ich gemerkt.«

Barker machte eine vage Geste mit den Händen. »Es war wirklich eine verfluchte Sache. Zuerst hätte ich uns beinahe in die Falle geführt, die mich das letzte Mal erwischt hatte. Und dann wollte ich einfach stehen bleiben und darauf warten, dass das Ding uns umbrachte. Hawks, ich … ich weiß nicht … ich wollte nicht hinaus. Ich hatte das Gefühl, mir ginge etwas verloren. Irgendetwas. Ich stand dort, und plötzlich wusste ich, dass ich etwas sehr Wertvolles verlieren würde, wenn ich wieder auf die Mondoberfläche hinausginge.«

Hawks sah ihn zum ersten Mal richtig an, seit sie den Bunker verlassen hatten. »Und haben Sie es verloren, Al?«

»Ich weiß es nicht. Ich muss erst darüber nachdenken. Lange nachdenken. Aber ich habe mich irgendwie verändert, das kann ich jetzt schon sagen.« Barkers Stimme klang fröhlich. »Ganz bestimmt.«

»Weil es das erste Mal ist, dass Sie etwas getan haben, was noch kein Mensch vor Ihnen fertiggebracht hat? Erfolgreich zu Ende geführt, meine ich?«

»Ich … nein, ich habe schon alle möglichen Rekorde gebrochen, und …«

»Aber andere hatten Rekorde auf den gleichen Gebieten gebrochen, Al.«

Barker blieb stehen und starrte Hawks an. »Das ist es!«, rief er aus. »Sie haben recht, Hawks. Ich habe etwas vollbracht, was kein anderer vor mir schaffte. Und ich bin mit dem Leben davongekommen.«

»Keine Vorgänger und keine Tradition, Al, aber Sie haben es trotzdem geschafft.« Hawks war ebenfalls stehen geblieben. »Vielleicht sind Sie jetzt endlich ein wirklicher Mann?« Seine Stimme klang ruhig und traurig zugleich.

»Kann sein, Hawks!«, sagte Barker aufgeregt. »Hören Sie … man kann doch nicht … ich meine, es ist nicht so einfach …« Er schwieg und sah Hawks mit leuchtenden Augen an.

Die beiden Männer hatten fast die Stelle erreicht, an dem der Fußpfad vom Bunker her auf die anderen stieß, die das Gelände zwischen dem Gebilde, dem Empfänger, dem Fuhrpark mit den Buggys zur Erforschung des Mondes und den Unterkünften der Stützpunktbesatzung überzogen. Hawks stand bewegungslos und beobachtete Barker mit gesenktem Kopf.

»Sie hatten recht, Hawks!«, sagte Barker hastig. »Es hat keinen Sinn, sich Prüfungen zu unterziehen, wenn man doch wieder in den gleichen Trott zurückfällt, wenn man nicht *weiß*, dass man sich verändert hat! Ein Mann … ein Mann macht sich selbst. Er … Oh, der Teufel soll alles holen, Hawks, ich habe immer das getan, was die *anderen* von mir erwarteten, ich habe mich so benommen, wie *sie* es wollten, aber was *bin* ich wirklich? Das muss ich jetzt herausbekommen – daraus muss ich in Zukunft etwas machen! Ich muss sofort auf die Erde zurück und diese verpfuschten Jahre wettmachen! Ich … Hawks, eines Tages werde ich Ihnen vermutlich auf den Knien danken …«

»Meinen Sie?« Hawks setzte sich wieder in Bewegung. »Kommen Sie mit, Al.«

Barker folgte ihm. »Wohin wollen Sie?«

Hawks ging unbeirrt weiter, bis die Gebäude des Stützpunkts hinter ihnen lagen. Er hob den Arm und zeigte auf die zerklüftete Felslandschaft vor ihnen, die für einen Mann zu Fuß unpassierbar war. »Dort hinaus.«

»Ist das nicht ein bisschen zu gewagt? Wie viel Luft haben wir noch?«

»Nicht sehr viel. Nur noch für wenige Minuten.«

»Dann müssen wir zum Empfänger zurückgehen.«

Hawks schüttelte heftig den Kopf. »Nein. Das können wir nicht, Al.«

»Was soll das heißen? Funktioniert der Transmitter etwa nicht?«

»Doch, aber wir können ihn nicht benutzen.«

»Hawks ...«

»Wenn Sie den Transmitter benutzen wollen, mit dem die Männer hier Gesteinsproben und Berichte auf die Erde zurückschicken, können Sie das ohne Weiteres tun. Aber zuerst möchte ich Ihnen erklären, was Sie damit tun, Al.«

Barker starrte ihn durch das dicke Glas seines Helms verwirrt an. Hawks legte ihm unbeholfen den Arm auf die Schulter. »Vor langer Zeit sagte ich Ihnen einmal, dass ich Sie auf viele verschiedene Arten töten würde, Al. Wenn Barker L im Labor aufwachte, nachdem Barker M gestorben war, ließ ich zu, dass Sie sich selbst betrogen. Sie dachten, Sie hätten den Tod überwunden. Aber das stimmt nicht. Sie stehen ihm erst jetzt gegenüber.

Es gab immer eine Fortsetzung. Barker M und Barker L schienen ein Mann zu sein, schienen einen Geist zu haben. Wenn Barker M starb, führte L sein Leben weiter. Der Faden riss nie ab, deshalb konnten Sie weiterhin glauben, dass eigentlich nichts geschehen sei. Ich konnte Ihnen erzählen, und Sie konnten es glauben, dass es nur eine Reihe von Barkers gebe, deren Erinnerungen sich nahtlos aneinanderschlossen. Aber das ist zu abstrakt, als dass ein Mensch es wirklich begreifen könnte. In diesem Augenblick bilde ich mir ein, der Hawks zu sein, der vor Jahren in einem kleinen Bauernhaus auf der Erde geboren wurde. Obwohl ich weiß, dass in dem Labor ein anderer Hawks existiert, der seit einigen Sekunden sein eigenes Leben führt, obwohl ich weiß, dass ich erst vor einer halben Stunde aus einem Felsbrocken entstanden bin. Es bedeutet nichts für mich, denn ich kann mich an mein Leben auf der Erde erinnern.

So war es auch mit Ihnen. Ich habe es Ihnen gesagt. Damals habe ich Ihnen zu erklären versucht, dass der Transmitter nur einen Impuls überträgt. Dass der Mann unter dem Abtaster zerstört wird, um diesen Impuls zu erhalten. Aber ich wusste, dass meine Erklärungen vergeblich bleiben mussten, solange Sie noch jeden Morgen in Ihrer eigenen Haut aufwachten. Ich nehme an, dass mein Gerede sinnlos war. Das Gefühl habe ich oft. Aber was müsste ich jetzt von mir denken, wenn ich Sie nicht gewarnt hätte?«

»Kommen Sie zur Sache, Doktor«, warf Barker ein.

Hawks machte eine ungeduldige Handbewegung. »Das versuche ich doch die ganze Zeit! Wann begreifen die Menschen endlich, dass sich nur bekannte Fragen kurz beantworten lassen! Womit haben wir es denn Ihrer Meinung nach hier zu tun – mit einem Problem, das Leonardo da Vinci hätte lösen können? Wenn er es gekonnt hätte, hätte er es getan, und das zwanzigste Jahrhundert hätte bereits im fünfzehnten begonnen! Wenn Sie eine Antwort wollen, müssen Sie mir Zeit genug lassen.«

»In Ordnung, Hawks.«

»Tut mir leid«, sagte Hawks, dessen Ärger abgeklungen war. »Tut mir wirklich leid. Aber manchmal muss man einfach alles loswerden, was sich im Lauf der Zeit aufgestaut hat. Hören Sie, Barker – die Sache ist ganz einfach die, dass wir hier nicht die nötigen Einrichtungen haben, um einen Menschen sicher zur Erde zurückzubringen. Wir besitzen hier weder die Datenverarbeitungsmaschinen noch die anderen elektronischen Geräte noch die notwendigen Kontrolleinrichtungen. Alles das wird erst in Zukunft installiert, wenn wir eine Höhle ins Mondgestein gehauen haben, die groß genug ist und uns vor neugierigen Blicken schützt. Entweder stellen wir dort erdähnliche Bedingungen her, oder wir konstruieren Geräte, die im luftleeren Raum arbeiten. Das ist keine leichte Aufgabe, aber wir werden sie lösen. Wenn wir Zeit genug haben.

Wir hatten nicht genügend *Zeit*, Al. Denken Sie an die Männer hier oben – die Navy-Offiziere. Sie gehören zu den besten Leuten auf ihrem Gebiet. Alles Spezialisten. Spezialisten haben Familien, Karrieren, Interessen und Hobbys. Es wäre töricht anzunehmen, dass ein Mann, der ein guter Astronom oder Geologe ist, nicht auch auf anderen Gebieten Hervorragendes leisten könnte. Auf einige von ihnen trifft das nicht zu, aber auf die meisten. Und alle wissen, dass Doppelgänger von ihnen auf der Erde zurückgeblieben sind, als sie auf den Mond geschickt wurden. Das war nicht anders möglich. Wir konnten diese Männer nicht einfach von ihrer Arbeit wegreißen. Außerdem könnten sie hier umkommen – niemand kann für ihr Leben garantieren. Sie haben sich alle freiwillig gemeldet. Auf der Erde leben ihre Doppelgänger weiter, als ob nie etwas geschehen sei. Der eine Nachmittag, den sie im Labor verbracht haben, ist für sie nur ein unbedeutender Teil ihrer Vergangenheit.

Wir alle sind nur noch Schatten, Al. Aber Sie sind eine besondere Art. Selbst wenn wir die nötigen Einrichtungen hätten, könnten Sie nicht auf die Erde zurück. Wenn wir die Geräte haben, können Sie trotzdem nicht. Wir werden Sie nicht daran hindern, Al, aber denken Sie doch einmal an den Mann, der das Beobachterteam leitet. Auf der Erde hat sein Doppelgänger unterdessen seine wissenschaftliche Arbeit fortgesetzt. Er hat Karriere gemacht, hat Anerkennung als Forscher errungen und besitzt Erfahrungen, die dieser Mann hier oben nicht mehr mit ihm teilt. Und der Mann hier hat sich ebenfalls verändert – er weiß Dinge, die der andere nicht verstehen würde. Er hat völlig andere Erfahrungen gemacht. Und wenn er auf die Erde zurückkommt, wer bekommt dann was? Wer bekommt die Karriere, wer die Familie, wer das Bankkonto? Sie können miteinander auszukommen versuchen. Aber das Mondprojekt wird noch Jahre in Anspruch nehmen. In der Zwischenzeit – Scheidungen, Geburten, Todesfälle, Heiraten, Beförderungen, Titel, Strafverfahren, Krankheiten ... Nein, die meisten werden nicht zurückgehen. Aber wohin sollen sie dann gehen? Bis dahin müssen wir eine neue Aufgabe für sie gefunden haben. Weit entfernt von der Erde, weit von der Welt entfernt, auf der es keinen Platz für sie gibt. Wir haben ein Korps von Männern geschaffen, die starke Bindungen zur Erde haben – und nur im Weltraum eine Zukunft besitzen. Aber wohin mit ihnen? Mars? Venus? Wir haben noch keine Raketen, die einen Empfänger dorthin transportieren könnten. Wir werden welche bauen – aber was sollen wir mit denen tun, die zu wertvoll sind, als dass wir sie nochmals verdoppeln könnten? Was dann?

Diese Männer sind lebende Leichname, und sie wissen es genau. Ich habe sie geschaffen, weil ich nicht genügend Zeit hatte. Nicht genügend Zeit, um alles mit System zu erledigen, um alle Folgen in Betracht zu ziehen, um nach Männern zu suchen, die völlig unabhängig waren. Und für Sie und mich, Al, existiert jetzt nur noch die einfache Tatsache, dass wir unseren Luftvorrat in wenigen Minuten verbraucht haben werden und dass wir nicht zurückkönnen.«

»Reden Sie keinen Unsinn, Hawks! Wir können jederzeit in den Stützpunkt zurück und dort Luft tanken.«

»Und dort bleiben, meinen Sie?«, fragte Hawks langsam. »Um vielleicht nach einigen Jahren auf die Erde zurückzukehren? Das wäre natürlich möglich. Was wollen Sie in der Zwischenzeit tun? Etwas Nützliches lernen, während Sie sich fragen, was Sie unterdessen auf der Erde tun?«

Barker schwieg einen Augenblick. »Sie meinen also, dass ich hierbleiben muss?« Seine Stimme klang ruhig. »Ist das wirklich so schlimm? Schlimmer als der Tod?«

»Ich weiß es nicht«, antwortete Hawks. »Sie können sich mit den Männern hier darüber unterhalten. Aber die wissen es auch nicht. Sie haben lange darüber nachgedacht, manche haben deshalb sogar Selbstmord begangen, aber die anderen, die jetzt noch leben, haben den Schock überwunden, weil sie gelernt haben, nur in bestimmten Begriffen darüber nachzudenken. Aber nur zu. Sie können es auch versuchen, Barker.«

»Ich will aber auf die Erde zurück, Hawks!«

»Auf die Welt in Ihrem Gedächtnis, die Sie verändern wollten?«

»Warum kann ich den Transmitter *nicht* benutzen?«

»Das habe ich Ihnen bereits erklärt«, antwortete Hawks. »Hier oben haben wir nur einen Transmitter, aber keinerlei Kontrollmechanismen. Das Gerät wird nur in Betrieb genommen, um Gesteinsproben oder maschinengeschriebene Berichte zu übertragen. Die Impulse kommen verzerrt an, manche sind völlig unbrauchbar, andere erreichen nicht einmal die Antenne. Es ist unmöglich, auf der Oberfläche eines unbewohnten, unerforschten und luftlosen Felsbrockens ohne exakte astronomische Daten das zu tun, was wir auf der Erde nur unter Schwierigkeiten können. Wir können nicht einfach Geräte hinaufschicken, die für unsere Verhältnisse konstruiert worden sind – sie würden hier versagen. Alle Maschinen müssten hier entwickelt und gebaut werden. Woraus? In welcher Fabrik? Für die Anforderungen bei der Übertragung von anorganischen Stoffen genügt der Transmitter, den wir in zahllosen Versuchen den veränderten Verhältnissen auf dem Mond angepasst haben. Wir bekommen die Signale gerade so zur Erde, wo wir sie entschlüsseln können. Wenn sie nicht richtig ankommen, schicken wir einen Funkspruch an die Basis hier, und ein Unteroffizier schickt uns den Bericht einfach noch mal. Aber einen Menschen kann man, wie gesagt, unter diesen Bedingungen nicht schicken, komplett ohne Überprüfung der Daten und ohne die Sicherungskopie.

Versuchen Sie es doch, Al! Sie können in die Transmitterkammer klettern, und die Soldaten werden die Schalter betätigen. Es wäre nicht das erste Mal – vor Ihnen wollten schon andere zur Erde zurück. Der Abtaster wird Sie wie immer schmerzlos und augenblicklich zerstören. Aber was auf der Erde ankommt, Al – was auf der Erde ankommt, ist nicht mehr der Mann, der jetzt neben mir steht. Dafür garantiere ich, Al.«

Hawks machte eine müde Handbewegung. »Sehen Sie endlich, was ich Ihnen angetan habe? Sehen Sie jetzt, was ich dem armen Sam Latourette angetan habe, der eines Tages in einer Welt voller Fremder aufwachen wird, ohne zu wissen, dass ich an seinem Schicksal schuld bin, aber mit der Erkenntnis, dass er jetzt geheilt werden kann, während sein guter alter Freund Ed Hawks längst zu Staub geworden ist? Ich habe euch alle betrogen. Wenn ich jemals Mitleid gezeigt habe, dann nur aus Zufall.«

Hawks drehte sich um und entfernte sich von Barker.

»Warten Sie! Hawks ... Sie müssen doch nicht ...«

Hawks ging unbeirrt weiter. »Was muss ich nicht, Al?« Seine Stimme klang ruhig in Barkers Kopfhörer. »In diesem Universum existiert ein Ed Hawks, der sich an sein gesamtes Leben erinnern kann, selbst an die Zeit, die er auf dem Mond verbracht hat. Er steht unten im Labor. Was geht also verloren? Mein Tod bedeutet keinen Verlust. Ich wünsche Ihnen viel Glück, Al – beeilen Sie sich, damit Sie die nächste Luftschleuse erreichen. Entweder die vor dem Transmitter oder die andere beim Stützpunkt. Beide sind etwa gleich weit von hier entfernt.«

»Hawks!«

»Ich muss von hier weg«, fuhr Hawks gleichmütig fort. »Es gehört nicht zu den Aufgaben der Männer, sich mit Leichen zu befassen. Ich möchte die Felsen dort drüben erreichen.«

Er ging langsam weiter den Pfad entlang, im Schatten der Tarnvorrichtung, der auch seine Körperumrisse aufzulösen schien, bis er wie ein Teil dieser zerklüfteten Felslandschaft, durch die er schritt, aussah.

Dann hatte er das letzte Gebäude hinter sich gelassen, und die Rüstung flammte im kalten, klaren Sternenlicht auf.

»Hawks«, sagte Barker mit gedämpfter Stimme, »ich bin jetzt in der Schleuse.«

»Alles Gute, Barker.«

Hawks kletterte über die Felsen, bis er vor Erschöpfung keuchte. Dann richtete er sich auf und blieb unbeweglich stehen. Er hob den Kopf und starrte zu den Sternen hinauf. Seine Atemzüge wurden unregelmäßig und flacher. Seine Augen füllten sich mit Tränen, und er blinzelte energisch, immer und immer wieder. »Nein«, flüsterte er. »Nein, darauf falle ich nicht herein.« Er zwinkerte wieder. »Ich habe keine Angst vor dir«, sagte er laut. »Eines Tages werde ich … oder ein anderer … dich … besiegen!«

6

Hawks L zog sich das orangerote Unterhemd über den Kopf. Er stand neben dem Tisch, trug nur noch die Hose und fuhr sich mit beiden Händen durch das Haar, um das Talkum daraus zu entfernen. Seine Rippen traten deutlich hervor.

»Sie sollten sich gelegentlich ein bisschen in die Sonne legen, Hawks«, meinte Barker, der neben ihm saß und ihn beobachtete.

»Ja«, antwortete Hawks geistesabwesend. Er überlegte sich gerade, dass er wirklich nicht mehr wusste, ob er als Junge unter einer Steppdecke oder einem Plaid geschlafen hatte. »Eigentlich haben Sie recht. Vielleicht habe ich jetzt mehr Zeit, nachdem der Rest nur noch Routinearbeit ist. Ich kenne ein Mädchen, mit dem ich schwimmen gehen könnte. Ich werde darüber nachdenken.«

Er hielt ein Stück Papier in der Hand, das zerknittert und schweißnass war, weil er es umklammert gehalten hatte, seit er den Anzug angelegt hatte. Er öffnete es vorsichtig.

»Können Sie sich noch daran erinnern, was wir getan haben, nachdem wir durch das Gebilde hindurch waren?«, fragte Barker.

Hawks schüttelte den Kopf. »Nein, kurz danach riss die Verbindung zu Hawks M ab. Und denken Sie bitte daran, dass wir nie auf dem Mond gewesen sind, Barker.«

Barker lachte. »Gut, wird gemacht. Aber was für ein Unterschied besteht in unserem Fall zwischen Wirklichkeit und Einbildung?«

Hawks war immer noch mit dem Papier beschäftigt. »Ich weiß es auch nicht«, murmelte er. »Vielleicht bekommen wir einen Bericht von der Navy, aus dem wir entnehmen können, was Hawks M und Barker M danach getan haben. Das könnte aufschlussreich sein. Ich vermute es jedenfalls.«

Barker lachte wieder. »Sie sind ein merkwürdiger Vogel, Hawks.«

Hawks warf ihm einen kurzen Blick zu. »Mehr gibt es über mich nicht zu sagen, nicht wahr? Nun, ich bin *nicht* Hawks. Ich erinnere mich daran, dass ich Hawks gewesen bin, aber ich bin vor einer halben Stunde in dem Empfänger entstanden, und Sie und ich haben uns noch nie zuvor getroffen.«

»Schon gut, Hawks«, antwortete Barker grinsend. »Kein Grund zur Aufregung!«

Hawks beachtete ihn nicht mehr. Er entfaltete schließlich das Stück Papier und las die verwischten Worte ohne Schwierigkeit, denn es war seine eigene Handschrift, und außerdem wusste er bereits, wie der eine Satz lautete. Auf dem Papier stand:

Sag ihr, dass ich sie liebe.